碧居 泰守

山之井酒蔵承継録

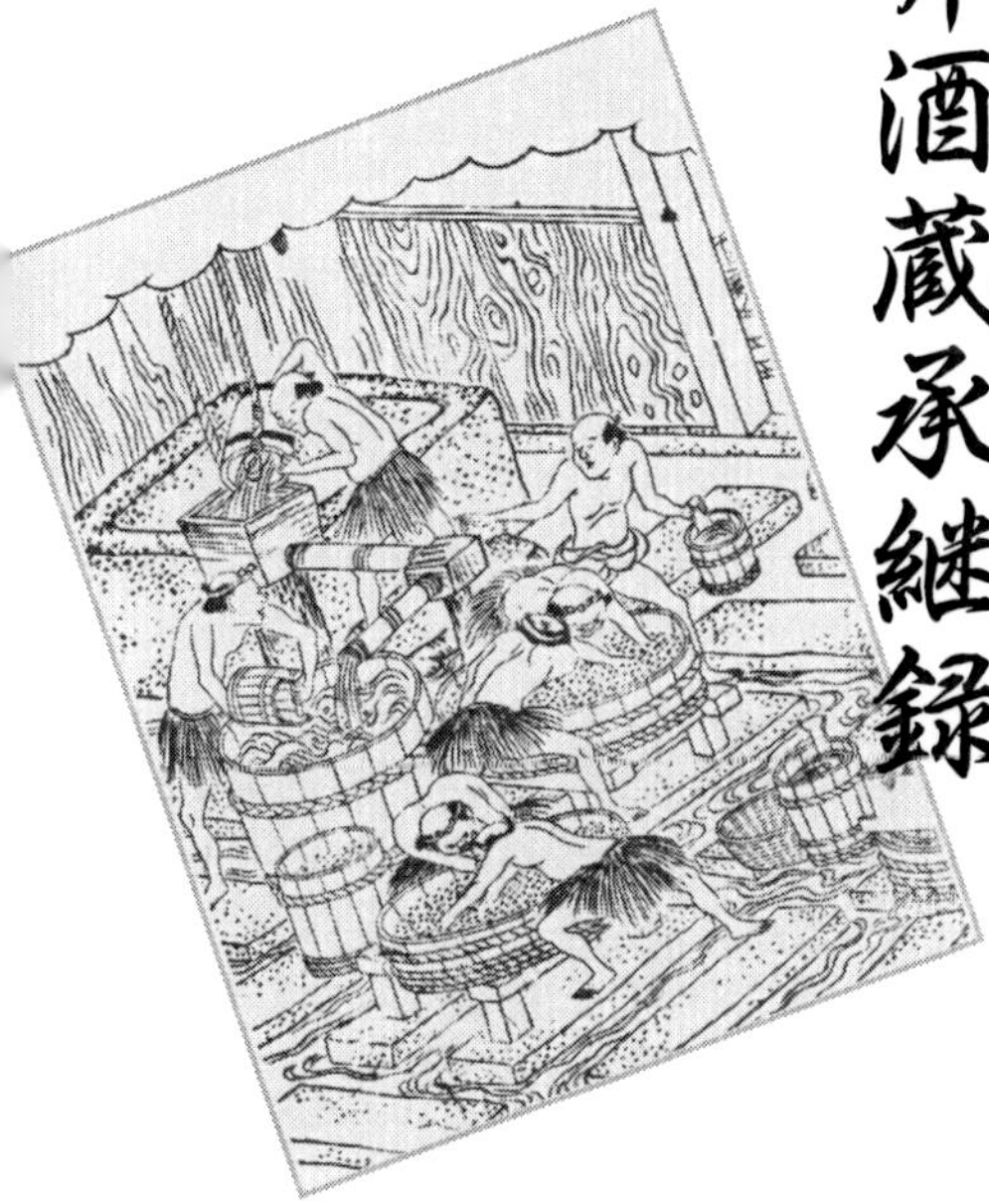

鳥影社

山之井酒蔵承継録

——江戸明治・士農工商・たずき譚——

目次

嘉衛門《かえもん》の他利即《たりそく》

一

境の河岸《かし》問屋、福田屋の主、嘉衛門が帳場に座り、暖簾ごしに街道を睨みつけている。その表情に強い苛立ちが浮んでいる。文化六年（一八〇九）の三月末に入っていた。店の前を日光東往還が通っている。行き交う旅人や、荷駄を積んだ大八車が、ひっきりなしに通る。その度に土埃が舞い上っていた。

「それにしても遅すぎる」

舌打ちを堪え、一人言ちた。

「左様ですね。手前が総州屋に行ってまいりましょうか」

ともに待つ三番手代の平吉が、気をきかせたようなことを言う。

総州屋は江戸川左岸、向河岸の河岸問屋で飛脚屋を兼業している。

「バカを言うんじゃない。あちらは届けるのが商いなのだ」

平吉が、しまったとばかりに首を竦《すく》めている。

入荷の連絡が届かない。予定を十日も過ぎていた。

関宿《せきやど》は南に下る江戸川と、東南に向かう利根川との分岐点にある。

利根川右岸にある境は河岸であり、日光東往還の四番目の宿場でもある。北関東の荷の集積地で、問屋・仲買あわせて、六十数軒の商家が軒を並べている。この当時、総州（上総《かずさ》・下総《しもうさ》）で一、二を争う繁華な町であった。

福田屋は最大手の河岸問屋で店舗の間口は十間ある。今も帳簿を手にした手代と丁稚が走り回り、繁忙を極めている。関宿藩領内でも、比肩するものなき規模を誇り、持船は大小合わせて十三艘に上っている。老舗であり商いを手広く行ってきた。

船積問屋として北関東から送られてきた荷を船で輸送する。荷を預かり、保管料の庭銭を受け取る。往還問屋として夜船を運行し、年間三千人以上の乗合客を江戸へ送っている。肥料の干鰯《ほしか》を扱う問屋でもある。更に、二軒の旅籠も営んでいる。

この広範な事業の為に、九棟の土蔵を所有していた。

「いま鈴の音が聞こえなかったか？」

店の喧噪の中で、二人それぞれに耳を澄ませた。

「大旦那さま、確かに聞こえました」

飛脚の担ぎ棒の先に付ける、鈴の音が確かなものになって、徐々に近づいてくる。長暖簾を分けて飛脚が店に入ってきた。

「御免くだせい。福田屋さん。早便を届けにめいりました」

「待っていたよ。便は私が貰おうかね。平吉、いつものをな」

嘉衛門は上がり框《かまち》の際に行き、鷹揚《おうよう》な態度で文箱を受け取った。だが内心は気持ちが急いていた。もどかしい手つきで、文箱の紐を解くなり、すぐに文を広げた。

平吉に用意させておいた駄賃の紙包みを、文箱とともに飛脚に渡しているのが、ちらりと見えた。

「旦那、いつも有難いことで」

飛脚屋が礼を言って見上げている。

「いつも、御苦労だね」

立ったまま文を読み終え、うわの空で答えた嘉衛門だった。

虚空の一点を凝視している。顔が心なしか蒼ざめて見える。

「それでは、あっしはこれで」

己の届けた便が、悪い知らせであった事を覚ったようだ。飛脚屋が小声を掛け、辞儀をして踵《きびす》を返した。長暖簾をくぐり店を出ていった。飛脚屋の背に、平吉が労《ねぎら》いの声を掛けたが、店の喧騒に交じり合いかき消された。

荷主の佐藤尚三郎からの便りであった。文化三年（一八〇六）以来、福田屋に鱒〆粕《ますしめかす》を納めている荷主である。『荷船が磐城《いわき》で難破してしまい、荷を届けることができない』と知らせてきた。

「さて弱った。これはどうしたものか」

嘉衛門は思わず呟きを洩らした。一昨日にも、関宿藩領の都賀郡（現在の栃木県南部）の大庄屋から『鱒〆粕は何時届くのか』と、問合せの文が来たばかりだった。

金肥《きんぴ》（金を払って買う肥料）の鰰〆粕は田畑に良く効いた。

三年前に、福田屋は大庄屋のところに鰰〆粕を持込んだ。大庄屋は初め二の足を踏んだ。その効き目がどれほどのものか判らなかったからだが、長年のつきあいのある福田屋を信用し採用することにした。鰰〆粕を肥やしにした年の米の成り具合は、平年を二割ほど上回った。定免制で年貢として納める石高が定まっている村にとっては有難い肥料なのだ。

ここ数年来、九十九里浜の鰯《いわし》の不漁で干鰯は、品薄となり値上がっていた。鰰〆粕は蝦夷地の鰰から作られている。骨を抜いて魚油を絞った粕を、干し発酵させたもので脂分を多く含む。一方の干鰯は海岸で天日に干して作られる。

今の鰰〆粕は、値上がり前の干鰯とほぼ同じ値である。

この取引は、幕府蝦夷地奉行の配下、蝦夷地御物産の売弘《うりひろ》メ支配方・佐藤尚三郎と嘉衛門との間で取り決めた直取引であった。初め尚三郎が話をもちかけてきた。

寛政十一年（一七九九）幕府はロシアの蝦夷南下策に防衛上対抗するべく、東蝦夷地の直轄に踏み切っていた。厚岸《あっけし》と江戸を結ぶ東回り航路が同年七月幕府の御用船神風丸により開かれている。その後、幕府は蝦夷全島の経営に乗りだし、海産物を中心とした物産を流通させるべく直捌《じかさば》きを実施している。その直販売の末端を担っているのが売弘メ支配方である。

「平吉、私は明日、為右衛門さんの所へ出かける。手配をしておいておくれ」

直接、出向いて経緯を話さねばなるまい。

「大旦那さま、あちらでお泊りになりますか？」

大庄屋だけに話して済む事ではあるまい。名主と組頭の幾人かが同席するだろう。話は、長引くに決まっている。

「そうだな、そうなるだろう」

しかし、幾人も納得させるに荷主からの一通の文だけで、事足りると思ってはいなかった。この際、先に佐藤さまに直接会って、詳細を聞いておくべきだろう。

「明日の予定は止めておく。それより今、文を書く。それを早便として総州屋に頼んできておくれ」

江戸の売弘メ支配方・佐藤尚三郎を訪ねることにした。

直取引の旨みは、利の厚さにあった。独占する事で旨みも増した。だが、荷が入らないことを想定していなかった。商人として境河岸《さかいがし》を代表する存在である事を自負している。まったく、情けない。このままでは世間さまに迷惑をかけることになる。鱒〆粕を何としても調達せねば笑いものになる。

大店の主として壮年のずっしりとした貫禄が備わっている。五十代に入っていた。顔が大きく、上背があり、一目で当主であることを合点させるに十分だった。

難破したと云うが、佐藤さまと話して、はたして埒《らち》が明くものだろうか？　ここはやはり抜かりなきよう、江戸の霊岸島にある蝦夷産物取引会所というところにも話を通じておくことが上手というものだ。

嘉衛門は、その日のうちに藩庁に出向いた。藩の勘定所から紹介状を得るためである。

翌々日、関宿藩の勘定頭からの書状を懐に、嘉衛門は平吉を伴い、夜船に乗り込んだ。

「大旦那さま、今夜は冷え込みそうでがんす。半纏《はんてん》を羽織っておくんなさい」

福田屋の船方、丑松《うしまつ》が気を使い勧めてくる。福田屋が毎夜運航する日本橋への夜船である。他に乗合客が八人いた。

「丑松どん、よろしくな」

艫《とも》に積まれた半纏を摑みさっそく腕を通した。

境河岸の福田屋の船着場から、夜船がするすると流れに入っていった。漆黒の流れに月光が煌《きらめ》いている。

ザワザワという流れの音と、ぎっちらぎっちらという櫓を漕ぐ音が、あたりを支配している。船が向きを変える度に、乗合客に流れの重みを感じさせた。嘉衛門は瞑目し流れに身を任せていたが、意識は半ば醒めていた。

翌早朝、日本橋小網町の行徳河岸に着いた。西の方角に見える富嶽《ふがく》が朝日を浴びて赤い。本石町の鐘が鳴り、明け五つ（六時）を告げている。足下を確かめながら、嘉衛門は夜船を降り、河岸に立った。

「ご苦労だったね。これで精の付くものでも食べておくれ」

全身に疲労を滲ませている丑松に、駄賃を握らせた。

「こりゃ、どうも。大旦那さま、お気をつけて御出でになってくだせい」

嘉衛門と平吉は、日本橋川に沿って、小網町を北へと足早に向かった。早朝であるが、徐々に行き交う人が増えてきた。

豆腐の棒手振りが「豆腐え〜豆腐、できたての〜豆腐、いらんかー」という掛け声と共に通り過ぎていった。朝空が淡い青へと変わり始めている。冬の名残の寒風が吹きすぎていった。心が澄んでくるようなすがすがしい朝だった。その中を歩いているだけで気持ちがしゃきっとして、何やら力が湧いてくるようだ。

小柄な平吉が、大柄で歩みの速い嘉衛門の後を遅れまいと必死に歩を運んでいる。二人は口を開くことなく、ひたすら急ぎ進んだ。いくつか橋を渡った。本船町にはいっていた。

そこに広がる魚市場は、すでに商いのやりとりでごった返していた。生ぐさい臭いが鼻をつく。人が途切れることなく行き交い魚荷が次々と運ばれていく。

「ぼやっとしてるんじゃねえぜ。桶がひっくりかえったら売りものにならんわいな」魚桶を天秤棒の前後に担った棒手振りに罵声を浴びせかけられた。雑踏の中では頭を下げているひまなどない。人の間を縫うようにして川沿いの道を進んだ。

ゆるい曲線を描く日本橋とその擬宝珠《ぎぼし》が左手前方に見える。橋の北詰を真っすぐに突っ切り、歩をすすめた。一石橋《いちこく》を左手にみて五丁ほどいくと竜閑橋《りゅうかん》にさしかかった。

橋を渡り終え、鎌倉河岸を神田橋御門に向けて歩き続けた。

左方には、城の周《ぐるり》を囲む巨大な石垣が続き、威容を誇っている。

嘉衛門の歩みが緩んできた。

御門外の公事方《くじがた》勘定奉行役宅前には、公事訴訟（裁判）に臨む人々がすでに屯《たむろ》していた。

嘉衛門は役宅の手前を右に折れて新道三河町を進み、三丁目の角を右に入った。

そのすこし先にみえる間口が二間の小店に入っていく。平吉もそれに続いた。福田屋の先代番頭、孝助が営む小間物屋である。嘉衛門は偶《たま》に江戸に出た折、ここを宿がわりにしている。

「ごめんなさいよ」

暖簾を分けて土間に入ると、帳場に座っていた孝助が立ち上がり、上がり框《かまち》の際にきた。

「大旦那さま、お待ちしておりました」

「おお、孝助さんか、無沙汰をしたが、元気そうでよかった。済まないが、また数日やっかいになる。よろしく頼む」

「承知しておりますとも。さあさあ、どうぞお上がり下さい。平吉さんも、上がっておくれ」

「少し休ませてくれるか。正直なところ夜船は身にこたえる。それでな、午後になったら出かけるところがあるので、起こしてもらいたいのだが」

市ヶ谷にある白河藩中屋敷の長屋に佐藤尚三郎は起居している。

早便を送り来意は告げておいた。門脇の潜り戸を叩き衛士に名を告げると、すぐに尚三郎の棟に案内された。

「福田屋どのわざわざお運び、恐れ入る」

四十代の半ばを過ぎた尚三郎の鬢《びん》には白髪が混じり始めている。常ならば、気さくで明るく振る舞う尚三郎だが、この時の表情は硬いものだった。

挨拶が済み客間に通された。

対座すると尚三郎がわずかに低頭し、口を開いた。

「福田屋どの、真に申し訳ない事となった。不慮の出来事ゆえに、如何ともし難い。この事情、汲んで頂けまいか」

それを汲むとしても詳細だけは知っておきたい。

「佐藤さまがそのように申される以上、手前は何も言う事はございません。が、できればもう少し詳しくお聞かせ願いたいのです。大庄屋殿や名主、組頭の面々にも納得してもらわねばなりませんので」

尚三郎が少しばかり下唇をかみしめ、視線を畳に這わせている。

「佐藤さま、前回とそれ以前にも、東海屋の五百石船が使われていたと聞いております。磐城《いわき》から浦証文（遭難調書）は届いておりましょうか？　ありましたならば拝見させていただきたいのですが。その時の状況を知りたいだけなのです」

尚三郎が顔を上げ、嘉衛門を正面から見詰めている。やがて、

「ごもっともなれど、まだ届いておらんのです」

と言いつつ表情は何やら翳《かげ》りを帯びてきた。再び沈黙し、考え込んでいるようにも見えるが、

「これから話すことは、ここだけの事とし、聞かなかったとしていただけまいか。この話が漏れると……」

声を潜め、湿った声で切り出して来た。思わぬ展開だった。

「はて？　それほど難しいお話なので」

手前はただ鱒〆粕の事故の様子を、聞きに参っただけなのですが、と言いたいところを、嘉衛門は言葉を呑み込んだ。

二

二十日ほど前のことだった。尚三郎は、大手門内にある公儀勝手方の下勘定所を退出した。大手門を抜け橋を渡ると真っすぐに進んだ。小普請方の屋敷に突き当たると左に折れ、神田橋御門を渡った。

お濠の水の匂いを風が運んできた。日は西に傾きかけているが夕暮れまではしばらく間がありそうだ。

町場に出たところで、左手から突如現れた侍に呼び止められた。

「佐藤殿でござるか、しばしお待ちくだされ。拙者、白河藩江戸留守居役配下の成島道之介と申す者。お伝えしたき事ありて、お声を掛け申した」

尚三郎は、現在、公儀へ召し出されているが、本来は白河藩郡代配下の手代である。

「成島殿とな。このような所で？　して、どのような事でござろう」

成島とは初対面である。色白で目つきが鋭く、中背の男であった。三十代の中ごろであろうか。白河藩十一万石は家臣の数、千四百余名の大藩である。己の事をいつ知ったのか。不可解である。ましてや、お留守居役は北八丁堀の上屋敷に居られる。

成島は右手でゆくてを示しながら、人通りの少ない路地へと歩をすすめていく。用水桶の脇で立ち止った。表通りからは見えない場所である。

「ご家老からの密命がござる。心してお聞きくだされ」

密命だと？　それも路上で。予想だにしていなかった。あまりに唐突で常軌を逸している。鵜呑みにはできぬ。本当に白河藩士か知れたものではなかった。

尚三郎の思わくを見透かしたように、成島が唇を歪めて薄笑いした。よく見ると、がっしりと鍛えられた体軀をしている。手の平に竹刀だこがちらと見えた。恐らく、剣の腕はかなりのものだろう。

「一度しか言わぬ。貴殿にとっても、我が藩にとっても重要なことだ。ご家老からは『売弘メ支配方を辞し、即刻国に戻るように』とご下命があった」

尚三郎は仰天し我が耳を疑った。そのまま諾《うべな》うことなどできる訳がなかった。

「まさか、俄には信じられぬ話だ。公儀からのお召しにより働いておる。おぬしに言われる筋合いのものではない」

咄嗟に応じた。成島の目に険しいものが浮かんできた。

「今、藩は危急の時を迎えている。このことお分かり頂けぬと言うならば……」

と言うなり、左手で大刀に反りを打たせた。右手は、大刀の柄頭の手前、臍《へそ》のあたりにゆるく置いている。成島の両の目から強烈な殺気がグワッと噴出してきた。鳩尾《みぞおち》を鷲掴みにされたような心地がした。尚三郎は、己の剣技について人並みを自負していたが、既に圧倒されていた。思わず目を逸らせた。それを成島は得心したと受け止めたようだった。

「ご家老の思し召しと心得よ。して、このことについて一切他言は無用である」

と言うなり、左手を刀から放すと踵《きびす》を返して立ち去っていった。

尚三郎は棒を呑んだようにただ立ち竦《すく》んでいた。じっとりとした汗が脇の下を流れ伝った。

次の瞬間、記憶の底からある情景が呼び覚まされた。

もしや、あの文が？

この突然の御下命の更に二十日ほど前、白河の城下は紅蓮《ぐれん》の炎に包まれていた。白河城にほど近い天神町から火の手は上がった。折悪しく、白河城下を西から東へと強風が吹き募っていた。火は瞬く間に、武家屋敷の並ぶ道場小路を抜け、城内三ノ丸の重臣の役宅に燃え移った。翌日、二ノ丸の用屋敷の一部を焼いて、ようやく鎮火したのだった。

白河はこれ以前にも大火を経験していた。天明六年（一七八六）十二月、藩主松平越中守定信が老中に就任する半年前のことだった。越中守にとっては自分を白河藩に押し込んだ張本人であり、云わば不倶戴天の敵であった田沼意次が、この年の八月に老中職を解かれている。この火災の後、暫くして、田沼の差し金による付け火だったという噂が実《まこと》しやかに城下に流れた。

この度の火災の後にも、もっともらしい、それに似た噂が流れたが、真偽の程は定かでなかった。

火災を免れた寺々には、多くの焼け出された藩士や町民が身を寄せていた。白河藩にとって復興に向け重大な局面を迎えていた。

生憎《あいにく》なことに御城下の干鰯問屋稲葉屋に、今年の田の肥料として鱒〆粕が納められた六日後の火事だった。上愛宕町にあった稲葉屋も、類焼を免れ得ず、店はもとより置場にあった千俵近い鱒〆粕を灰にしてしまった。

江戸の佐藤尚三郎のもとに、白河藩での上司、郡代の竹村作佐衛門からの文が届いたのは火災後十日を過ぎた頃だった。

文を開くと、『稲葉屋の鱒〆粕が焼失してしまった。新たに鱒〆粕を手当て出来ぬだろうか』とある。問いかけている風にみえるが、依頼というよりも下命に近いものだった。

「焼けてしまったとは。……はて、弱った。今年の出荷は、関宿の福田屋へ納める分で終わっているのだが」

と思わず口にすると、

「左様で。これから急ぎ注文を発しても、入荷は八月半ばになりましょう。今年の作付けには、とても間に合わぬでしょう」

隣席にいた下僚《かりょう》の市橋又造が応えた。又造は足利藩から出仕していたが、やはり農政に携わっていた。

尚三郎は一先ずこれらの事情を余す所なく、竹村作佐衛門に書き送った。

市ヶ谷、中屋敷のお長屋暮らしで、火事の知らせは耳にしていた。しかしその実態を詳《つまび》らかに知ることはできず、伝聞も噂の域をでなかった。天神町より西方にある日向《ひなた》に彼の家族は暮らしているが、未だ連絡は届いていない。

成島と出会った翌日、尚三郎は勝手方勘定所に、

「緊急の用向きが出来し白河に帰藩する」旨、市橋と上司に断りを入れてその日の内に、奥州道を白河に向け出立した。

五日後の夕七つ（四時）ごろだった。

尚三郎は、白河大工町の外れにある善徳寺の座禅堂を借りた郡代仮役宅を訪《おとな》った。三ノ丸の追手門に近い場所である。小坊主が現れ、用件を聞くなり郡代に取り次いだ。

袴の裾には街道の土埃がこびり付いている。玄関の式台に上がる前に、バサバサと埃を払い、泥だらけの紺足袋を脱いだ。

すぐに小者が案内にたち、座禅堂の奥まった角にある部屋に通された。郡代竹村作佐衛門が日に焼けた顔をほころばせて、尚三郎を迎えてくれた。以前から尚三郎の、作付と金肥の知識、渉外と勘定の能力を高く評価してくれている上司であった。平伏した後に、

「ご無事でなによりでございます。真に大変な火災であったようで、御城下の惨状には驚かされました」

江戸暮らしが続いているせいか、人ごとのような感懐が口をついて出ていた。

「うむ、今、八千本の木材を切り出しに掛かっているところだが、暫くはこの仮住まいになろうかと思う」

郡代は気にするでもなく、下座に控える尚三郎の風体を一瞥して、

「道中、無事でよかった。どうやら直ちにこちらに参ったようだの。わしの出した文が思ったより早く着いたということか」

労ってくれたが、文は尚三郎の出立前には届いていなかった。

尚三郎はそのことを言い、ついで江戸での成島との遭遇を話した。

「そうだったのか。ご家老が急遽、江戸留守居役に申しつけたようじゃ。留守居役殿は、お忙しい方のようだが、そのようなやり方を……こんなことを申しては何だが、留守居役殿は気に入らぬ下役に対して権高なお人だと聞いておる。まあ、知らぬことだと思うが……おそらく、おぬしが勝手方勘定所に出向いているのが面白くないのであろうよ」

郡代が苦笑いを納め、本来の話に入った。

「『鱒〆粕を必ずや調達し、作付けに間に合わせるように』と、ご家老を通じてお言葉を頂いた」

殿からの御下命であった。

鱒〆粕を積んだ東廻りの五百石船は、磐城四ツ倉湊に入津《にゅうしん》する予定であった。蝦夷地産物の売捌きは、江戸、大阪、兵庫、下関、四ツ倉、平潟と定められていた。

「鱒〆粕はここ数日中に四ツ倉湊に入る予定の、関宿福田屋への納品分千三百俵が、今季最後の荷でございます」

いやな予感がする。商人どうしの取引は信用が重んじられる。己は武家だが商人と幾年にもわたり取引をしている。築き上げた信頼を反古《ほご》にしたくはなかった。

「それだ。おぬしは今、ご公儀の売弘メ方支配として出向いておる。だが、白河藩士であることに変わりは無い。殿は民を思い、成り物を増やす事に心を砕いておられる。而して、今回のお言葉を頂いておる」

郡代は直接に指示してこない。

「拙者に、どのようにせよとおおせられまするか」

数寄書院造りの凝った部屋である。明り取りの丸窓の障子が開け放たれていた。ぽっかり丸く浮かんだ空間の中央に、季節外れの寒椿が赤い花を咲かせている。武家の屋敷であれば寒椿を植えることはない。花がボトリと落ちる様は、首が落ちる様を連想させた。この寺の住持は好事家で、庭木や盆栽にも目配りをしているようだ。

「その荷を回してもらえないか、ということだ。勿論、藩が取引の金高をそっくり払うことになる。福田屋には船が難破した、ということにしてもらいたい」

郡代は庭に目をやりつつ言った。

「それでは福田屋どのに多大な迷惑をかけることになります」

「しかし、聞くところによると福田屋とやらは、総州一の大問屋と言う話ではないか。そなたの考えるほど、軟《やわ》な商人ではあるまい」

「いや、そうは申されますが、しかし」

商人との信頼関係など、採るに足らぬことなのか？　己は、そうは思わぬが。尚三郎の沈思を遮るようにして郡代は続けた。

「そなたが以前関わっていた御薬園だが、あそこの肥料小屋も焼けてしまっての。二百俵の鱒〆粕は跡形もない。朝鮮人参の床作りが出来ぬ始末なのじゃ」

白河藩御薬園謹製の朝鮮人参は、その品質の良さから江戸の薬問屋に送られ、販売されている。貴重な収入源ともなっていた。この御薬園は道場小路にあり、殿が自ら設けられた。御勘定所とは目と鼻の先にあり、勘定奉行の差配下にある。

緊急時である今、鱒〆粕の調達は、藩としての総意ということになる。それならば、

「福田屋どのに事情を話して、荷を回してもらっては如何でしょうか」

尚三郎の提案に、

「そなた、商人との付き合いが長くなり過ぎたようじゃな」

郡代の顔にありありと失望の色が浮かんでいる。

「はあ」

「殿の御下命を果たす為に、一介の田舎商人に頭を下げることになるではないか、我が白河藩が」

「……」

尚三郎は咄嗟に返答できなかった。今言われたことは、商人の合理よりも武家としての体面を保たねばならぬ、という上司の意向なのである。

郡代は表情を和らげて言葉を続けた。

「そなたの才量で、殿の御下命を果たしてほしいのじゃ」

——才量？

その言葉を持ち出した上司に逆らえぬものを感じる。頷かざるを得なかった。

「承知いたしました」

聞かねばならぬ重要事が他に一つあった。

「『売弘メ支配方を辞し直捌きを止めよ』とのお言葉もあったのでしょうか?」

文化元年（一八〇三）、佐藤尚三郎は、公儀蝦夷地奉行の戸川筑前守からの召し出しの要請を受け、蝦夷地御物産・売弘メ方支配に任命された。

魚の〆粕を扱う公儀の直売部署である。

専門知識と能力を買われてのことだった。尚三郎を、藩の勘定奉行に推挙したのは、他ならぬ郡代であった。公儀による直捌きの方針が決まったのを受け、藩主である松平越中守定信が、尚三郎の名を蝦夷地奉行に伝えた、と聞いている。

公儀への出仕はすでに六年目を迎えていた。

藩の勘定奉行と郡代との間で、東廻りの廻船問屋東海屋との直取引がしばらく前から思案されていた。売弘メ方を通さずに独自に〆粕を入手しようというのである。そのために尚三郎の長年にわたる経験が必要なのだ。

「佐藤は公儀ではなく藩のために働いてもらわねばならぬ」

との合意が、白河大火を機に急遽なされ、家老の下命として伝えられたのだった。表向きは、「大火からの復興に藩をあげて取り組むことになる。公儀に迷惑をかけぬため、売弘メ方支配を辞しつかまつる」

ということだった。公儀勘定所へはすでに致仕《ちし》の請願を出したという。己に目を掛け、採り立ててくれた上司を目の前にしていた。その恩に報い、方針に従わねばならぬ。

尚三郎は仕事柄、商人の合理の考えに馴染み、好んでもいた。が、己が武家である事に何ら変わりはなかった。

尚三郎は腹を据えた。だが福田屋を欺《あざむ》くことの疾《やま》しさは尚三郎の胸裏に残った。

数日後に四ツ倉湊に入る鱒〆粕を荷揚《にあ》げするために、翌日、朝まだき頃、尚三郎は下僚二名と共に四ツ倉に向かった。急ぎの事態ということで馬の使用が許された。白河から棚倉街道を抜け、棚倉からは石川街道を駆けた。石川を過ぎると次は御斉所街道へと進んだ。

山また山が連綿と続きうねっている。まるで切れ目がない。山道は細く所によっては広くなった。日が遮られる場所では寒ささえ強く感じられる。

やがて山あいをぬけると人家がぽつりぽつりと見えてきた。湯元に近づいているようだ。村の中ほどにある茶店で昼餉《ひるげ》をとった。店の左手奥に湯ノ岳が望める。陸前浜街道に入り、北に向けてさらに進む。目的地の四ツ倉には日没前にようやく着くことが出来た。

道の前方に藩御用の宿、柏屋の看板が見え隠れしている。

「あれではないか？　どうやら辿り着いたようだ」

尚三郎は振り向きながら、後ろから来る二人に声をかけた。

馬をつなぎ柏屋の暖簾をくぐった。藩名を告げると、番頭が帳場の結界《けっかい》から飛び出してきた。三人は二階の角部屋に案内された。暗かった部屋の行燈に火が入れられた。そこは海に面した部屋で、障子を開けても空と海の区別はつかない。ただ、漆黒の中天に白銀色の弓張月が輝き、それが凪いだ海に光のすじを写していた。

翌日は終日みぞれ混じりの風が吹きつけた。厚い鈍色《にびいろ》の雨雲が上空を被っている。湊で東海屋の船を待ったが現れることはなかった。湾の内をときおり漁師船が行き過ぎるだけだった。

その次の日、みぞれが雨にかわり風はさらに強まっていった。船影はまったく見えない。

三日目の朝、雨はあがっていた。四つ（十時）ごろ雲間に青空が見え隠れし、陽光の筋が数本、海上に降り注いでいる。

湊に待機していると、東海屋と標《しる》した帆に風を孕み、五百石船が岬の突端に姿を現した。船の舳《へさき》で手を振っている水夫《かこ》がいる。以前から馴染みの船頭弥八である。

弥八の船に艀《はしけ》を漕ぎ寄せ、この湊で荷揚する旨を告げた。

これ以前、荷が福田屋だけのものである場合、船上で俵の数量を数え、福田屋への高瀬船が待つ銚子へと向かうのが常であった。

三艘の艀が船に漕ぎ寄せていく。暫くすると荷降ろしの作業が始まった。この日、一日かけて湊の積場への荷揚を行う。

艀がせわしなく行き交い、湊に鱒〆粕の俵を積み上げていく。

日が西に傾き掛けた頃、荷揚げの作業が終わった。

「佐藤さま、今年の春の荷はこれで終わりでございますね」

弥八がほっとした表情を向けた。

「うむ、そうだな。……ところで弥八、この後はどこに入津する？」

尚三郎にとって船が銚子湊に入るか否か、気懸かりだった。

銚子に東海屋の五百石船が入れば、すぐ関宿《せきやど》の境に伝わるだろう。

「明朝、目と鼻の小名浜湊で、取引のある浜問屋に寄ろうかと思いましてね。空船で戻るわけにはいきませんので、荷を入れようかと、へい。おそらく次は、安房の館山に入ることになるかと」

尚三郎の懸念は解けた。が、ほっとしている己の小心さに内心、腹立ちを覚えてもいた。

「突然の変更で済まなかった」

「いえ、どうってことじゃございません。ま、こう言っちゃあなんですが、かえって小商いが出来そうなんで、有り難いくらいで」

「そうか。……まぁ、釈迦に説法だが、鹿島灘もあることだ、随分と気を付けて行くのだぞ」

「お気遣い頂きやして、ありがていことでございます」

翌日、東海屋の船は、晴れ渡った四ツ倉湊を出帆した。小名浜湊に寄り、鰹節を積み込むと、群青色を帯びた大海原へ、するすると滑り出していった。当時、小名浜産の鰹節は値頃なところから、江戸で大量に消費されていた。

白河で、己に課された鱒〆粕の荷送の手配を総て終えた尚三郎は、五日前に江戸に戻った。任を辞するに伴う諸々の手続きを踏んでいた。文化六年の現在、蝦夷地奉行は廃され、松前奉行の差配となっている。

奉行の村垣淡路守との面談を経て、下僚の支配心得・市橋又造を担当の支配へと昇格させることが決まった。

この決定の後に、福田屋に連絡の文を送ったのだった。

三

福田屋は尚三郎から難破の経緯は聞かなかった。いや、都賀郡の在の人々に話せぬ内容ならば、聞いても仕方のないことだった。

「だいぶ難しいお話のようでございますね。お話はまた別の機会ということで、今日はおいとまさせて頂きたいと存じますが、いかがでしょうか」

藩邸を辞することにした。苦しげな尚三郎の立場も汲んだつもりである。尚三郎に否はなかった。

恐らく、お家の事情という類のものだろうと推測するしかなかった。平吉と孝助が脇門の潜戸の外で待っていた。

「大旦那さま、如何な具合でございましたか」

心配気に聞いてくる。平吉にすれば担当する金肥に関わることだ。真剣に成らざるを得ない。

佐藤さまを悪し様に言うつもりは毛頭ないが、

「うむ……、お武家さまとの商いというものは、ひとたび不都合が生じるとこちらがそれに合わせねばならん。なんともはや、まったく、難しいものだ」

苛立ちを抑えつつ、苦々しげに嘉衛門が言うと、

「本当に、難破したのでございましょうか？」

平吉が憶測をずばりと口にした。

「めったな事を言ってはならん。だが、わし等が知ってはならぬ事があったようだ。これ以上、詮索してはなるまいよ」

「鱒〆粕はどういたしましょうか？」

平吉が不安げな顔をして問うてくる。

「これしきの事で、へこたれてどうする、そうだろう、平吉。ちがうか？」

「へい、左様でございますとも」

と応え、平吉はいつものように、商人の柔らかな笑みをみせた。

「金を失くしはしなかったが、調達せねば、金より大切な信用というものを失くしてしまうこ

とになる。わしの沽券にかけてもやらねばならぬわい」

平吉に言ったのではなく、むしろ自分に向かって呟いていた。

事故であったのならば、これは仕方の無い事だ。利は取れなかろうとも、別の調達の道を探さねばならん。訳の判らぬ勝手な都合で、客に不利益をもたらすわけにはいかなかった。

佐藤尚三郎から別れ際に売弘メ方支配を辞する旨を聞かされた。急なことで驚いたが、船の難破とからんだ人事と推察するしかない。手筈が整えられていたのか、すでに決まっている後任への紹介状をも渡されたのだった。

もとより、この部署は蝦夷の〆粕を適価で直売し、北関東の米穀生産を向上させるために設けられたもので、今春の作付け分の調達を既に終えていた。

お武家の商いとは、所詮この程度のものだと思う。

明日、関宿藩勘定頭から頂戴した紹介状を携え、取引会所に行ってみよう。今年の田の代掻き前に、何としても間に合わせねば在の衆に合わせる顔がない。

己の為だけではないのだと気持ちを切り替えると、なにやら嘉衛門の内に沸々と力が湧き起こってきた。

三人は白河藩中屋敷を後にし、孝助の店に戻っていった。

蝦夷産物会所は物産を市販するため幕府が蝦夷地の直轄を始めた寛政十一年（一七九九）に設けられ、霊岸島の霊岸橋際埋立地にあった。嘗てこの埋立地は地盤がゆるいことから俗に、こんにゃく島とも呼ばれた。

本石町の鐘が朝五つ（八時）を告げている。

嘉衛門が店裏の井戸端で洗面を終えて客間に戻ると、朝餉が用意されていた。三人は膳を囲み慌しく食事を済ませた。

朝四つ（十時）には会所を訪ねるつもりでいる。孝助が気を遣い、鎌倉河岸から屋根船を頼んでいた。

昨日とうって変わり、江戸の空はどんよりとした薄墨色の雲に覆われている。三人を乗せた屋根船は、荷船でごった返す日本橋川を下り、大川へと向かっていった。

川面は空の色を映し、鈍色をした細波をたてて流れている。平吉は物珍しげに辺りを見回している。初めての江戸であった。

三人の乗った船は、湊《みなと》橋の手前を右に折れ亀島川に入った。

霊岸橋をくぐり、すぐ先にある会所の河岸、所の人々が俗に呼ぶ、こんにゃく河岸についた。

嘉衛門は、船頭に駄賃を渡して河岸に上がると、

「孝助、助かったよ。けっこうな距離があったようだ」

孝助の気配りを労った。

「大旦那さま、確かに。それでは早速、手前が会所頭への取次ぎを、お願いして参ります」

「うむ、それでな、藩の勘定頭から紹介状を頂戴してきているのだ。これを会所頭に渡してく

れるか」

「では、ちょいとお預かりして、行って参ります」

孝助は嘉衛門が差し出した封書を、押し頂き懐に入れると、会所の敷地内に進んで行った。

会所の建物は、平屋であったが、間口が十間ほどもあり、前庭は荷駄が入れるように広々とした空き地となっていた。大きな倉庫といったところであった。左手に別棟の店舗が併設されている。

孝助は暖簾を分け店に入っていった。

待つ間もなく孝助が戻ってきた。嬉しげな表情をしている。会う事ができるという。会所頭は平野屋太一という人物のようだ。

三人で店舗に入った。上がり框には、嘉衛門と同じくらいの年嵩の商人が座り、待ち構えていた。

「福田屋さんですか、ご苦労様でございます。ささ、お上がりください」

公儀の直営店であるが、運営は大店の商人に任されていた。平野屋は、腰の低い鷹揚な感じの人物に見える。

「福田屋嘉衛門でございます。お世話をお掛けいたします」

孝助と平吉は上がり框で待たせてもらうことにした。

嘉衛門は奥まった客間に案内された。こじんまりとした内庭の中央には木斛《もっこく》が植えられ葉を茂らせている。

すぐに、小女《こおんな》が茶を運び、嘉衛門と平野屋の前に置くと下がっていった。

「勘定頭様の紹介状を読ませて頂きました。福田屋さんは、関宿の境で河岸問屋を手広く商っておいでのようで」

「いえいえ、左程のものではありません。実は本日こちらに伺ったのは、鱒の〆粕についてご相談をさせて頂きたいと思いまして」

「鱒〆粕ですか、今日、初めてお目にかかりましたが、既に扱っておいでですか？」

嘉衛門は、隠しておくことでも無いと思い、佐藤尚三郎との今までの取引を語った。

「佐藤さまと、直取引をなされていた、ということですか。して、佐藤さまが売弘メ支配を辞されるというのは、初耳でございますよ。そうでしたか」

平野屋は何やら感慨深げである。

「近々、藩に戻られるのでございましょうが、佐藤さまも大変でございましょうね」

「大変と申されましたがいったい何の事でございます？　障《さわ》りのないところで結構ですがお聞かせ願えませんか」

会所頭の顔に一瞬、怪訝な表情が浮かんだが、すぐに消えた。

「ご存知かも知れませんが、白河は今年の二月に大火に見舞われたのですよ。町の六割が焼けたということです。火事ばかりは出てしまえば防ぎようがありません。きっと復興に力を注がれるのでございましょうね」

――白河の大火？　知らなかった。

だが、それだけでは済まない何かが脳裏に引っかかっている。想像の糸車がからからと回り始めた。尚三郎の苦汁に満ちた表情が思い出された。

おそらく、……想像に過ぎないが。……おそらく、鱒〆粕は四ツ倉湊に揚げられ、沈んではいないだろう。きっと、白河藩に……。

「もうし福田屋さん、どうしました」

会所頭の呼びかけに、はっと我に返った。

「確かに大火のこと伺っておりました。大変だったようでございますね」

とっさにこの場を糊塗する言葉が口をついてでた。

嘉衛門は愛想笑いをうかべながら、

「ところで、取引のことなのですが、手前どもでは千三百俵ほど入手いたしたいのです。お支払方法など、どのように致せばよろしいのでしょうか？」

具体的な内容を口にした。

「福田屋さん、以前より関宿《せきやど》の問屋衆は銚子からの荷を扱っておられ、常陸《ひたち》の在あたりまで荷を売り捌いておられるように、聞いておりますが」

「よくご存知で。左様でございますが、それがなにか？」

平野屋は何を言いたいのだろう。

「この江戸で店を張る問屋衆は、関東では武蔵、上野《こうずけ》、下野《しもつけ》辺りへと広く捌いております」

「はあ、なるほど左様で」

江戸に問屋が多いことは百も承知だ。何をいまさら言っているのだ。

嘉衛門は内心、焦れていた。話が逸れている。それでも、話を進める為には、耳を傾けねばと思う。ひょっとすると会所頭に足元を見られているのでは、と一抹の懸念さえ頭の隅を過ぎる。

「当会所が設けられ十年目を迎えましてございます。手前は二代目の頭でございます。当初いろいろな産物を扱いましたが、現在は鱒〆粕、赤魚粕、塩鱒に絞りましてございます」

ようやく話の糸口が見えてきた。

「ご希望の鱒〆粕ですが、当初こそ売れ行きが鈍かったのですが、安くてよく効くことが知れ渡ってまいりますと、引く手数多となってまいりまして。いや、これは佐藤さまが売弘メ方で、ご精進下されたことが、実に大きいのでございます」

嘉衛門が密かに懸念していたことだった。品が少ないということなのだ。それにしても、ずいぶんもって回った言い方をする。

「入手が難しいということでございましょうか？」

気が急いていて、ややせっかちに問いかけた。

「いえ、そうではございません。月に三度、六の付く日までに入荷があった場合、入札をしているのでございます。今度の入札は六日に行われますが、今現在の在庫数は八百二十俵でございます」

「入札ですか……。ということは、一番札で落札したとなれば在庫のすべてを入手できるわけでございますね」

「左様でございます。ただ、初値と入札額は当然のことながら、その時々で変動いたします」

嘉衛門はこの時、とにかく今春の分だけは全量を入手したい、そのことだけを考えていた。

「今年に入りまして、五回の入札がございました。その時々の一番入札値を記した落札控帳がございます。ご覧になりますか？」

福田屋の考えている事を察するかのように聞いてくる。

「見せていただけるのですか？」

「もちろんでございます。すでに取引が済んでしまった扱い物のただの記録でございますよ。なんの障りもございません」

会所頭が目配せをすると、帳場にいた番頭が厚みのある帳面を持ちだしてきた。嘉衛門は、

「ご丁寧に有難うございます。田の代掻《しろか》きも迫っておりますしね。皆様お考えになることは似ておりましょうなぁ」

なにげなく言い、帳面を受け取り頁をめくった。

「左様でございましょうねぇ」

会所頭の言葉に何やら同情めいたものが含まれている。それは、頁を繰っている嘉衛門の表

情が変わったからだ。

帳面に記された最初の年から値を追っていった。どうやら落札値は三月になると上昇しているようだった。前回の落札値、千百二十俵で七百七十両とは！　佐藤さまの卸値の三割高ではないか。

嘉衛門は言葉を失い、記された数字を睨み付けるように眺めた。その眉間に縦皺が刻まれている。

「福田屋さん、もうし……」

「あっ、はい、失礼いたしました。ぼやっと致しまして」

会所頭は、福田屋を慮るように、

「いかが、致しますか？」

入札に加わるか否かを、おもむろに問うてきた。

「お頭どの、実にお恥ずかしい事ながら、入札への参加を遠慮いたしますよ。手前どもの直入れ値に比べ、前回の入札額が三割高では、とても在の衆に売れる値ではございません」

「左様でございましょうね……」

嘉衛門は今更ながら、この会所の運営の巧みさを感じ、舌打ちしたい気分だった。入札による競い合わせに加え、入札値を見せる事で、値を意識的に導いているのだ。

「福田屋さん、鱒〆粕でなければいけないのでございますか？　干鰯《ほしか》ならば深川の問屋衆が扱

 っておりますよ」

嘉衛門の思案を見透かしたようなことを言ってくる。

「はあ？　鰯の不漁で常陸や九十九里の干鰯が高値止まりしておりましてね。手前どもではこの数年、鱒〆粕を扱っていたのでございますよ。江戸の干鰯もさぞ高いのでございましょう？」

嘉衛門は不審げに会所頭を見詰めた。平野屋が頷きながら、

「いえね、聞くところによりますと、伊勢や三河の干鰯は、以前と同じ程の値で取引されているようでございますよ。中には尾張からの荷も届いているようでございます。安房物も下品《げぼん》(下級品）でございますが届いている様子でございます」

ごくあたり前のような調子で告げた。

「真でございますか？」

嘉衛門にとって直ぐには信じられない話だった。九十九里の海産物は銚子に集荷されるが、安房は房総半島の突端になり江戸に送られていることは承知していた。だが今まで三河、尾張、伊勢などの西方問屋との取引は皆無だった。

本当ならば、己は井の中の蛙に過ぎないことになる。だが、今はそれどころではない。気を取り直し満面に笑みを浮かべた。

「お頭どの、お手数をかけて真に申し訳ありませんが、深川のいずれかの干鰯問屋に、紹介状を書いて頂けませんでしょうか？」

ようやく愁眉を開いた嘉衛門を見て、会所頭が、

「ようございます。御安い御用です。何の手間でもございません」

と言い、手を打って小女を呼び、硯箱と巻紙を持ってこさせた。

江戸で新参の尾張屋への紹介状を書いてくれた。頭の縁戚に当たるらしい。干鰯の扱い量が多く、値も妥当であり、今評判の店であるという。

三人は平野屋に礼を言い会所を後にした。

四

昼九つ（十二時）の鐘が遠くに聞こえる。

白河が大火に遭ったとは。小耳にはさむこともなかった。まったく迂闊なことだ。佐藤さまが言いたかったことはそのことだったのか。ならば､単にそう言ってくれればよかったものを。

難破したと偽りを言われたことを恥じておられるのか。

それにしても、あの会所頭は喰えんお人だ。会所で取引できない者を縁戚の店に回すとは。

見かけの柔らかさとは裏腹に抜け目のないことだ。……きっとわしのことを田舎商人と侮り、井蛙《せいあ》大海を知らずと内心嗤《わら》っておったただろうな。

嘉衛門は、思い出すだに腹立たしいような悔しいような、何とも言えぬ苛立たしさを覚えな

がら歩を進めていた。突如降りかかった難題はまだ半ばも解けていない。

このとき、平吉の腹がぐぅぅと鳴った。

「そうか、もう昼か。孝助、験直《げんなお》しにどこかで旨いものでも食おう。今、会所頭と話したことも聞かせたいのでな」

「大旦那さま、それでは、午後の商いもございましょうから、精のつくものを食べていただきましょうか。鰻などはいかがでしょう」

「平吉、おまえは鰻の蒲焼は初めてだろうから、そうするか？」

「へい、喜んで」

平吉の腹がまたぐうと鳴った。照れくさそうに頭を下げる平吉を見やった嘉衛門と孝助が、顔を見合わせ苦笑した。

嘉衛門は、午後には深川にある干鰯問屋の尾張屋を訪ねることを二人に告げた。

「大旦那さま、深川は鰻の本場でございますよ。値ごろで旨いと評判の店が有りますので、ご案内いたします」

孝助は永代橋に向けて進んだ。早春の風が海の匂いを運んでくる。歩を進めるうちに大川に架かる巨大な橋が目前に迫ってきた。

「こんな大きな橋を渡るのは初めてでございます」

平吉が興奮気味の声をあげた。

大川の満々とした流れを眼下に橋を渡る。人が多い。人の間を駆けぬける子供達がいる。橋を鳴らす下駄の音と話し声が交錯して喧《かまびす》しい。向い岸から物売りの掛け声が聞こえてくる。橋の上から見る大川の川幅は、見慣れた利根川や江戸川とさして違いはなかった。だが江戸湾への河口であるためか、水量がはるかに豊富に見える。川面を行く船の数と種類も多い。

平吉がその忙しげな動きに目を奪われている。

橋を渡り、左に折れ広い通りを進む。佐賀町に入っていった。

大川に接する佐賀町河岸には、荷倉が連綿と続いている。更に進み、いくつかの橋を渡った。小名木川《おなぎがわ》に架かる万年《まんねん》橋の手前を右に折れた。小名木川には福田屋の夜船が毎朝、通る。

「平吉、おとつい、うちの夜船で此処を通って小網町の行徳河岸に着いたのだ。覚えているか?」

嘉衛門は平吉に問い掛けた。

「大旦那さま、よく分かりませんです。川端を歩くというのは、船から見る景色とはまた違うものなのでございますね」

すかさず孝助が、

「小名木川はな、東照大権現（家康）様が、行徳の塩を運ぶ為に、小名木四郎兵衛というお人に開削を命じて作られた堀川なのだよ」

自慢げに付け加えた。

「へぇーこれが掘られた川なのですかい」

江戸が初めての平吉には、見聞きするもの総てが物珍しく映る。海辺大工町《うみべだいくちょう》に入っていた。行き交う人がさらに増えている。川沿いを東へと進んだ。野菜の売舟が下っていく。

「ここでございます。小体《こてい》な店ですが、味はよろしいですよ」

深川大鰻と書かれた行灯を出している楓庵という店に、孝助が入っていく。二人も後に続いた。

間口は二間しかないが、内は適度な広さがあった。鰻屋にしては小ぎれいで落ち着いた造りになっている。土間に置かれた長床几（腰掛け）が二脚あり、小上がりの座敷には衝立障子《ついたてしょうじ》で区切られた六席がある。座敷の一番奥の席に通された。

小女が茶を置き、盆を抱えて注文を待っている。

二人連れの客が暖簾を分けて入ってきた。昼飯時になり混み始めたようである。

孝助が品書きを見ながら、三人分の注文を手早く済ませた。

昼飯が出てくるのを待つ間に、

「さて、二人に会所でのことを話しておこうか」

嘉衛門は言い、先ほどの会所頭との話の内容を語った。

金肥担当の手代をしている平吉である。当然、異論がある。

「大旦那さま、今の干鰯は鰊〆粕より三割も高こうございますよ」

平吉の言うことに嘉衛門は頷きながら、

「わしは関宿藩境河岸の福田屋として商いをしてきた。だが、会所頭と話してみて、佐藤さまや銚子の問屋衆とばかりつき合ってきた横着が身にしみたわい。まったく恥ずかしいことだが、江戸の魚荷の集まり具合は銚子と比べものにならんことを思い知らされた」

苦々しげに応えた。平吉にとって、いつもの自信に溢れる嘉衛門の言葉とは思えなかった。顔に懸念をにじませ、嘉衛門の次の言葉を待っている。

「わしらは、銚子に届く荷が干鰯の総てと思い込んでいた。つまり常陸《ひたち》や総州九十九里の浜、総ての荷だとな。それに違いはないのだが、会所頭の言うには、伊勢や三河の品などが江戸に運ばれているというのだ」

小女が、鰻飯と白焼き、田楽の乗った膳を運んできた。嘉衛門は、

「話は、食べたあとにしよう」

と言うなり、膳に向かい手を合わせ箸を手にした。二人もそれに倣った。平吉が鰻の蒲焼を頬ばった。初めて食べたその旨さに、思わず口元が綻《ほころ》んでいる。嘉衛門に、

「今まで食べたものの中で一番でございます」

小声で囁いた。嘉衛門はうすく笑みを浮かべ頷いた。そのまま、無言で鰻の白焼きをつついた。孝助が嘉衛門の表情を窺いながら、皿に盛られた田楽の串を口にした。

暫くして三人の食事が終わった。茶を飲みながら、嘉衛門は話を続けた。

「尾張あたりからも、干鰯が入るらしい。値も以前と左程変わらず、安定しているというのだ。まあ、それが本当かどうか確かめねばならんがな」

会所頭から聞いた入荷先の話をした。二人にとってもそれは初めての話だった。会話が途切れた。

三人の間に流れていた沈黙を破ったのは平吉だった。

「真でございましょうか。……ならば、都賀郡の在の皆さんには、田の代掻き前に鱒〆粕でなくとも、干鰯はお届けできるのですね」

平吉が言ったことは、不面目を恥じるより、顧客への対応に思いを馳せての事だった。若いだけに真っ直ぐな物言いだった。

——こいつめ。

嘉衛門はやられたと思いながら一人頷くと、

「よく言った。その考えこそが商人《あきんど》というものだ。求められているものを、入り用なだけ届ける。それがわしらの仕事なのだ。これから尾張屋での干鰯の値が、どれほどのものになるかが、勝負所となる。尾張屋での交渉は三人で行くが、おまえが干鰯見極めの采配を振るいなさい」

平吉をまじまじと見詰めながら言った。

「へい、畏まりました」

おもわず顔を輝かせた。満面に嬉しさが滲み出ている。

尾張屋は深川西町にある。楓庵から、さして遠くはなかった。

小半時（三十分）後、尾張屋の置場に三人の姿があった。

関宿藩と蝦夷会所の紹介状を見た尾張屋主人徳兵衛が、番頭の忠七を伴い招じ入れたのだ。幅十間、奥行十五間ほどの広さがある。だが今ある品に伊勢や三河物は無く、尾張物だけであるという。

「今、お売りできる尾張産の干鰯は、上品《じょうぼん》ばかりでございます。ごらんになりますか？」

忠七が三人に向かって問い掛けた。最上品だけがあると言っている。嘉衛門が頷くのをちらりと見て、平吉がすぐさま応じた。

「はい、お願い致します」

金肥を扱う手代として、いよいよ自分の出番が来たのだ。平吉が忠七の側に二、三歩、歩み寄った。

尾張の産地札のついた干鰯が積み上げられている。忠七は俵の一つを床に下ろしたが、藁を拡げて開かずに、円い側面の網状に結われた紐の一部を小刀で切った。次に、干鰯を覆っている内側の粗紙に横に切れ目を入れた。その切れ目から、中の干鰯を二本ほど抜き出した。

平吉は、尾張の人間は万事に吝《しわ》いと聞いていた。尾張から江戸に出てきた新参の店である。番頭の動きにそれを垣間見た気がする。

「どうです」

平吉に干鰯を渡す忠七の表情には自信の程が、ありありと浮んでいる。確かに脂をにじませた光沢のある干鰯であった。

「うーん、なるほど」

と言いながら、平吉が差し出された干鰯を受け取った。それを右手に持ち、左の手の平にぱんぱんと叩きつけた。手の平にはカスが残ったが、砂粒は無かった。下品の干鰯には砂が混じっている。

「うーん、なるほど、なるほど」

と言いながら、干鰯の一本を折ると、その片方を口にいれた。身と脂の残り具合を確かめているのだ。

「大旦那さま、尾張屋さまの仰るとおりの上品でございますね」

平吉が嘉衛門に報告し、すぐに尾張屋の主人と番頭に頭を下げた。

「お目に適《かな》って、ようございました」

番頭の忠七が一瞬鼻に皺をよせて、当り前だといった口ぶりで応えた。その刹那に平吉が俵に近づき、小柄な体に似合わぬ力で、すいと持ち上げた。

「この俵は、重さが十六貫（六十キログラム）と見えますが、産地からのものでしょうか、それとも量りなおしたものでしょうか？」

聞かれた忠七が、やれやれといった顔をして、

「産地からの直送品でございますよ。手代さんの言われるように、若干、目方に多寡《たか》が生じますのは確かでございます」

と答えた。俵入り十七貫と定められているが、直送品の重さに不同はつきものだった。

これを潮に、尾張屋と福田屋との主人どうしの価格交渉が始まった。鱒〆粕は昨年、百俵五十一両で仕入れ、五十四両で都賀郡の百姓衆に納めていた。

尾張屋は初め、上品干鰯を境河岸まで運び、荷揚げして百俵五十六両二分という価格を示してきた。これでは商売にならぬ。少なからぬ損を被ってしまう。

「蝦夷会所のお頭の話では二、三年前と変わらぬ値と伺っておりますのですよ」

足元を見られているような気がしている。

「はい、確かに下品はそう言えましょうね。ですがこれは鱒〆粕と負けず劣らずの上品でございますよ。下品の値では、こちらの商いがたちませんのです。……それでは、こんな具合でいかがでしょう」

尾張屋が算盤の珠を動かし、嘉衛門の下げた値を逆に増やした。

ふむ、やっぱりそんなところか。会所頭は尾張物の値までは言っておらなかったからな。

尾張屋の算盤を見つめる目が強い光を帯びている。だが顔をあげると作ったような笑顔をむけてくる。商人同士の約束事のようなものである。嘉衛門も負けじと作り笑顔で珠を弾いた。

ひとしきり一進一退が続いた。

ここはもう取引条件を変えることで突いていくしかない。もとより、千三百俵を一括で買い取り、この河岸から福田屋の船に積み込むつもりであった。交渉の最後の切り札だった。この

置場での引取り値として、

「この河岸での積み込みだけで運送賃を含まず百俵五十四両二分ということでいかがでございます？　ただし明日の荷崩しの際に全ての俵を計量し、その結果で引取額を調整することに致しませんか。それとお支払は為替ということでお願いを申しあげます」

決め値のつもりで数字を示した。

嘉衛門の口元は笑んでいるように見えるが、その眼は冷静に徳兵衛の様子を窺っている。

この値は鱒〆粕の昨年の売値を若干上回っている。俵を計量すれば本来の千三百俵分の重さを下回ることはあっても、その逆は無いのが常であった。この調整分がどのくらいあるかで最終の原価が決まってくる。あわせて為替手形であれば支払までにひと月の猶予を稼ぐことができるのだ。例年、大庄屋に納める際には半金を回収している。店の内証に響かぬように金を回さなければならない。

尾張屋が苦い表情を見せた。上唇を一舐めした。視線の先を嘉衛門から虚空に移し、腕組みをして何事かを考える風だ。頭の中で算盤をはじいているに違いなかった。やがて、

「よろしいでしょう」

渋々ながらも頷いてこの取引条件に応じた。

運賃を差し引けばこんなものだろう。ちょっとだけ色をつけたが妥当な値だ。おそらく在庫が捌《さば》ける良い機会だったに違いないのだ。話は纏《まと》まった。

本所の時の鐘が、夕七つ（四時）を告げている。

「ようやく、纏まりましたな」

尾張屋がほっとしたような表情を福田屋に向けた。嘉衛門もつきかけた吐息をかみ殺してにこやかな表情をつくり、

「左様ですね。まことに、有難うございました」

と礼を述べた。

嘉衛門はこの結果について、利は無く、おそらく鱒〆粕で得た昨年の利益の幾許《いくばく》かを吐き出してしまうだろう、と算している。だが、商いというものは勝ちばかりが続くものではない。負けもする。勝ち負け合わせて儲けを出せればよいのだ。これで在の衆になんとか得心してもらえる。値で負けて信用で勝ったと思えばいいのだ。と少しばかり苦い満足感に浸っていた。

尾張屋番頭の忠七と平吉が、千三百俵の荷崩しに関わる打合せをしていたが、終わったようだ。明日の計量と荷崩し、明後日の荷の引き取りの準備が残っていた。

手打ちの席の誘いを丁重に断わり、三人は孝助の店へと帰路に着いた。

手筈を整えなければならない。この日の内に、関宿・境に早便の飛脚が送られた。福田屋で最大の積載量を有する全長九丈（約二七メートル）の高瀬船一艘と、五大力船二艘が、明後日の早朝に此方に着くように手配した。七百俵を高瀬船に、残りの六百俵を二艘の五大力船に積み、境に戻るのである。

五

翌日、本所の明け六つ（六時）の鐘が鳴った。すでに、福田屋の三人は置場に立って荷崩しの算段に掛かろうとしていた。

天候に恵まれた。藍色だった空が白み始めている。雲がゆるやかに流れ、江戸湾からの風が少しばかり吹き渡っている。

平吉が嬉々として、

「大旦那さま、この天気が明日まで続くとよございますね」

と言い、今日、明日の大仕事に意気込んでいるのが伝わってくる。

「確かにな。だが少々荒れても、高瀬船には操船上手の粂造が居るから心配はいらん」

と応じたが、胸のうちには別の思いが浮かんでいた。

江戸でもあれほどのものはめったにあるまい。うちの高瀬船は総州一だ。

そんな自負がある。嘉衛門にとってその役割よりも、大店としての見栄を具現化したものであった。

千三百俵の干鰯を全て計量し、三百五十の二山に、三百の二山に分ける。四つの区画に俵を積み上げる。三艘分の荷を予め数えて積んで置くことで、余分な手間と間違いを防ぐためだ。

荷崩しと積み上げはいかに置き場を有効に区画できるかが肝心となる。

平吉が福田屋の置き場でしょっちゅう差配しているやり方だった。平吉の説明を番頭の忠七は一通り黙って聞いていたが、作業に取りかかる段になると、

「皆、平吉さんの指図どおりにやってくだされ。よろしいな」

きっちりと人足達に指示をだした。

計量は三人がそれぞれ別箇に量り場にはり付き、受入帳に記入していった。その結果として五十三貫の目減りが確認できた。三俵分と些少の金額を差し引いたものが支払額となる。日没近くになって計量と積み上げの作業が終わった。ようやく出荷の準備が整ったのだった。

翌朝、三河町の店を出たのは、明け六つ半（七時）を過ぎたころであった。三人は通りに出るとすぐ左に折れ、新町三河町を進んだ。しばらくすると濠端にでる。右手に神田橋御門の高麗門が見える。門の瓦屋根が朝日を照り返している。

嘉衛門は、何気なく開かれた門に目を遣った。一人の武家が濠に架けられた橋にさしかかり、こちらに向かっている。野袴に背裂羽織、旅嚢を背負い、一文字笠を左手に持っている。何か考え事をしているのか、数歩先に視線を向けたまま歩を進めている。

佐藤尚三郎だった。

嘉衛門は孝助と平吉に、

「お前たちは、鎌倉河岸で待っていておくれ。知り人が来たのでな。なに、すぐに追いつく」

指示を与え、尚三郎を待った。

尚三郎が橋を渡り終え、右手に折れて進んでいく。嘉衛門からは横顔が見えた。浮かない表情のまま、目の前を通り過ぎようとしていた。

「佐藤さま」

尚三郎は一瞬、顔を上げ、声のする方に顔を向けた。

「福田屋どのではないか」

瞬間、嬉しげな顔付きをしたが、すぐにその表情を引っ込めてしまい、もとの憂い顔になった。嘉衛門は、この時、尚三郎の本心を垣間見た気がした。

「佐藤さま、随分とお早いお出かけでございますね」

「これより、国に帰るところでござるよ。伝えねばならぬ事があって、勘定所に立ち寄ったのでござる」

「左様でございましたか」

「福田屋どの、拙者に何ぞ？」

嘉衛門は、今日、深川の干鰯問屋から荷送りすることを尚三郎に伝えた。

「迷惑を掛け、誠に済まぬ」

「とんでもございません。佐藤さまには、今まで幾年にもわたり、鰾〆粕をよい値で卸していただき、有難く思うておりますよ」

嘉衛門は、会所頭との出会いと尾張屋との交渉結果を、手短に話した。

「長年、境で問屋をしておりますが、江戸で話を聞く内に、手前の商いの目処《めど》がいかに狭いかを覚りました。鱒〆粕で、佐藤さまに良くしていただいた事は、忘れるものではありません」

いつわりのない嘉衛門の気持ちそのものだった。自然と満面に笑みが浮かび深く辞儀をしていた。尚三郎もつられるように笑みを返してきた。

「実は、物産会所で白河大火について初めて耳にいたしました。真に迂闊でございました。商いが忙しいことに感《かま》けて、お世話になった佐藤さまの周りに起こっている事への配慮もせずに、申し訳ない限りでございます。今度、お国元から江戸に参られる時は、以前と同じように福田屋にお越し下さい。ともにお酒など汲みながら、楽しいお話をいたしたいと思うております」

嘉衛門は話しながらも笑みを絶やさなかった。思えば数年のつき合いだったが、尚三郎の質《たち》からか、堅苦しさを感じたことはなかった。

「福田屋どのにそのように言っていただけるとは」

平吉が走りながら近づいてきた。迎えに来たようだ。

「佐藤さま、お達者で。近いうちにまたお会い致しましょう」

嘉衛門は、再び大きな辞儀をした。

尚三郎がわずかに低頭しそれに応えた。やがて一文字笠を被り、歩み始めた。奥州白河へは、五日の道のりがある。歩を進める尚三郎の表情には憂いの影はなく、晴れやかなものに変わっていた。

嘉衛門は尚三郎を見送った。

――これでよかったのだ。

胸のつかえがとれた気がした。尚三郎の姿が見えなくなったのを汐に、平吉とともに鎌倉河岸で待つ船へと急いだ。

深川西町河岸で干鰯の船積みが始まった。

尾張屋の番頭の指図で倉出しされた俵は、福田屋の番頭がその数を台帳に記入した。平吉は船への荷積みの采配をふるった。尾張屋の人足、丁稚、総出の作業だった。二時（四時間）ほどで全ての船積みを終えることができた。

河岸を去るまえに尾張屋徳兵衛が為替手形（代金取立手形）を嘉衛門に手渡した。その額面には七百六両也と記されていた。

先ほどまでの喧騒がまるで嘘のように、河岸は常の気配に戻っている。

初めに七百俵の干鰯を積み終えた高瀬船は、すでに境に向け出航している。最後の三百俵を積み終えた五大力船が、大横川の西町河岸を離れていった。猿江橋をくぐり小名木川を進み始めている。

尾張屋の徳兵衛と番頭、手代以下が総出で、二艘の船を見送った。

その列の端に福田屋の元番頭、孝助の姿も見える。

船はそのまま進み、小名木川を抜けると新川に入っていった。

嘉衛門は平吉の船に乗った。

行く手に舫《もや》い船が増えてきた。船堀の辺りを通っている。もうしばらく進むと、新川口に着き江戸川に入れる。

「平吉、江戸はどうだった？」

嘉衛門の問いかけの意味が判らずに、戸惑いながらも、

「へい、鰻が大層、うもうございました」

と答えた。嘉衛門は苦笑しつつ、

「何を言っているのだ。食い物のことではなく、商いのことだ。会所と尾張屋をどう思った？」

かさねて問い掛けた。

「はい、入札とは、やり方次第で旨みを増せるものでございますね。それと……」

ちょっと言い淀んでいる。

「それと？　思ったことを言ってごらん」

嘉衛門の促しに、

「江戸に金肥を扱う出店があると、もっと手広く商いに繋げられるのでは。生意気を言って申し訳ありません」

平吉が首筋に手をやりながら答えた。嘉衛門は、満足げに笑みを浮かべ、

「よく言った。おまえにその気があるようなら、と思っていた。この手配が総て終わったら、孝助のところに暫く厄介になって、出店を作ってくれるか」

と指図した。それは平吉にとって望外なものだった。

「ひぇー、真でございますか。是非やらせてくださいまし」

嬉しさが溢れて顔に血がのぼり輝いて見える。嘉衛門にとっても、胸に滞《とどこお》っていた靄《もや》が晴れ、目の前が大きく開けたような心地がしている。

船は江戸川に入った。江戸湾からの風が川面を波立て、吹き通っている。船頭の判断で帆を揚げた。

しばらく進むと、右岸に行徳河岸が見えてきた。塩船や人を乗せた番船、炭船などが出入りしている。

左岸のはるか前方に市川の関所が小さく見える。そこを過ぎさらに進むと、国府台の赤土の崖が右手に見えてくる。その台地の上に、幾本もの大きな松が悠々と枝を広げている。

——あの松はいつも悠然と大きく構えているが、己も常にあのようにありたいものだ。いや、あらねばならぬわい。

胸裏で呟いた嘉衛門の表情には、福田屋当主としてのいつもの気概が溢れていた。

船は順調に江戸川を上っていった。

境河岸に、二艘の五大力船が着岸したのは、翌朝の五つ（八時）ごろだった。

先行した高瀬船の荷は、既に福田屋の置場に荷揚げされていた。福田屋から番頭をはじめ、ほとんどの奉公人が、わらわらと飛び出してくる。干鰯の荷揚げは、瞬く間に始まり、そして終わった。

置場に千三百俵の干鰯がうずたかく積まれている。奉公人は、すでに自分の持場に戻っていた。嘉衛門と平吉だけが残っていた。

「平吉、今日は何日だ？」

「四月五日でございます」

「間に合ったな」

「はい、本当にようございました」

田の代掻き前に、干鰯を都賀郡の在の村々に届ける事が出来る。

二人の顔に安堵の笑みが浮かんでいる。

何気なしに河岸に目をやった。川向うに聳える関宿城のはるか彼方に、朝日を受け赤く染まった富嶽がなだらかな山影を見せている。思わず手を合わせた。

平吉もそれに倣った。

嘉衛門の口から、

「他利即……」

と念仏のようなものが漏れた。

「大旦那さま、今のお言葉は一体？」

「うむ、これはな、『他人のためになることをすれば、自分にも利がもたらされる』という意味の言葉なのだ」

先代から、当主が守るべき心得として聞かされていたのだ、とは口に出さなかった。

嘉衛門は、今こそ口にするに相応しい言葉だと思い、もう一度、声に出して唱えた。

「他利即自利也・他利即自利也・他利即自利也」

鯰《なま》を牽《ひ》く

一

見渡す限りの水面《みなも》が広がっていた。

北の方角には蒼い筑波の二峰がぼんやりと霞んでいる。

所々に、大水に備え盛土した水塚《みづか》に立つ蔵と、水に没した母屋の屋根が浮かんで見えた。常なら野面を覆いつくす田も畑も今はまるで見えない。利根川の堤を破りあふれ出た水とともにすべての音を呑み込んでしまった静寂が一円を支配していた。

「あっ、あぶねえ」

小舟が見る間に流れの中に吸い寄せられていく。

昼間だというのに空には分厚い薄墨色の雲が垂れこめている。

食い物が尽きていた。

「粟《あわ》でも稗《ひえ》でもいいわな、ちょっと借りてくるで」

といって父親の左平が小雨の中、小舟を漕ぎだしていった。

引き戸を狭めに開けて新八は見送った。

家から十間ほど北にある三田川という幅二間ほどの小さな流れのある辺りだった。地を覆いつくす水の底で伏流と化していた。

普段、舟は大水に囲まれた時のために蔵の天井につり下げられている。めったに操ることはない。左平が僅かに腰を上げた拍子に舟が傾いた。持ち上がったほうに移動しようとしたが、焦って足を滑らせた。

「ああ、おやじが」

水に流されていく。新八の口から呻《うめ》き声がもれた。

百舌《もず》の鋭い高鳴きが夜のしじまを破った。

「おい、新八」

囲炉裏《いろり》で手足を温めていた兄の尚次が声を掛けてきた。

「また、あれを思いだしたのか……しょうがねえなあ」

寝間着に着替えたところだった。喉が無性に乾いていた。土間にある水瓶《みずがめ》にむかった。蓋を持ち上げ、瓶のなかで揺れる黒い液体を見たとき、あの光景がわき上がってきた。

柄杓《ひしゃく》を瓶に突っ込み、汲みとった水を呑む。冷えた液体が喉の奥のほうへ流れおちていく。

一条の月の光が戸の隙間から差し込んでいる。新八は薄闇につつまれた土間に立ったたまま、

「あんとき、俺か兄さが行けば……」

と口にだした。

「またそれか。おやじが行かなきゃ借りられねえことぐらい分かっていただろうが。もうその話は止めてくれねえか。いくら考えても、思ってもどうにもならねえことは山ほどある。考え

るだけ無駄だ。もう寝るぞ」

布団にもぐり込むなり背中をむけた兄を見て、仕方なく新八も寝床にむかった。奥で横になっている母親は引きずるような軽い鼾をかいていた。

安食《あじき》は利根川沿いの村で川の中流域からやや上に位置している。

新八は母親と兄の三人住まい。父親は今（寛政三年・一七九一）から五年前、天明六年の大水のときに舟が覆り溺れて亡くなった。ときたまあの記憶の残片が唐突にやってくる。

新八の家は二反の田と一反の畑にすがりつき暮らしている。三十半ばになろうという八歳ほど年の離れた兄は、秋から冬場にかけ名主の炭焼き小屋に働きにでていた。母親は畑にこまめに手を入れ、暇をみては穫れた大根を担い売りしに木下《きおろし》河岸に向かった。新八は荒縄と草鞋《わらじ》作りで冬場の日々を送っている。

春が到来すれば頃合を見計らい田の代掻きをして苗を植える。苗が稲に成長するとともに生えてくる雑草を幾度も取り除く。好天がうまい具合に続いた年には穂孕《ほばら》みのいい稲になる。それを刈取り、石数が分かったところで年貢を納める。しかし、種や肥料代などが相殺《そうさい》され、塩、油、紙、忌仏事などの諸費を引けば手元に残るのはほんの僅かばかりの銭だ。

一昨年の旱魃《かんばつ》、昨年の旱魃と水害、二年続きでやられていた。浅間焼けによる利根の川床上昇が水害を頻発させていた。年貢は貸付とされたが、自分等の食う物さえ儘ならず、名主に願いを出し夫食《ぶじき》（食糧）貸ししてもらう有様だった。

冬場になると三人それぞれが、田畑から離れ余業の働きをしているのだが、かつかつの暮らしぶりに変わりは無かった。

新八は昨年の暮頃、安食のすぐ下流にある下和田に住む従兄から、魚荷を馬送りした話を聞いた。

「新八、雨の続いた後の明け方だ。船着き場にでてみろ。あきらめ船が来るかも知れね。船荷を運べば銭になるがな」

雨や雪の降り続いたあとに、目的の河岸にたどり着けない魚荷船、従兄の云うあきらめ船がでるらしい。たまにしか無いということだが、それで駄賃を貰えるという。

新八はその話を聞かされて以来、明け方には寝床を抜け出し、船着き場を見に行くことを続けていた。

正月の松の内が過ぎた頃、いつものように川べりへと出かけた。やはりそれらしい船影は見えなかった。未だ蒼暗い空に白銀色の三日月が皓々と輝いている。硬く凍てついた大気が黒く沈んだ野面を支配していた。

しかし、毎朝こんなことをしていて、何の足しになるんだべか。

あきらめ船が本当にあるのかも何やら疑わしく思えてくる。かじかんだ手を揉みあわせ、自嘲ぎみに己に問いかけながら川沿いの道を家に戻った。子供のころより通い慣れた道である。ここで道草することが楽しかった幼い時代は記憶の片隅にあるばかりだ。今は生きるよすがを手にしたい、そのことだけが脳裏を占めている。

一昨日から降った雨で、川水は明らかに増していて流れが速まっていた。新八は家に着くなり、汗のしみ込んだ平べったい寝床にもぐり込んだ。すぐ脇に兄と母が寝息をたてている。荷船が来ることはあるまいと思いながら眠りに落ちた。

陽が昇った時分に、ふとした予感にとらわれ再び船着き場にむかった。川を一望できる場所まで来たとき、遠目に一艘の船が着岸しているのが見えた。

「あっ、ある」

おもわず声が出た。船着き場の棒杭に魚荷船が繋がれている。

鱻《なま》（鮮魚）船と呼ばれるおよそ四丈三尺（約十三メートル）ほどの中形の房丁高瀬船が、銚子からの魚の荷送りに使われる。この船で三人の舟子が力をあわせて漕ぎまくり利根川を遡上する。

安房《あわ》・上総《かずさ》や相模など江戸湾の内海で獲れた鮮魚は、八人櫓《ろ》の押送《おしょくり》船に積み、江戸湾を高速で漕ぎ上るが、それらにけして引けを取るものではなかった。

赤松宗旦の記した利根川図志には『舟子三人にて日暮に彼処（銚子）を出で、夜間に二十里余の水路を泝《さかのぼ》り、未明に布佐・布川に至る』とある。

「おーい。誰か頼まれてくれねえかー」

一人の舟子が船の艫《とも》に立ち叫んでいる。

「どうかしただか」

道を急ぎ川辺に下りながら新八は尋ねた。よく見るともう一人の舟子が、魚荷籠の隙間に体を横たえていた。舟子は二人だけだ。

「こいつが熱を出しちまってなあ。途中からわっち一人で漕ぎ上ってきたが、川の流れが強くてもうこれ以上行けねえわな。どこかで休ませてもらえねえもんかなあ」

船の方を振り返りながら問いかける舟子の顔には、疲労の影が色濃くにじんでいる。

「そりゃあ難儀なことだな。とりあえず名主さんのところへ行って相談をかけるべ」

寝込んでいる舟子を二人がかりで船から運び出すと、新八が背負った。

「すげえ熱だ。急がねばなんねえぞ」

「済まねえな。わっちは銚子の佐乃助というもんだ。いつもはもう一人居るんだが、そいつが熱をだして佐原で下りちまったのだ。こいつは弥三というが、高岡あたりまで一緒に漕ぎ上げたんだが、そこで倒れちまってな」

言ったそばから佐乃助が咳き込んだ。

「おいらは新八というんだが、あんたも熱があるんじゃねえのかい」

「いや、たいしたことはねえ」

火照ったような顔をむけて答えてきた。

広く続く黒ずんだ枯田の中の道を歩いていく。大きな楠《くすのき》の防風林に囲まれた名主の屋敷が見えてきた。

あそこへ着けば何とかなるだろう。新八は急ぎ歩を進めた。

「あれが名主の家だで。もうちょっとだ」

歩きながら佐乃助が新八の様子をまじまじと見つめている。

「新八さん、済まねえついでに頼みがあるんだが、聞いてもらえねえかい」

と切り出してきた。

「おいらに出来ることかい」

とっさにあのことかと思った。

「もちろんだ。船に積んである魚荷を松戸まで運んでもらいてえのだ」

「あの荷かね。あれは一体幾つあるんだ」

「六十三籠あってな。馬八匹分だ。あれを今日のうちになるべく早く船問屋の松崎屋に届けてほしいのだよ」

これが、聞いていたあきらめ船なのだ。待っていた駄賃稼ぎの話が、思いもよらぬ形で新八にもたらされた。

「名主さんにもようく相談してみるべ。大丈夫、きっと助けてくれるさね」

屋敷の周《ぐるり》には刈り揃えられた青木の生垣が続き、その中央の辺りに冠木門《かぶきもん》が見える。足を急がせ門をくぐって屋敷の内に入り、現れた名主に経緯を話した。

「助けを求めてるんだべさ、こりゃ出来るだけの事をしてあげねばならねえわな」

ひと通り話を聞いた名主は新八の背をたたくと、二人を引き受け、荷送りの話にも同意してくれた。組頭と百姓代、馬持総代のところにも話を通しておくように言われ、新八は屋敷を走りでると、それぞれの役持ちの家を訪った。

安食の百姓衆の持ち馬は合せて八十数匹ほど。急遽、新八の家の馬一匹と近場の百姓衆から農耕馬七匹を借り回った。めったにない農間稼ぎということで馬の持ち主がめいめい口取りをすることになった。

船着き場に集まり、艜船一艘分の魚籠を馬に積み乗せた。草深村を経る近道を抜け、請われた松戸河岸へと向う。

うっすら黄土色に浮かぶ街道を、馬の轡《くつわ》を引きながら進み始めた。陽が降り注ぎ霜《しも》を溶かしはじめていた。道は泥濘《ぬかる》み、冷えきった足に泥がはねかえる。安食から松戸へは、草深、白井、藤ヶ谷、金ヶ作を通る。

厳冬の空が碧く澄み渡り、その下を、人馬の吐く息が長く白く続いていく。

峠にさしかかると、はるか西の空に雪を帯びた富嶽が鮮やかにその白い稜線を見せている。思わず歩みを緩め、新八は手を合わせた。荷送りが無事に終わるようにと祈ったのだ。

新八は気づかなかったが足元には馬頭観音が並んでいた。そこは荷送りの人馬にとっての難所だった。

やがて一行は泥濘む峠を無事に越えることができた。

二時《とき》半（五時間）ほどで白井宿に到着した。

「新八さん、馬がだいぶへたっているようだ」

四十代の半ばになろうかという年嵩の常治が、疲労のかげを滲ませ新八に休憩を求めてきた。

陽はすでに中天から西に傾いている。

「あと半分の所まで来たとこだが、気を張って残りを行かねばならねえからね。あそこの神社で飯にしようかね」

数軒建ち並ぶ旅篭の先に浅間神社がある。その境内を囲む木枠に馬をつなぐと、新八は狛犬の台座石に腰をおろして握り飯の包みをとりだした。めいめいの馬子も階段やら石くれやらに座り込んだ。常治も脇にきて座ると飯を頬ばりだした。

ときおり吹く寒風が、葉をおとした欅の小枝を震わせ、新八の頬を刺していった。

小半時（三十分）も経たぬ内に皆、飯を平らげた。

「さあ、行くべえか。もうひといきだで」

励ましの声を出したが、すこし急がなくちゃなんねえ、新八は胸裏で呟いた。

西空が黄金色に染まりはじめている。ようやく着いた松戸河岸には、対岸へ渡る艀《はしけ》船や荷船が幾艘もつながれていた。行徳河岸より三里ほど上流にあり、江戸川左岸の脇玄関ともいえる河岸である。船問屋のほかに人足相手の飯屋や茶店、船宿が軒を並べている。

五大力船に荷を積み込んでいる人足に、船頭が濁声を張り上げ積み場所を指示している。河岸での荷積みを終えた空の大八車が新八たちの馬列とすれちがっていく。

新八は指定された船問屋松崎屋を訪ね、頼まれごとの経緯を話した。帳場の土間にいた手代がしたり顔で話を聞くと、すぐに河岸際まで同行し日本橋行きの荷船を指し示してくれた。

中川の船番所を通りご府内に鮮魚を運び込める船は荷足船《にたりぶね》と決められている。全長が二丈五尺（約八メートル）ほどの船である。

わらわらと魚荷籠の船積みに取り掛かり、瞬く間に作業を終えた。

休むことなく体を使う百姓仕事に比べれば、馬の口取りと荷の上げ下ろしなど、

――どうということはない。

このとき新八は思った。店に戻り、

「六十三籠さすべて積み終えましたで」

土間にいた先ほどの手代に報告すると、かれは帳場に座る番頭に、船積みが終わったようで、と声をかけた。

「この寒い中、急ぎの用事でほんとに御苦労だったね」

上がり框にでてきた松崎屋の番頭に言われた。日頃田畑にとりつき地べたを這い回って仕事をしても誰が褒めてくれるわけでもない。

米が豊かに実ったときだけが、百姓にとって安堵と充足感に満ちた晴れがましさを味わえる

束の間の時だった。

今、無事に頼まれ仕事を終えてほっとしたところを労《ねぎら》われた。気持ちが弾み、なんともいえない嬉しさが新八の胸裏に広がっていった。

「これが今日の駄賃だ。よんどころなく碇《いかり》屋さんが頼んだのだから、うちが総州屋さんに代わり立て替えねばならんからね。賃高のことだがな、お前さん方は一駄（馬一匹分の荷）八籠で来なすったが、いつもなら布佐から運ぶ下総《しもうさ》屋さんはだいたい一駄十籠なのだよ。魚荷送りが初めてということだが、こちらは商売なのでな、六駄分を払わせてもらうよ。三籠分は少し色をつけておいたがね。これはお前さん方にとっては大金だわな。帰り道は十分に気を付けていくのだよ、いいね」

と言って番頭が愛想笑いをうかべながら、銭の入った袋を差し出してきた。

一駄に十籠を乗せるのはなかなか難しいだろう、と新八は内心思わなくは無かった。しかし抜け目のなさそうな目つきをしている番頭だが、相手はそれが本業。言っていることは尤《もっと》ものだろうと合点したのだった。

通常、一駄に積む籠は八個。余りが出たときに九籠、十籠を積む場合もある。立替金は松崎屋にとって何の益もない臨時の一時出費である。店の金を回していく番頭として、嘘ではないが正直でもない言い回しをして出金を抑えたのだ。

総州屋では下総屋の荷送りに、布佐魚問屋仲間が定めた一駄につき二百七十八文を支払っていた。

新八は普段、銭に縁のない暮らしをしている。家の百姓仕事を手伝い始めて十数年がすぎていた。百姓とはとどのつまり、なんとか食いつないで生きのびるだけの存在なのだ、そんな諦念がいつしか新八の胸裏に生まれていた。

だが、手渡された麻袋には銭差《ぜにさし》（銭束）がずっしりとした重みを伴い収められている。魚荷を運び、計千六百八十文、馬一匹分の駄賃にすれば二百十文を手にしていた。日雇百姓の手間賃が百文、倍以上の額だった。

「安食村の新八といいます。またよろしく願いますだ」

と番頭に言って頭を下げた新八だったが、脳裏にひらめき芽生えるものがあった。

荷を無事に刻限までに運べば駄賃二百十文が手に入る。雨の日には馬の用意を怠るめえ。野良仕事の代わりになる。いやいや、もっといい稼ぎ口だわ。

ほんの数年前まで前老中の田沼意次が采配を振った時代であった。米作を幕藩体制維持の基礎としながら、工商業をも振興しようとした時期である。すでに貨幣による経済運営が、ほぼすべての階層に浸透していた。

米作に対する年貢はもとより、商・工・漁獲・運送などに携わる者から税として運上や冥加を取ることも広く行われていた。

年貢米の物納と食料の自給により貨幣経済からとり残されていた農村であったが、米作のための農具の改良や肥料の普及が進んでいた。これらが米の生産の向上につながり、生じた余地を茶、たばこ、そば、大豆、さつまいも等をはじめとする換金作物の栽培に充てることが盛んに行われるようになった。

農業をするだけでなく合間の余業として、直に金の入る仕事に手を出す農民が現れてきていた。その業種は居酒、煮売、小間物、荒物、桶屋、紺屋、など多岐にわたっている。当然ながらこれらの余業を始めるには、ある程度の財を必要とした。

田沼時代が終焉し、四年を経た今、現老中・松平定信は農本主義への回帰策と号令を度々発していた。しかし変わってしまった世の有りようというものは、容易に元に復するものではなかった。


二月の中頃。新八の住む陋屋《ろうおく》を訪れる者がいた。母親と兄は朝の内から出かけている。

「ごめん、新八は居るか」

その物言いからして、武家と思われた。

「はい、ただいま」

新八は、啜《すす》っていた汁椀を炉辺《ろへん》に置くと、土間に下り、草履を足指にひっかけた。二、三歩進み、引戸を開けた。朝の陽射しが差し込み、黒く煤けた土壁を照らした。

黒い人影が行く手を塞いでいる。目が外の光に慣れてくるに従い、相手の顔貌がはっきりと認められるようになった。腰に大小二刀を差した、新八と上背はさほど変わらない年配の武家であった。

「新八か？」

「へい、手前が新八でございます」

小腰をかがめて答えた。

「拙者は、水戸藩御肴奉行《おさかなぶぎょう》配下、手附の村山源次郎と申す。魚の荷送りについて話をしに参った」

その物言いに威圧的なところはなかった。

一昨日の雨で、布佐にまで溯上出来ない魚荷を、昨日、松戸河岸に送ったばかりだった。初めて運んだ時は六十三籠で、昨日は六十九籠。その疲れからくる倦怠が全身を包みこんでいる。

「村山さまでございますか。こんなあばら家でございますが、どうぞお上がりください」

汁椀と箸をそそくさと片づけると、座布団を納戸から引きだし炉端の上座にしつらえた。

自在鉤《かぎ》にかけた鉄瓶の湯がちんちんと滾《たぎ》っている。湯を土瓶に注ぎ、黄色みを帯びた茶を湯呑につぐと、それを村山の前にある囲炉裏の木枠に差し出した。

村山が鷹揚《おうよう》に頷き、膝元に置かれた茶に口をつけた。

「さっそくだが、今日こちらに参ったのは、力を借りたいと思ってな。水戸の浜方と取引のある太郎左衛門を存じて居るか？」

「はい、あきらめ船の荷送りを頼んできた木下《きおろし》の魚問屋でございます」

思わず太郎左衛門の顔が浮かんだ。

「そのようだが、あきらめ船とは？」

「上りきれなかった船のことでございます。荷送りを手伝ってくれる村の連中と、そのように呼んでいるので、へい」

新八は人懐こい笑顔を村山に向けた。

「なるほど、面白い」

村山は、あきらめ船と呼ぶことを面白がったのではなかった。新八の醸す雰囲気に、人を引き付ける何かを感じたのだ。

「一昨日も雨であったが、受けた荷籠はいかほどの量があったか、聞かせてもらえないか」

「六十九籠を運び通しましてございます」

新八は上背がある。痩せて筋肉質の体が一層、逞しさを感じさせた。

「荷馬はどのように集めている？」

「名主の為右衛門さまに、農閑の間だけということで、声を掛けてもらいまして。馬を出す百姓衆にとって、有り難い稼ぎになっております」

「馬方は何人ほど居るのじゃ」

「隣村の木下には馬方の連中がずいぶんと居りますが、ここには居りません。百姓衆が馬の轡を引いて、荷を運んでおります」

「ここは渡船場ではあるが、船問屋は無いからの」

「仰せの通りでございます」

荷駄を運ぶ馬方の仕事は、安食には無かった。

しばらくの沈黙があった。

「村山さま、お話とは一体どのような？」

「うむ……そうだな。では肝心なことを訊くが、春と秋はどうするのだ」

新八がうすうす予期していた問いかけだった。雨の日の荷送りだけでも、農閑の有り難い収入になった。だが、米を作り年貢を納めるには、春から夏にかけて農作業に励まねばならない。

それを分かっていて村山さまは問いかけている。

「春の代掻きの時期には、馬の借り上げが難しくなるので、端から思案していないのでございますよ」

もとより魚荷運びは偶然にもたらされる仕事だと思っている。

「ふむ、然《さ》もあろうな」

村山がわずかに笑みをうかべ、

「だが、冬場に稼ぐのもよいが、年を通して荷送りをやってみようと、考えたことはないか。北浦や西浦からの川魚を、荷送りすることをな。ただし藩の御定めにより一と六の日に便は決められているのと、六、七、八月は暑さで魚が保たぬので荷送りはせぬのだが……どうだ」

と述べ、新八を正面から見据えて返答を待っている。

五日に一度の荷送りとなると月六度で六日、月一度ほどあきらめ船があったとして一日足して七日。野良で馬を使えるのが二十三日。名主と村の衆に図らねばなんとも言えねえが、不定期じゃあなく送り日が決まっていれば、遣り繰り出来そうな気もする。

「村山さま、今は太郎左衛門さんの店から荷送りされているのでございますか？」

なぜ俺のような百姓に話をもってくるのだろう、と新八は思った。

「うむ、そうだが……何故、ここに話をしに来たか、それを聞きたいということか？」

「さよでございます」

「そうか、まあ有態に申せば、魚荷の送りにかかる費えを今よりも抑えたいのじゃ。それと確実な荷送りもな。それで足を運んだような訳だ」

俺のほうがかかる駄賃が少ないということか。

「はあ、なるほど。……荷数はどれほどあるのでございましょう」

「一便の量としては、七十から百といったところだが、どうだ、出来そうか」

問われた荷送りの数は多くても百籠。ならば馬十三匹が要る。出来ない嵩《かさ》ではない。村全体での馬数は八十数匹。虚空に目を這わせ馬持ちの百姓衆の顔を思い浮かべた。

「村山さま、名主と馬持ち衆に相談せんばなりませんが、出来るんではないかと」

真面目な顔つきで答えたが、村山源次郎の顔に一瞬喜色が浮かんだのを、見逃さなかった。

駄賃のことを言ってくるに違いあるめい。村山が口を開く前に、

「一駄八籠二百十文でよろしいのですね」

とっさに口にだした。

村山が口元をわずかに歪めて新八をじっと見つめている。

少しばかり沈黙の間があった。気を取り直したように、

「それを相談いたしたいのじゃ」

ひざを乗りだすようにして、

「できれば一駄十籠二百文で運んでもらいたい」

直截で明瞭な声だった。

二人の間に、再び流れかけた沈黙を破り、

「その代わりと申しては何だが、もし引受けると言うならば、我が藩の御納屋（倉庫）御用を申し付けてもよいと思うている」

――水戸藩の御納屋御用！

村山の言葉が耳朶《じだ》を打った。が、それは全く信じられないことだった。百姓である己が、水戸藩御用達として荷運びを世過ぎにできるとは、到底思えなかった。

「まさか……まことに？」

驚き、半信半疑のままに囲炉裏を隔てる村山を見つめると、自信ありげな表情でわずかに笑

みを浮かべ頷いている。突如パチッという音をたてて囲炉裏の炭が爆《は》ぜた。それを機に、

「引き受けてくれるのじゃな」

否やを問うてきた。その声は真摯な表情とともに新八に届いた。にわかには信じられなかったが、村山の態度に引き込まれるようにして、

「よろしくお願い申します」

姿勢を改め深々と平伏した。

二

一昨日からの雨が蕭々《しょうしょう》と降り続いている。

禄之助は店の壁につり下げてある蛇の目傘を摑むと、暖簾を割って外に出た。すでに三月の末だというのに寒さがひとしお感じられる。バサッという音を立てて傘を開き、軒下を出、雨のなかへと歩き出した。

下駄の黒い鼻緒に、雨が容赦なく降りかかる。

禄之助の店から布佐《ふさ》の船着き場までは、目と鼻の先である。道は泥濘《ぬかる》んでいて、泥が下駄の歯にまとわりついてくる。足に力を込め、一歩一歩、向かっていく。

立ち止まった先には、所の人に坂東太郎と呼ばれる利根川の大きな流れがあった。長雨で水

嵩が上がり、あと五寸ほどで船着き場の渡り板が流れの中に没するだろう。いつもならば三尺ほどの棒杭が水面上に見える。禄之助は右手の下流方向に目を凝らした。朝靄のかかった川筋に船影は全く見えなかった。

「ふう、やはり来ちゃおらんか」

荷の無い日もあるのだが、それにしても十日も途切れるとは、やはりこの雨のせいか。

彼は溜息とも嘆息ともつかぬ呟きを洩らした。四十の半ばを越えた顔に落胆の影が差している。

寛政三年に入った今年、江戸の人口はすでに百万人を越えていて旺盛な鮮魚への需要があった。その主要な供給地は安房・上総・下総・相模などである。

布佐は安食より二里ほど上流に位置している。禄之助の家業は魚問屋で、屋号を下総屋という荷送りを専《もっぱ》らにしている。銚子の魚問屋から船積みされたものを布佐の船着き場で荷揚げし、松戸河岸へ馬で直送する。そこからは船で日本橋へと送る。この間、二日と半日で送らねば魚が傷んでしまう。銚子を出た荷は翌日の未明に到着する。これを昼頃までに松戸河岸に送らねばならない。迅速さと確かさを求められる商いである。

――しかし、これは何とかしなければ。

商いが細り立ちいかなくなるかも知れん。

禄之助は増水した利根川を前に胸裏で呟いた。

今年に入り、雨の日に船の未着が頻々《ひんぴん》と起こっている。利根川上流で降った雨が下り集まり、渦巻き、急な流れをもたらして船の溯上を困難にさせていた。天明三年（一七八三）の浅間の噴火で土石が流れ込み、所々に浅瀬ができ不規則な流れ具合を生じさせていた。

えんやそれ、えんやそれ、もひとつえんやそれ、鱻船を漕ぐ舟子の掛け声も今はまったく聞こえてこない。

「あんた、今日も船は来なかったね」

禄之助の女房たきが隣に来ていた。

「こう雨が続いては、商いに障《さ》るわい。まったく、忌々《いまいま》しいものだ」

禄之助は吐き捨てるように言い、苛立ちを含んだ目で雨空を見上げた。

「おまえさん、日本橋の総州屋さんから何か云ってきたかい？」

銚子湊の鮮魚買付問屋碇屋《いかりや》と日本橋の魚問屋総州屋との間で、魚荷の売渡しは布佐河岸でという約定が交わされていた。それというのも下総屋の初代山三郎が総州屋で問屋商いを覚え、生地《せいち》の布佐で魚問屋を始めたことからだった。総州屋は信用のおける男に荷送りを託したのだ。店を始めるための元手は総州屋から借用したという。この後から今に至るまで、魚の消費量は江戸の人口増にともないふえ続けている。

たきにとって実入《みい》りの減少はこたえている。収入の多寡《たか》に関わらず、月毎に変わらぬ額の費《ついえ》がある。

「総州屋さんがな、魚市場の競い合いが厳しいと愚痴を言ってきたが、本音かどうか分かるものか。実際、荷数は増えているのだからな。前月の〆書にちらっと書いてきた。安食《あじき》の新八に、三回分百八十籠の送り駄賃として三千七百八十文（一両の約四分三）ほど払った、とな。うちの扱い額の八掛けだよ。困ったもんだ。新八って奴は、名主の甥っ子らしいが、相手は素人だ。そんなのを使って、ずいぶんと都合のいい話だ。今のところは黙っているがね」

「あんた、それは総州屋が値引きしろと言っているのかえ」

女房のたきが喚《おめ》き、ケッと地べたに唾を吐いた。

たきはかつて関宿《せきやど》、向河岸の茶屋女であった。丸髷に紺の縮緬《ちりめん》を地味に着こなしているが、きりっとした目鼻立ちをしているせいか人目に立った。もとより気が短く、怒りにまかせた言動で、すぐに里が知れてしまう。

「そうかも知れんが、総州屋さんとは約定を交わしているし、爺さんの代からの付き合いがある。それほど、容易に変えられるもんではない」

女房の剣幕に気圧《けお》されて、禄之助は応えた。

「じゃあ、なぜ新八には八掛けで済ませられるのだえ」

「新八とは約定など交わしてはいないのさ。船が布佐まで上れない時に、舟子が新八に頼んでいるだけなのだ。……しかし、何とかしなければな」

何度も同じ言葉が禄之助の口をついて出る。

布佐から松戸河岸への魚送りは七十年ほど前に裁許されて以来、禄之助の代で三代目になっている。

「喜三郎はいないかえ」

下総屋のたきが店の土間に立って、手代の喜三郎を呼んでいる。

「おかみさん、お呼びですかい」

帳場の内暖簾を分けて、細面で狐目の男が応えた。

「ああ、呼んだともさ。お前、確か安食の出だったね」

「へい、それが何か？」

「安食の新八って男を知らないかい」

「はて？」

「名主の縁に続く若造らしいが」

「為右衛門さんの縁者で、新八ですかい？」

「知らないのかい。心当たりはないのかえ」

たきの癇癪玉《かんしゃくだま》が破裂しそうな雲ゆきになってきた。

喜三郎は十一歳まで安食で過ごした。その後この下総屋に小僧として奉公し、九年が過ぎていた。おぼろげながら記憶の底に一人の子供の顔が浮かんできた。あの新八だろうか。しかし、おかみさんは何だってあいつのことを聞くのだろう。

喜三郎は子供時代、すでに田仕事をしていた新八に叱られたり助けられたりした思い出があった。いまさらながら何で叱られたか覚えていなかったが、肥溜《こえだめ》めに落ちたとき咄嗟《とっさ》に救ってくれたことだけは鮮明に蘇っていた。顔を赤らめた喜三郎だったが、たきはそれには気づかなかった。

「思い出しましたよ、おかみさん。確か手前より六つかそこら年上だったかと。為右衛門さんのところの自前百姓の倅で、縁者ではありませんでしたが」

「ふうん、そうかえ……どんな質の男かね」

「新八がどうかしたんですかい」

「うちの商売敵《しょうばいがたき》になるかもしれないのさ」

「まさか、新八とこは百姓ですぜ」

「いや、それが魚荷を運び始めたって云うことのようなのさ」

「へえー」

喜三郎は、半ば驚き、半ば腑に落ちるところがあった。子供心に、新八の言葉尻に変に理屈くさいものを感じていたことを、思い出していた。

「お前、新八の顔を覚えているね」

「へい、ですが九年も経っておりますんで」

「見りゃ思い出すだろうさ。明日、外出する。お前も一緒に来るんだ、いいね。旦那さまには私から言っておくから」

翌日、辺り一面の野面に朝方から陽が射し込み、やがて青々と晴れ渡っていった。利根川のはるか北方には、筑波の男山女山の二峯が蒼みを帯びて、遠かすみの中にその稜線を見せている。

喜三郎が外出の用意を済ませ、店の土間で女将のたきを待っていた。この日、禄之助は木下《きおろし》で問屋仲間の悶着《もんちゃく》を仲裁する集まりがあり早出している。番頭は次回の荷送り番になっている馬子の衆のところに、天候の回復で荷が近々到着するだろうと云って回っていた。禄之助の長男久之助をつれている。

朝四つ（十時）頃になっていた。

「ごめんよ」

暖簾を割って入ってきた四十絡みの男が、ジロリと喜三郎を睨みつけた。その男の腰には十手の柄がのぞいていた。

「おめえか、喜三郎は？」

「はい、喜三郎でございます」

「俺はな、境河岸の金蔵というもんだ。女将に頼まれてな、同行することになった」

「さよでございますか、何卒よろしくお願いいたします」

挨拶をしているところに内暖簾を分けて、たきが帳場に現れた。

「金蔵の親分さん、ご苦労なことで、済まないねえ、こんな鄙《ひな》に出張ってくれて」

たきが艶めいた笑みを浮かべ、金蔵を上がり框へと誘った。

「どうってことはねえわさ。あんたの頼みとあっちゃな」

金蔵は大きく頷くと、出された座布団にどっかりと腰を下ろした。

お役目柄か、金蔵にはどこかしら渡世人めいた凄みが漂っている。

しばらくして三人は、艀《はしけ》船を雇い布佐から安食へと向かった。喜三郎が舳先《へさき》に座った。たきが瓢《ふくべ》の酒を、向き合って座る金蔵の杯に注いでいる。何やら親しげな雰囲気が二人の間に漂っている。

日差しが、利根の川面を照らしつけている。軽快に川を下る艀船を、水の匂いが包みこむ。

前方右手の木下河岸に船を寄せ通船料を払うと、すぐ先の安食へと向かった。

安食河岸の正面には四軒の店が並んでいた。いちばん右手にあるのは屋根と柱だけの荷置場のような造りだった。船を下りた三人は左方の茶店に向かった。

その時、荷置場の左隣にある間口が三間ほどの小店から、若い男が現れた。男は紺の股引《ももひき》きを穿き、同じ色の筒袖を着込んでいた。店には永島屋と染め抜かれた紺の長暖簾が掛かっている。喜三郎が目を凝らしてその男を見つめている。

「あの男かい？」

たきがせっかちに訊いてくる。

「きっと、そうに違いありません」

喜三郎の返答よりさきに金蔵はその男に近づいていった。

凄みを利かせた声で、

「おめえが新八か？」

と訊ねかけた。十手をこれ見よがしに腰に差している。茶の股引に黄紺の唐桟《とうざん》を尻端折り、焦茶の上っ張り姿だった。

「へえ、おまえさまはどちらのお方で？」

男の後ろには、地味な格好をした大年増と、商家の手代風の若い男が、隠れるように様子を窺っている。

「おれはな、境で十手を預かっている金蔵というもんだ。今日は、おめえに忠告しに来た。有り難く思え」

「金蔵親分……はて、一体何のことで？」

「おめえ、とぼけるんじゃねえぜ。百姓の分際で魚荷を頻繁に運んでいるそうじゃねえか。問屋衆を差し置いて、そんなことは許されねえことぐらい、分かっているんだろうな」

「おい！　おまえ、伝兵衛新田の喜三郎だべ」

若い手代をちらちら見ていた新八がこの時、手代が誰であるかを思いだした。懐かしげな表情を浮かべ、金蔵の前から脇へするりと抜けて二、三歩踏み出した。だが、その手代は隠れるように背中を向けてしまった。

「確か、布佐の魚問屋下総屋に奉公に行ったとか……すると、そちらは女将さんで？」

新八が目の前にいるたきに尋ねかけた。金蔵は自分の前から何の断りもなく突然後ろに回った新八の動きに腹を立て、

「おい、新八、てめえ俺の言うことを真面目に聞いているのか、虚仮《こけ》にしやがって」

濁声を浴びせかけた。その声にぎょっとして新八が金蔵の方に向き直りわずかに頭を下げた。

「そんな、滅相もない。ですが親分さん、そのご忠告は無用に願います。今、手前は安食で唯一軒の魚荷商をやっておりますので」

妙に落ち着き払った物言いだった。予期せぬ反応に、内心うろたえ、振り向きざま、

「て、てめえ、でたらめを言うんじゃねえぜ」

と吼え、上目づかいに新八を睨み付けた。

「親分さんは関宿藩、境町で十手をお預かりしておいでのようで。手前は水戸藩御肴奉行様から御納屋御用を承っております。水戸様のお口添えで商いをしていますが、なにか障りがありますので？」

すこしばかり胸をはり見下ろすように新八が答えた。金蔵より上背がある。

——水戸様の口添えだと。

金蔵にはにわかに信じられない話だった。

「苦し紛れのうそを言っちゃあいけねえなあ。これは何のためにあるか知っているだろうが」

金蔵は十手の柄に手をかけた。

「親分さん、そこにいる日本橋の魚問屋永島屋の手代さんに聞いてくだせえ」

手代が金蔵の前に立ち、嘘いつわりはございませんと言い頭を下げた。二人を交互に眺めた金蔵だったが、二人の着ているものが安食の在にしては垢抜けていることに気づいた。

わずかに沈黙の間があった。

ふん、そういうことか。永島屋が肩入れしているわけだ。

「チェッ、そのぐれえのことで好い気になるんじゃねえぜ、ど百姓の小倅のくせに。そんな料簡だとそのうちきっと痛い目をみるぜ、よく覚えておけ」

忌々しいったらありゃしねえ。言いたいことを言って俺を見下してやがる。脅しかけるような言葉を吐いていても金蔵は十手持ちの端くれである。藩の格式の差と力の違いは心得ている。新八にあからさまな手出しはできなかった。

しかし、おたきの奴ときたら全くいいかげんなことを言いやがって。俺の面子を潰しやがった。この貸しはいつか返してもらわにゃなるめえ。

昔わけありだった女の話にのって恥をかかされた。その憤りの矛先がそのままおたきに向かっていた。

金蔵は険しい視線を新八に投げつけ、踵を返し河岸へと向かってどかどかと歩き出した。女将のたきが、ケッと地に唾を吐いて後に続いた。手代の喜三郎が小声で、

「新八っつぁん。済まね」

と手を合わせ女将の後を追った。

三

翌日の朝六つ半（七時）頃、安食河岸に艀船が着いた。渡り板に降り立った数人の客の最後は下総屋の禄之助だった。新八に昨日の詫びを言いがてら、会ってどんな人物かを見ておきたかった。

朝、たきから事のあらましを聞いたとき、

「お前って奴は、ほんとうに堪え性のないやつだ。新八の事をろくに知りもせずに押し掛けるとは。ましてや、金蔵親分と行ったというのも気に入らない」

思わず叱りつけていた。だが、亭主の小言を黙って聞いているたきではなかった。

「あんたがいい加減なことを言うからさ」

水戸藩御用などという話は聞いてはいなかった。

「新八のことはもういい。それよりあの親分に悪い噂のあることは知っているだろうが」

女房に蕎麦屋をやらせ、その裏では高利で金を貸し付けているという。

「金蔵さんはね、立派な十手持ちさ。知り合いだからお願いしたんだ。どこが悪いね」

その口調には何の躊躇《ためら》いもなかった。

「……とにかく、安食に行ってくる」

やれやれこいつにはいくら言ってもきりがないわい、と暖簾を割って外にでた。

表に出たところで禄之助はふと茶屋に奉公していた頃のたきを思いだした。若くて愛想よく振る舞う女だった。あんなころが有ったのだなと思ったとき、金蔵が目明かし風をふかせて店に通っていた光景が浮かんできた。禄之助が想像するような関係が二人の間にあったとしても、それを承知のうえでたきを嫁にしたのだ。たきにしても三代続く魚荷問屋という身代があってこそ、嫁にきたに違いなかった。今では十九歳になる長男久之助がいて、番頭が商いを仕込んでいるところだ。

金蔵のどこが立派なのだ。まったくいい年をして、分かっちゃいない。胸裏で毒づいてみたが、ひょっとしておれは嫉妬しているのか？　浮かび上がった青臭い思いに、

「今さら、そんなんではないわ」

声を荒げ自分に一喝をくれた。だが、妬心《としん》めいたものを拭いきれず、苦い思いがわずかに残った。

安食河岸の永島屋に新八を訪ねたが、

「今日はまだ来ていないのですが」

市松と名のる店の手代が言う。

「来ていない？　こちらは新八さんの店ではないのかね？」

「ここは江戸日本橋の魚問屋永島屋の出店でございます。新八さんには手前どもの仕事をお願いしているのですよ」

店からの請負で荷送りをしているという。

永島屋はこの地でどうしようというのだ。荷送りの商いを本格に始めようとしているのか？　憶測が脳裏をかすめた。どれほどの店であるのか知っておこうと思った。

「手前は布佐で代々魚荷問屋をしている下総屋禄之助と申す者ですが、永島屋さんは御納屋に関わる商いをしておいでなので？」

「はい、以前は江戸城の御肴御役所買役を承っておりましたが、今は安房《あわ》、上総《かずさ》、相模、常陸《ひたち》ものの問屋として商いを致しており、水戸藩江戸屋敷への納め入れも承っております」

相当な身代にはちがいない。

「ほお、買役をされておいでだったと……ところで、新八さんが水戸藩の御納屋御用を承っていると聞きましたが、真でございましょうか」

「はい、それは確かなことでございます」

新八のしていることも生半可《なまはんか》なものではなさそうだ。

緑之助は新八を待つことを手代に告げ永島屋を出ると、並びの端にある今さっきよしずを囲いまわしたばかりの茶店の床几《しょうぎ》に腰を下した。

眩しいほどの朝の陽が地に注いでいる。利根川の向こうはるか遠くに、筑波の二峰が長い山裾を延ばしていた。

緑之助はたきがよこした竹皮の包を開いた。握り飯を頬張り、茶店の小女が置いてくれた茶をすすった。川からの風が吹き通り緑之助の頬を舐《ねぶ》っていく。

河岸に船が入ってきた。魚荷が着いたようだ。荷降ろしが始まり荷置場に積み上げられていく。人足の作業が終わったところに顔見知りが現れた。北浦の西岸にある釜谷村の七衛門であった。

「七衛門さんじゃないかね」

「おや、緑之助さん、安食でいったい何の用事かね？」

「その荷は水戸様御用のものかい？」

「おうさ、新八ていう百姓あがりの若いのが、きっちり運んでくれるんで有り難いことさ」

「へー、そんなにいい仕事をするのかね。……新八って人は百姓だったというが、どうして魚荷を扱うようになったのかね？」

七衛門は新八をよほど信頼しているのか、嬉しげに経緯を語った。

しばらく前、新八を訪ねた水戸藩御肴奉行の手附が同行し、名主の所有する作事場に手を入れ、店と置き場にしたものを借りているのだという。借りる際の手付と当面の資金は永島屋から出ていた。新八は安食から松戸への荷送りを、この御肴役所の荷送りを代行する永島屋から請け負う形になっていた。

やたらと詳しく知っているが、きっと水戸様からの後押しがあって新八に任せたのだろうな。それにしても……。

禄之助は、大藩との繋がりを背に唐突に現れ仕事をこなしている新八に、何やら諾《うべな》えぬものを感じ始めていた。その安易とも思える仕事の始め方に、同じものを扱う老舗としての自負が易々と踏みにじられたような、そんな気がしたのだった。

河岸に新たに魚荷船が着いた。帆を上げた高瀬船には魚籠と桶が積まれている。その帆には丸に碇《いかり》の字が大書されている。

「あれは碇屋さんの船じゃないか、なぜここに泊めるのだ」

以前から取引のある銚子の魚問屋だ。河岸際に歩み寄ろうとした。このとき、紺の筒袖と股引を穿いた若い男が、下井村から続くあぜ道に現れた。

「七衛門さん、あれが新八さんかね」

「ああ、戻ってきたようだね」

新八は碇屋の船に歩み寄ると、舟子と笑顔を交え親しげに話し始めた。なぜか舟子がこちらにちらちらと視線を送っている。佐乃助だ。やっぱり、ここで荷揚げしていたのか。

しばらくすると荷を下ろすことなく、船は利根の流れに入っていった。昨日あたりからようやく天候が回復し利根川は通常の水量を保っている。布佐への遡上に何の問題もなかった。

佐乃助の奴、わしを侮《あなど》りおったか……。強く握りしめた両手の拳がわなわなと震えた。顔が熱い。走りたい衝動を抑え、ゆっくりと河岸際へ向かった。

新八が心なしか青ざめた顔をこちらに向けて待ち構えている。禄之助は喉の渇きを覚え、思わずごくりと唾をのみ込んだ。

上背のある新八の前に立ってみると、相手を見上げるような具合になってしまった。とっさに一、二歩さがり新八をまじまじと眺めた。このあたりのどこにでも居るような百姓顔をしている、と思ったとき禄之助の胸裏に平静さが戻ってきた。

「あんたが新八さんかね」

「へえ、さようで」

「わしは布佐の魚問屋下総屋の禄之助という者だが、あの船は碇屋さんだね。ここに寄ったのは何故だえ」

「ちょっと休みを入れたようで」

「長年取引しているわしに挨拶がなかったのはどういうわけだ？」

「それは私には何とも」

「魚荷を揚げようとしたのではないのかい」

緑之助の憶測は確信へと向かい始めている。

「いいえ、そんなこと」

視線を外した新八は目を瞬《しばた》いて答えた。

「新八さん、あんたが運べるのは水戸様の荷だけのはずだ。おかしいじゃないか。七衛門さんが持ち込んだ荷は水戸様のもののようだが、碇屋さんの荷は日本橋の魚河岸に納めるものだ」

さっき見た二人の親しげな様子は馴れあっているとしか思えなかった。なぜか最近、碇屋の荷が減っていることが不可解で、そのことが根にある。この新八が碇屋からの荷を受け総州屋に納めているとすれば、きっと佐乃助にそれなりの銭を渡しているに違いないのだ。永島屋は新八を使うことで荷送り賃を抑えることが出来ると同業の総州屋にもちかけているかもしれない。まさかそんなことはあり得ないだろうがと思いながらも、緑之助はそこまで推察を巡らせていたのだった。

「私は永島屋さんに頼まれ、荷を運んでいるんです。それのどこが悪いと言いなさるんで」

新八は目を合わせることなく答えた。その言いようが居直っているように緑之助には聞こえた。

「新八さん、その伝でいけば総ての荷を運べてしまうじゃないか。永島屋さんが手広くやるのは結構だが、紛らわしい商いは止してもらいたいもんだ。魚河岸に運ぶ荷も、水戸様の荷も、ともに安食で扱うということがそもそもおかしい。ましてや、納める先も構わずにすべて運ぶというおまえさんも、相当な横紙破りと言わなきゃならん。正徳のご裁許（一七一六）以来、七十年以上に亘って真っ当にやってきたんだよ、うちは」

正徳の公事では魚荷の中継地である鎌ヶ谷宿から訴えがだされた。荷が鎌ヶ谷を通らず松戸河岸へ直送されることを問題にしたのだ。結果、鮮魚を扱うため直送する事に理があり、東海道筋でもすでにおこなわれている事として、布佐に通し馬（直送）の裁許が下りたのだった。

新八は無言だった。

「何か言うことはないのかい」

「私は水戸様、永島屋さん、あきらめ船の舟子さん、浜方の荷主さん方から頼まれて荷送りをしているんです。元文のご裁許（一七三八）では『鮮魚は荷主の勝手次第』とされておりますよ」

元文の裁許の一項だけを主張する輩《やから》がいることは聞いていた。この新八もその一人に違いなかった。おそらく永島屋の入れ知恵に違いあるまい。

「まだ判らないのかい。布佐は魚を運ぶ河岸で、木下は荷物と人と魚を運ぶことのできる河岸なのだよ。お上から許された河岸なのだ。運上もきっちりと納めている。ところが安食はどだい。年貢米の積出しと村の荷を扱うただの村持ちの船着き場じゃないか。勝手に商いを始めていいわけないだろうが」

「だけんど、水戸様の御肴役所からのご下命をきっちりと頂いておるのですよ」

新八の物言いに険が含まれていた。

この若造が！　大藩の威光をちらつかせおって、このままにはしておけんわい。

「御肴役所の意向かどうかにわかに信じられんが、そうだとしたら水戸様の荷だけにするべきじゃないのかね」

「でも下総屋さん、あきらめ船の荷を引き受けなければ折角の魚を駄目にしてしまいます。そんなもったいない話はないじゃありませんか」

悪びれることなく新八は反論した。

こいつ生意気を言いおって、事をはぐらかすつもりか。

禄之助は、自分の都合をもっともらしく言い募ってくるこの若造との問答に苛立ちを覚えて始めていた。

元文の公事では布佐の魚荷運びが木下河岸に訴えられた。当時、布佐は今の安食と同様に公儀から河岸として認められていなかった。河岸場でないのに魚荷を扱う権利がどこにあるかを問われた。このときは布佐に鮮魚のみ扱える河岸であるとの裁許が下った。だが鮮魚は荷主の勝手次第、という項は河岸問屋の送り賃の低いほうを荷主が選べるということでもあるのだ。

こいつがなしくずしに荷の扱いをふやすと、安食を勢い付かせるきっかけになるやもしれん。

――面倒だが。

これは片をつけねばなるまい、と禄之助は思った。

「そんなことは言われなくてもわかっている。受けた荷は運びとおすと約定にもあるのだからな。わしはそのことを含めてあんたの勝手気儘な商いの有りようがどうなのだと言っているのだ。……そうか、わかった、それでは十日のうちにどうするかを決めてもらおうか。それでも返答が出来ないと言うのなら、勘定奉行様のご判断を仰ぐことにしよう。新八さん、それでいいね」

それに対して新八は言葉を返せなかった。

ふむ、自分だけでは決められないのか、まあそうだろうな。

禄之助は新八を一瞥するとそのまま踵を返して、艀船に向かい歩き出していた。

四

翌日、新八は日本橋の本船町に向かった。小網町の行徳河岸で関宿からの夜船を下り、歩き出した。時を告げる鐘の音がついさっきまで聞こえていた。すこし行ったさきの荒布橋《あらめばし》を渡ったあたりからが本船町で、魚屋がずらりと軒をならべている。陽の上がる前から商いが始まっていて店々の呼び声が喧《かまびす》しい。混み合う往来をぶつかるような勢いで棒手振《ぼてふり》がすれ違っていく。

永島屋の間口五間の店先には板舟が所狭しと置かれ、その上に深井戸から汲まれた冷水がかけられ魚が並べられている。棒手振が盤台（下げ桶）を両肩に担ぎ、魚を求めてひっきりなしにやってくる。喧騒が渦巻く店先から奥へと進み案内を請うた。

上がるよう言われ、奥の間に通された。床の間には七福神の乗り合わせた蓬莱船の画幅が掛けられている。なるほどと思いながら待つと、ほどなく主の儀右衛門が現れた。四十代に入ったばかりの日に焼けた顔には、表店《おもてだな》の主としての自信が溢れている。

「おう新八さんか、暫くぶりだがよく来てくれた。何か急ぎの用事らしいが」

「お忙しいところにお邪魔をして、誠に済まねえことで」

小女が、向き合って座った二人の間に茶を置くと、すぐに下がっていった。

さっそく、新八は昨日の禄之助とのやりとりを余すところなく話した。儀右衛門は黙って聞いている。話し終えると二人のあいだに沈黙が流れた。話しているときには感じなかった魚市場特有の匂いが流れ込んでいる。表を行き交う人々の掛け声がごく近間に聞こえる。やがて儀右衛門が茶を一口啜り、口を開いた。

「あの折わしは村山さまから、安食に小店を出さないかとやんわりと言われてな。もちろん水戸様とは長いつきあいがあってこそのことだ。それまで頼んでいた問屋が、未着やら抜け荷やら起こして、これからどうするかを思いめぐらしていたところだった。新八さんに頼めば確実に運んでもらえ、少々安くあがると言うのだ。村山さまの言われることだから間違いはあるまいとな。確かに、これまでの仕事ぶりでそれはよく分かった。有り難いことだと思っている」

儀右衛門がかるく頭を下げた。

「いえそれほどの事では、あたりまえの事をしているだけで」

新八の率直な気持ちだった。

「だがな新八さん、ここでもし公事になったら話の行きがかり上、水戸様からご下命を受けた証《あかし》を示さにゃなるまい。それを村山さまからもらっているのかい」

村山さまの口利きで店が開き請負仕事を始めていても、その証が要るのか？　そんなものは貰っていなかった。

「いえそれが未だなので」

と答えるしかなかった。それを聞いて、儀右衛門が虚空に目を這わせた。

「まあ、そうだろうなあ。それが世間というものだ。商いを始めたばかりの魚荷商に、それも今はまだ農間の余業にすぎん。それに水戸様がご下命書を出すわけがないわな」

「たしかに、……始めて一年も経っていませんし、永島屋さんの荷を請け負いながら、あきらめ船を引受けているにすぎませんので」

新八の脳裏に事の次第によっては仕事を失ってしまうのではないかという、微かな不安が兆した。

「店をだすときに、村山さまから口頭でご下命の件を聞いている。わしも名主どのもな。だが、証もなくて公事に臨むとなると、これはやっかいだ。わしと同様に名主どのも避けたいと思っているだろうよ。わしらが証も無いのに水戸様の名を口にするわけにはいかんからな。……ここはひとつ、詫状《わびじょう》をもって頭を下げるしかあるまい」

「ひょっとして水戸様にうまく使われているだけなんだべか」

胸のうちでひそっと呟いたつもりだったが、つい口に出してしまった。聞き咎められた。

「それは違う。よく考えてごらん。働いたおかげで銭が手元に残っているんじゃないのかい。貯めた銭でいつか安食の出店を買い取ってもらってもいいと思っている。商いというのは必要とされること、そのことに他ならないのだよ。それだけを忘れずに続けていれば、何とかやっていけるものなのだ。己自身の気持ちなど考える暇があったらひたすら仕事をすることだ。その程度の事にとらわれていると失敗する。新八さんならわかるはずだ」

思いがけない儀右衛門の激励と叱咤だった。

そんなふうに思案すればいいのか。新八は銭ほしさに始めたことだったが、仕事と世間との関わり、その行く末について、商いのありようを教えられたようで、何やら目を覚まされた思いがした。

このときに新八と永島屋は内済（和解）することを決めた。


翌日、新八は布佐の下総屋を訪ねた。店の暖簾を分け、土間に立つと帳場に坐る番頭がいらっしゃいましと声をかけてきた。荷送りに出かけた後なのだろう、店の内はがらんとして奉公人の姿が見えない。安食の新八と名乗ると番頭が口元に薄い笑みを浮かべ、どうぞお上がりを、といい奥の客間に通された。

客間に面した庭には小池が穿たれ、金木犀が青々とした葉を茂らせている。板塀の上には澄み切った蒼い空がのぞいていた。

小女が茶を出してすぐに禄之助と番頭が現れた。

低頭した新八は敷居際で二人を迎えた。禄之助に勧められるままに座敷の中央で二人と向き合った。穏やかに迎えてくれたが、ひえびえと醒めたような相手の視線を感じる。

「先日のご返答を持って参じました」

と言い懐から詫状をとりだし禄之助の前に差し出した。

「ご苦労なことだが、さっそく読ませてもらおうかね」

禄之助が差し出された詫状を広げ、しげしげと眺めている。

『今後、安食の永島屋及び請負人新八は水戸藩御納屋向けの荷だけを扱うこととする』と書かれ、さらに但し書として、永島屋との打合わせどおり、『荒天時に難船した舟子から荷送り依頼があった場合はこの限りにあらず』としてある。

禄之助が詫状を番頭に渡した。

「せっかく足を運んでくれたようだが、たったこれだけの但しなのかね。……すこし考えさせてもらわないとね」

但し書が下総屋にはすんなりと認めてもらえなかった。

他にどんな書き添えが要るというのだろう、と新八は思う。

二人が額を寄せ合うようにして襖をあけ隣の部屋に移っていった。

表の街道を大八車が車軸を軋ませながら通過していく。二人の人足が何事か諍《いさか》い、濁声《だみごえ》をあびせ合いながら、車にとりついて進んでいるようだ。かれらが通り過ぎて再びもとの静寂が戻ってきた。

――あのとき。

と新八は思い出していた。船着き場にいたところに佐乃助が船を寄せてきて立ち話をした、それを禄之助に咎められたときのことだ。

「佐乃助さんは何も後ろめたいことなどしちゃいなかった……ただ」

ぽつりとつぶやいた。

十日ほどの間、外海が荒れていて上魚の鯛や鰈《かれい》、鱈や平目などがまったくあがらなかった、そう言っていた佐乃助の愚痴っぽい口調が蘇った。日本橋の総州屋にはこの種の魚を納めることになっている。

あの日の魚荷は、北浦でとれた鯊《はぜ》や鰻、泥鰌などの川魚、値も安い下魚と呼ばれるものがすべてだった。

老舗魚問屋の碇屋とて商いの滞りをそのままにして、手をこまねいてばかりもいられない。安食の対岸にあって、下総一の賑わいをみせる布川の魚市に持ち込むための荷なのだ。あの刻限に佐乃助と弥三が二人して漕ぎ上がってきたのはそのためだ。

「あそこの市に持ち込む川魚なのだよ」

とあごをしゃくって対岸を示してみせたが、すぐに置き場のほうに顔をむけると、

「こちらを見ている人は布佐の下総屋さんだが、うちが川魚を運んでいるなどと知られたくはないのだ。新八さんよろしく頼むぜ」

と言い残し船を出した。

碇屋さんには上魚を長年扱っている老舗としてのそれなりの沽券があるのだろう、このとき新八は慮《おもんぱか》ったのだ。

佐乃助さんに頼まれたので黙っていたが、今こんな具合にことが運んでしまっている。あのとき本当のことを言っていたら今どうなっていただろう、などと埒もない思いがふと浮かんでくる。

あちら立てればこちら立たずと言うが、この商い、百姓とはまた別の難しさがあるものだ、新八は噛みしめるようにしてひっそりと一人言ちた。

やがて四半時（三十分）を過ぎたころに、二人が戻り新八と再び向き合った。禄之助の手には詫状とは別の紙片が握られていた。

「新八さん、その但し書では少しあいまいなのでな。それに対する但しを書き足してもらいたいのだ」

禄之助がいま書いたばかりの墨が生乾きの書付をよこした。
一．『暴風雨にあった場合であること』
一．『長雨で増水した流れが船着き場の渡り板に接したか、それを越えた場合であること』
一．『舟子に病など避けられぬ都合があるとき』
一．『船着き場で待っていてはならぬこと』
この四条を要求してきた。なるほど縛りをはっきりとさせたのだな、と思う反面これ以外は許されるのだ、と新八は思った。
これらを書き加えることでようやく内済は成立したのだった。

五

この同じ日、松戸河岸で下総屋長男の久之助が魚荷を船に積み替え終えた時だった。

「久之助さん、積み込んだ荷数は七十だが、送り状には七十二とある。どうなっているんだい」

船問屋松崎屋の番頭が不審を露わにして問いかけてきた。

「まさか、そんなことは……」

久之助は呟き、荷の積まれている日本橋行きの荷足船に乗り込み、籠を数え始めた。番頭の言ったとおりだ。もう一度数えたが、やはり二籠少なかった。

「時刻はとっくに過ぎているのでね、いつまでもここに停まっているわけにゃいかない。とりあえず今日はこのまま送るが、親父さんにも話して、よく相談してくだせえ。今後、こんなことがないように手をうって下さいよ。頼みましたよ」

「まことに、あい済まないことで」

久之助は深々と頭を下げた。今回の荷送りは、久之助が一人で馬子衆を差配する最初の便だった。緊張していたせいか、一日中、腹の具合がゆるかった。すでに馬子衆は荷下ろしが済むと、そのまま帰路についていた。

どこで荷がぬけたのだろう？　布佐で積んだときは確かに数どおりあったのだが。

昨夜から小雨がぱらついていたので、荷に雨よけの柿渋紙をかけ、縄を馬の胴にかけ回して固定していた。外から籠を見ることは出来なかった。布佐から松戸までの道筋を思い返してみた。その刹那、記憶の端からある光景が浮かび上がってきた。日暮村にある白髭神社の脇を通過したとき、馬沓《うまぐつ》が弛んだから締め直すと言って、最後尾の馬が遅れたのだ。

あのときに違いない。最後尾にいた馬子は、確か藤助。金蔵親分の紹介だとお袋が言っていたが。

日傭《ひやとい》百姓だという三十半ばの藤助だが、怒ったときにみせる強面《こわもて》は素人とは思えぬ迫力があった。あまり使いたくはなかったが、母親のたきが是非にもと言って、押し込まれたのだ。神社に寄って確かめようと歩を急がせた。

一里半ほどの道のりだ。畑に囲まれたゆるやかな坂道を登りきった先にある。社に着いたとき、雲間にのぞく陽は西に傾きはじめていた。一陣の山風が、せまい境内を吹き通った。一見したところ、社に何の変わりもなかった。社殿の正面から裏に回ってみた。

「ああ、やっぱりここだったか」

悪い予感が的中した。空になった魚籠が二個うち捨てられていたのだ。その周りに、荷を覆う防腐材として籠に詰められていた檜葉《ひば》と大笹の葉がちらばっている。久之助は仕方なくそれらを拾い集めたが、眼裏に禄之助の怒りをきざんだ顔が浮かんでくる。おもわず大きな吐息をついた。

――はじめてとは言え、俺のしくじりに違いはないのだ。

久之助は呟き、手にした籠を馬にくくりつけると布佐へと戻っていった。

曲がりくねり、上り下りのある道である。番頭に連れられ何度も通っていたが、今日はやけに長く感じられる。陽が落ちかけていて木々の隙間から橙色の光の筋が街道に差し込んでいる。疲労と落胆で何も頭に浮かばない。馬の轡《くつわ》をとりながら足を踏み出している自分が自分でないような気がする。

久之助の心情を映しているのか、足取りは重いままだった。

夜四つ（十時）頃、下総屋の居間に禄之助と久之助が向かい合って座っている。たきが久之助のすぐ脇に居て、禄之助にけわしい視線を投げかけていた。

「おまえさん、そうやって久之助を叱るけど、起きてしまったことは仕方ないじゃないか」

こんどは禄之助がたきを睨みつけた。

「バカな、何を言っているのだ。仕方ないで済むものか。信用にかかわることだ。分かっているのか。船への積み替えは馬ごとに行うと、いつも言っていることだ。その作業をしっかり見極めるのが、番頭や手代、そしてお前の仕事じゃあないのか。いくら度々厠《かわや》のやっかいになっていたとはいえ、馬子の勝手にさせてどうするのだ。横着をしていると、こんな企みに遭うのだ。ちがうか」

「あんた、企みは言い過ぎじゃないのかい」

「おまえは、そうやって金蔵の息のかかった、怪しげな奴を庇うが、こんなことが続くとこの家が傾いてしまうということが分かっているのか。えっ、どうなんだ」

普段は女房にやり込められている、そんないつもの禄之助ではなかった。

「そんな、ちょっと大げさじゃないのかい」

いつもと違う禄之助の剣幕にたきが怯んだ。

「ほんとうにお前の脳天気には呆れるわい。よく聞くんだ。安食の新八がなぜ水戸様の御用になれたか。それはな、木下《きおろし》の太郎左衛門さんの荷送りにしょっちゅう遅れと抜荷が起きていたからなのだ。釜屋村の七衛門さんがいつかそう言っていたわい。つまりな、やるべきことをしていなきゃ、いつか切られることになるのだ。総州屋さんには詫状を出しておくが、失くした分は駄賃から差し引かれることになる。わかっているだろうがな」

「ああ、わかっているよ。で、藤助さんはどうするのだえ」

金蔵親分に指図されて訪ねてきた、と藤助が言っていたことをたきは思い浮かべていた。

「久之助が推し量っただけのことで、確たる根拠は無いのだ。代官所に言ったところで、手間暇とられるだけだろうよ。とにかく、今後あの人に声を掛けて荷送りを頼んではいかん。人手が足りなくとも、良く知ったまともな人を頼まねばな。それと金蔵さんには頼みごとをしてはいけない。わかったね」

禄之助は語気をゆるめて話したが、たきは仏頂面のままそっぽを向いている。

「どうなんだ」

「さっき、わかったと言ったはずだよ」

たきが答え口元に苦い笑みを浮かべている。

「かかされた恥は何かで雪《すす》いでもらわなくちゃあな」

たきの脳裏にあの日の金蔵の低い呟き声が蘇っていた。

六

翌早暁、碇屋の荷船が布佐河岸に着いた。

この日の荷運びは喜三郎の番だ。帳場の框《かまち》際に坐り足ごしらえをしているところに、中暖簾を分けてたきが現れた。いつもは眠たげな様子のまま送り出すのだが、今朝は何やらはっきりとした表情をしている。

「今日もごくろうだね。雨は降っちゃいないし有り難いことだ。ところで喜三郎、旦那さまから言われたことがあるんだがよく聞いておくれ。これから馬子衆に声を掛けて回るのだろうが、今日は藤助さんには頼まなくてもいいからね」

突然のおもいもよらない指示に喜三郎は面食らった。

おかみさんの強い推《お》しがあって藤助を馬子に加えたはずだったが。

眉間に縦皺を刻んだ藤助の顔が脳裏に浮かび、不安が過ぎった。

「大丈夫なんですかい、おかみさん。後でねじ込まれるのはいやですぜ」

正直な気持ちだった。

「そんなことありゃしないさね。とにかく宜しく頼んだよ。さぁ、行っといで」

たきが普段みせない作り笑いを浮かべている。

あの笑顔は何なんだ。おかみさんが俺に目を掛けてくれているのは分かっているが、なにか嫌な予感がする。

喜三郎は得心できない気持ちを抱えたまま、店の暖簾を割って表にでた。店からでると馬子の連中が住む家を次々と走り回った。言われたままに藤助の寝起きしている川沿いの小屋には行かなかった。

河岸に集まった三人の馬子を指図し船荷を馬の背へと積み替える。六十六籠を荷馬八匹に積み終えると列を整え、先頭に立って歩きはじめた。未だ蒼黒い天空には星がきらめき白銀色の月が皓々と輝いている。

松戸河岸にはいつもと変わらず九つ半（午後一時）ごろに着いた。船に荷を積み終えて、昼餉を河岸際にあるいつもの一膳飯屋稲毛屋で摂った。来る途中、白井で休みをいれたが、毎度のことながら疲れが飯の後にやってくる。荷運びを終えての帰りは馬子の都合も考えそれぞれに任せている。

河岸から一丁ほど川上の江戸川端で少しばかり休んだ後、喜三郎は帰路についた。うねうねと続く朝通った道を進み、陽が山の端に接したころ草深村にさしかかった。

前方の白山神社の昇段に座り込んでいる二人の男がいた。藤助と金蔵だ。待ちかまえていたのだ。喜三郎は気づかないふりをして足早に通り過ぎようとした。

「おっとっと、手代の喜三郎さん、俺だよ。だまって行っちまうなんて、ちょっと冷たかねえかい」

藤助がすばしっこく喜三郎の前に立ちふさがった。金蔵がゆっくりとした足取りで近づいてくる。

「喜三郎、久しぶりだなあ。安食以来じゃねえか。それにしてもだ、知らねえ間柄でもねえのに、おれの身内を除《の》け者にするとは随分なことをしてくれるじゃねえか、おめえの了見でやったことじゃあるめえが、だれにいわれた、旦那か」

薄笑いを浮かべ金蔵が問いかけてくる。小男だが目つきに凄みがある。腕組みをした藤助もすぐ脇にいる。

「いえ、おかみさんに言われたのです」

とっさなことでつくろう余裕もなく真正直に答えてしまった。

「おーや、そうかい、おたきのやつ恩をあだでかえそうってか」

たいして驚くわけでもなく、頷きながらも喜三郎から視線を外すことなく言い放った。このあと金蔵と藤助が何事かを囁き合い、

「今日はもういいから行け」

と言いながら引き上げていった。

店に帰りこのことをたきにだけは耳打ちしておいた。聞いた刹那にたきが眉をつりあげ小言を言いそうな気配になったが、そうかい、と言ったきりで奥の間に引き上げてしまった。

三日後、大口の百籠の船荷が喜三郎に回ってきた。いつもの段取りで十二匹の馬列を整え出発した。藤助にはやはり声を掛けてはいない。

ところが、草深村の手前の坂道にさしかかったところで藤助が現れた。

「喜三郎さん、親分から言われた話があるんだ、しんがりにまわっちゃくれねえかい」

薄笑いを浮かべながら言うとそのまま付いてくる。かれは仕方なく列の最後にまわった。話というのは金蔵の手柄話だった。くだくだと一方的に喋りまくっている
悪いことが起こらなければいいが。なにかしら予感めいたものが喜三郎の胸裏を騒がせている。

馬子は一人二匹の馬を引いていた。

白山神社にさしかかったとき、突然藤助が後ろに下がり、最後の一匹の手綱を外して、来た道を大急ぎで引き返し始めた。

「ちょっと待ってくれよ、藤助さん、その荷をどうするんだ」

喜三郎は追いつくと、藤助とは反対側の轡を摑んで馬を止めた。

「どうするだと、おめえの知ったことか。いいか、馬が蝮《まむし》に嚙まれ驚いて走り出した、とでも旦那に言っておくんだな」

この人の本性はやっぱり盗人なのだ。

「あんたのやっていることは……。そんなことされちゃ、俺が困るんだよ」

「うるせえ、手を離しやがれ」

藤助が左手に手綱にぎりしめたまま、右手を懐に差し込んだ。

「怪我したくなきゃ、ひっこんでろい」

喜三郎は馬から離れ二、三歩後ろに下がった。このとき前を歩いていた馬子の留七がすぐ後ろに来ていて喜三郎の袖を引き、

「ありゃ匕首を持ってるぜ。あぶねえから下がったほうがいい」

と囁いた。

「いいか、おめえら、このことを表沙汰にすると、ただじゃおかねえと金蔵親分が言っていなすったのだ。わすれるなよ」

と捨て台詞を吐き、下から掬《すく》いあげるように睨みつけると来た道を馬を引きながら走り去っていった。

中天から降り注ぐ陽差しをうけながら、人馬がいま下りてきた坂道を駆け上がっていく。やがて坂の天辺を過ぎるとその姿は見えなくなった。

——何てことだ。

ほんとについてねえ。

その場にしゃがみこみたい誘惑にかられた。だが兎に角、荷を運んでしまわなければと思い直し馬列に戻ったのだった。

松戸河岸で八籠少ないことを松崎屋の手代に指摘されたが、喜三郎は留七と口裏を合わせ馬が走り逃げた、ということで押し通した。

手代が怪訝な表情をにじませて喜三郎を一瞥し、店に戻っていく。一休みしてから帰る、と

言う留七を残し、今通ってきた道を走るようにして布佐に帰った。

下総屋の暖簾を分けて土間に踏み込んだ。待ち構えるようにして帳場に禄之助が座っている。ああっ、と声に出したかもしれなかった。どうだったと今日の荷運びの具合を聞いてきた。帰路の間中、先ずたきに事の顚末を話さなければ、と反芻し唱えるようにしながら戻ってきた。一瞬迷ったが、たきの指示が因で起きたことだと思い、ともかく馬が逃げ出したとの報告をした。

「素人じゃあるまいし、なぜ馬を追いかけなかった。馬子の衆の馬でなくうちのだったからまだしも……。あすの荷送りはお前の番じゃなかろう。馬だけは探して連れ帰るんだ。いいな」

「へい、そのつもりでおります」

しおれきった喜三郎が顔をあげる度うらめしげに、帳場に現れたたきに目線を送っている。頬がこけ汗にまみれている喜三郎を不憫《ふびん》に思ったのか、

「ずいぶん早い帰りだったが昼飯は食ってきたのか」

と聞いてくる。喜三郎はいいえと首を横にふった。禄之助がたきに飯を出してやれ、と言いつけると帳場を出ていった。

喜三郎はたきの後について帳場からでると、勝手の板の間に座った。しかし、緊張が続いているせいか食い物を口にしたいという気持ちは失せていた。

たきがありあわせの菜で膳を調えはじめている。

すぐに膳が出された。

碗に盛られた飯に箸をつける前に、喜三郎は今日起こったことのすべてをたきにうち明けた。たきが青ざめている。返す言葉がすぐには見つからないようだ。数拍の沈黙があった。

咳払いが聞こえ、板の間と廊下を区切る中暖簾を分けて禄之助が入ってきた。仁王立ちのまたきと喜三郎を見下ろしている。

「金蔵とはそういう男なのだ」

禄之助がひややかな声で決めつけるように言った。

「今度こそよくわかったよ、おまえさん」

と言いたきがうなだれている。やがて、

「こんなことが続いたら困るよ、何とかしておくれな」

気を取り直したように、禄之助を見上げて手を合わせた。

禄之助が大声で、もう一人いる手代の吉松と息子の久之助を呼びつけ、喜三郎とともに板の間に並ばせた。

「今日あったことをそのまま正直に話すんだ」

禄之助に促され再び喜三郎が話しはじめた。

話を聞き終えた二人がそれぞれに困惑の表情を浮かべている。

「こんなことが続けばうちに仕事は来なくなる。明日、荷送り先の日本橋の総州屋さんにわしが出向いて詫びをいれてくる。……次の送りは吉松の番だが、久之助、おまえも同行するのだ」

手代の吉松よりも久之助のほうが五つほど年下である。

「俺が一緒に行っても何か役にたつのかい」

すでにその顔に不安をにじませている。

「明後日、わしは境河岸で一番の大問屋、つまり藩で一番の大問屋である福田屋嘉衛門さんに会いにいくつもりなのだ。河岸問屋の集まりで何度か話をしていて知らぬ仲ではない。金蔵みたいな奴がいちばん厄介なのだ。下手にでるとつけ込んでくる。藩に訴えたりすると何をしかけてくるかわからん。嘉衛門さんは藩のご重役方に話を通せるお方だと伺っているわい。金蔵にとっては今度のことは猫をいたぶっているほどにしか思っちゃいまい。うちにとっちゃ屋台骨に響きかねないほどの迷惑だ。嘉衛門さんにお願いしてこの悪さを止めるよう強意見《こわいけん》してもらうつもりなのだ」

「おまえさん、引き受けてくれるだろうかね」

たきがしおらしく禄之助に問いかけている。

「手ぶらでいくわけにはいかんわな。嘉衛門さんへのお礼といっしょに金蔵へ渡すぶんも少しばかりだが預けねばなるまいよ。おそらく金蔵の奴はそれが狙いなのだ。まったくあんな奴が十手を持つこと自体がおかしい」

禄之助が舌打ちしながら愚痴をこぼした。

「明日総州屋の用事が済んだら、上菓子店に寄ってから帰ってくる。よろしくと金だけを渡すわけにはいかんからな」

嘉衛門を訪ねるに際し、日本橋一丁目にある金沢丹後の評判の羊羹を持参するつもりなのだ。嘉衛門がそうとうの甘党であることを聞いている。地元の菓子などでは満足させられないことは分かっている。かれをその気にさせて間に入ってもらい、今起こっている厄介な問題を片づけてもらわなければならないのだ。

「話の腰を折るようで済みませんが、旦那さま、明日の便で連中が出てきたらどうすればよろしいので」

吉松の当然ともいえる懸念だった。そうだなと禄之助が頷き、

「藤助か金蔵が出てきたらこう言うんだ。境の福田屋嘉衛門さまに旦那さまが明日ご挨拶に行くらしい、とな」

と答えたが吉松の表情は硬いままだ。

「大丈夫だ。金蔵親分も十手を預かる身。まるっきりのバカじゃあるまいよ。それで分かるはずだ」

と言いながら、緊張をにじませている吉松に、わずかに笑みを向けた。つられるようにして吉松も頰をゆるめ、頷いたのだった。

その日以降、金蔵と藤助が現れることは無くなった。

禄之助の手配りが奏功したようだ。

五日ほど経て福田屋嘉衛門からの文が届いた。

二人のことが書かれている。

金蔵が言うには、藤助は何処かへ出奔してしまい、ここのところ全く見かけていないということだった。本当かどうか疑わしいものだが、そのくせ、禄之助が包んでおいた金子《きんす》は遠慮もみせずに懐《ふところ》にいれたという。

「これでいい」

文を読み終えた禄之助が安堵の呟きをもらし、胸をなでおろした。


事があった翌日と翌々日、喜三郎は利根川沿いの藤助の居た小屋に足を運んだり、松戸河岸と布佐を往復したり、あちこち歩き回っては馬を探し続けたが、ついに見つけることはできなかった。小駄荷馬の値は一両から二両ほど。手代である喜三郎の給金は年三両二分。高価な商売道具である。

嘉衛門からの連絡が届いた翌日に喜三郎はすこしばかりの金子を持たされ暇《いとま》を出されてしまった。

主人に嘘をついたこと、馬を失ったこと、藤助の盗みの現場に居合わせながら加勢を集めず逃げられたことで今後またつけ込まれないとも限らないこと、などが理由とされた。

さらには藤助とぐるだったのではないか、という勘ぐりとも噂ともつかない話が馬子の一部に流れ、ひそかに禄之助の耳に入っていたことも喜三郎の立場を悪くしていた。

その日、番頭ただ一人に見送られ、店の長暖簾を分けて喜三郎は表に出た。

目もくらむような陽射しが街道を白々と照らし、青く抜けるような中天には雲一つなかった。

——おれだけがなぜ。

と思わなくはなかった。しかし所詮、奉公人がしくじればこうなるのだ。まったく情けねえ、と胸裏で呟いた。

それにしても……眩しいばかりの好天のなかを歩を進めている今の自分が何とも疎《うと》ましく思えてくる。

もらったばかりの金子の薄い包みを懐にねじこみ河岸へと向かった。

喜三郎の実家は安食の伝兵衛新田にあるが、後を継いだ長男の晋一郎が一昨年の旱魃で欠落していた。田畑も家も荒れ、名主が後を預かっている。だが帰ったところで一人では田畑の回復などすぐにできるものではなかった。

布佐から番船に乗り安食に向かった。

生まれた所といってもすでに親兄弟はいない。迎えてくれる人のいない廃屋に帰る。うら淋しい喪失感を抱きながらも、そこにしか戻るところはなかった。川面を眺めているうちに、河岸場にいるかもしれない新八とは顔を合わせたくない、という思いが胸裏に広がっていった。

やがて安食の船着き場が目前に迫り、すべるようにして渡り板に船べりが着けられた。

船を下りる時その板の上から河岸場を眺めた。永島屋に隣接する荷置き場で新八が俵を積み上げている。喜三郎は伝兵衛新田の名主の屋敷に顔を出そうと川沿いの道を歩きはじめた。

今さっき下ってきた利根の流れが陽を受け、鉛色の川面にきらきらとさざ波をたてている。

新八に見られないように足早に進んだ。

「おーい、喜三郎じゃないのか」

新八の声だった。

どうしようかと迷った。自分の今の立場が恥ずかしくて新八を避けようとしている。だが、己を飾る魚問屋手代という身上はなく、かといって百姓でもない。世間とのしがらみは紙一枚ほどにも薄いのだ、と思い至った。

立ち止まって振り向くと、こちらに向かって大股で近づいてくる。百姓をしていた頃より体も大きくなり、身なりもこざっぱりとしている。何となく気圧《けお》されたような気持ちのまま新八を待った。

「どうしたんだい、こんな昼日中に来るなんて、商いでしくじりでもしたのかい」

新八の発した言葉に、やれやれお見通しか、喜三郎は内心、立ち止まったことを後悔しはじめていた。

「元気そうだ。商売の具合はどうかね」

挨拶がわりに新八にたずねかけた。

「うん、まあまあかな。でも一体どうしたんだい。まさか図星なのかい」

新八の表情が曇っている。まあね、としか答えようがない。

「そうかい、済まないことを言っちまったな。でもな、この前ここに来たときは、手代が立派に板についていたと思ったのでね」

そう言われて喜三郎の胸裏に何か嬉しいような悲しいような綯《な》い交ぜの思いがこみあがってきた。

「新八っつあん、あんた昔からちっとも変わらないね。俺はあんたにそんなふうに言われるとすごく嬉しいよ」

「いったいどうしたんだ、なにがあったんだい」

新八が真剣な表情で聞いてくる。

実は、と言って喜三郎は事の顚末を新八に語った。

「そうか、あの親分には困ったもんだ。……今な、話を聞いている内に考えたんだが、荷送りの仕事は、俺よりもあんたの方が経験が長いんだとね」

「まあ、そうだけんど、それが今さらどうだと言うんだい」

「実はな、水戸様の魚送りの他に、鹿島灘で作られた干鰯《ほしか》の荷送りをやらないかと言われているんだ」

「干鰯って金肥のあれかい。あんな値の張る肥料、どこで使うのだい」

「水戸のお役所の村山さまが言われるには、天領になった真岡あたりで荒れ地直しによほどの量を使うらしい。真岡なら船で運べるしなあ」

「それでどうすると？」

「おまえ、俺と一緒にここで仕事をしないかい。伝兵衛新田は荒れちまって大変だという話じゃないか」

「そうなんだ、それで名主に相談に行こうかと思っていたんだが」

「俺といっしょにやろう。俺は次男で田畑は兄貴のもんだし、おまえと商売に精をだせば、何とかなりそうな気がする」

「暇をだされた俺でもいいのかい」

「気にすることはない。さっ、あの置き場の裏が寝泊まりできるようになっている。今日からでもいい」

「ほんとかい、ありがていなあ」

二人は置き場へと向かって歩き出した。明るい陽差しが、二人の足元にちいさな影を描いている。その影はまるで小躍りするようにして進んでいく。

七

禄之助は安食の新八に対して十分ではないが、何とか意を通すことができた。だが帳場に座り浮かない顔をしている。さらに下流の船着き場でも無許可の荷送りが密かに行われていることが伝わってきている。やれやれと溜息をついて帳場の結界をでると、奥にある仏壇の間に入っていった。

「わしの店の荷を掠め取り、荷送りするなど新八に限らず許せるものではないわ。ましてやただの船着き場で魚荷商いをしようなどとんでもない話だ。ご定法に背いておるわい。河岸としてご公儀に認められてから商いを始めるのが筋というものだ。この商いをわしの代で終わらせるわけにはいかん。末々大事に守り通さねば、ご先祖さまに顔向けができぬわい」

とひとり言ち、仏壇の前に置かれた鉦を二度ほど強く鳴らし、手を合わせた。

禄之助の耳に雨音が届いている。一昨日から降り続く雨が下総屋の軒端をうるさいほどにたたいていた。

「まったく、こんな日が続いたんじゃ、たまらないよ」

たきが後ろにきて座るなり喚いた。

ああまったくだ、と言って禄之助が眉根を寄せ、暖簾の先に目を向けた。雨が澎湃《ほうはい》として地を打っている。

増水した利根の流れが、布佐河岸の渡り板を呑み込み始めている。

新八は以前と同様に淡々と魚荷送りに励んでいたが、喜三郎の影響もありその素振りに商人らしさが加わってきていた。

数日前、松戸河岸に水戸様の荷を送ったとき、河岸まで二里ほどのところにある子和清水の辻にさしかかった。八匹で進む新八達の馬列が、柴木を積んだ荷馬の行く手を遮った。

「のろのろするんじゃねえ。早くいけや」

行く手を遮られた馬子が怒声を浴びせ掛けてきた。新八は先頭を進んでいた。しんがりの喜三郎が声のする馬列の中ほどに走り寄った。その馬子を見るなり立ち止まった。顔色が変わっている。

「新八っつあーん、こいつだよ。こいつが藤助だ」

突如、喜三郎が叫び声をあげた。

「ほんとか。みんな、樫棒をもって喜三郎のところへ行くんだ」

護身用の樫棒を備えようと喜三郎が言い募り、馬に括り付けていた。長さはおよそ二尺五寸ほど。荒削りの木刀めいた樫の棒である。

「おめえ喜三郎じゃねえか」

「あんた、その馬、下総屋のだろうが。俺はそのために暇を出されてしまったのだ。返してもらうよ」

樫棒を握りしめた四人が藤助の前に迫った。

「ちぇ、今さら返せだと、ふざけやがって、くそ、おぼえてろよ」

わめきちらしながら脱兎のごとく走り去っていった。

この馬は後日、新八が下総屋を訪ね成り行きを話したうえで引き渡したのだった。

永島屋の小店と軒を並べる荷置き場の一画では、喜三郎が干鰯の俵を、送り先毎に積み上げる作業を忙しげに行っている。

「こちらに新八さんはいるかね」

いつの間にか牛を引いた年嵩の男が、置き場の角柱のところに立っていて、問いかけてきた。

「ああ、いるが何の用事かね。今よんでくるが」

「届け物を頼まれてな、こちらにきたんだわ」

「なんだい届け物って」

「あんたは？」

「喜三郎というが」

新八が二人のやりとりを聞きつけて裏のほうから現れた。

「どうしたね」

「届け物だと言うんだがね」

「あんたが新八さんだね。これを届けるように頼まれたのだよ」

男が牛の手綱を新八のほうに差し出した。

「えっ、牛かい。一体だれからだい」

「永島屋の儀右衛門旦那でさ」

隣接した小店の暖簾を分けて手代の市松が現れた。親しみのこもった笑みを浮かべている。

「市松さん、これは一体？」

「旦那さまが二人の門出を祝って、下すったのだよ。有り難く頂戴すればいいんじゃないのかい」

「新八っつあん、これは旦那のお心配り。有り難く頂こうじゃないか。ほんとにうれしいねえ。精々重宝に使わせてもらおうよ」

喜三郎が、さらに口の中で何事かをもごもごと呟いて手綱を受けとった。新八の耳には、捨てる神あれば拾う神あり、と言ったように聞こえた。

そんなことがあり日々が過ぎていった。

――それにしても。

俺が川船の荷を扱っているなど、おやじが知ったらさぞ仰天するだろうな、と新八は思う。

この頃では商いに打ち込んでいるせいなのか、伏流に呑まれた父親の最期の姿を思いだすことは稀になっていた。

　この日、新八はいつも通りに川魚の荷を届けている松戸河岸の船問屋、小田屋の店先にいた。店のすぐ前には、底に深い緑を湛える江戸川の流れがある。

　喜三郎を伴っていた。一仕事終えたところだったが、そこで下総屋の噂を耳にした。店の手代が、

「荷送りの数がやたら多くてかなり遅れてるようですぜ。馬の手配でしくじったという話でさ」

　喜色をこらえているような顔つきで言う。

「そりゃ、船をだす松崎屋さんにとっちゃあ難儀なことだろうな」

　新八の言ったことに軽く頷きながら手代が店に戻っていく。

「緑之助さんは分かっちゃいない。七十年続いた老舗を鼻に掛けるが、わしらの稼業は、魚荷を早く確かに運ぶことが大事。それを第一に求められているんだってことをな」

　誰にともなく呟いたが、その小声は河岸場の喧噪にかき消された。

「新八っつあん、そろそろ戻らないと」

　喜三郎がすぐ脇に来て急かしつけた。その手に牛の手綱を摑んでいる。馬荷にすれば二匹分も運べそうな大振で真新しげな牛車が、牛の背にきっちりと括りつけられていた。新八と喜三郎が金子を出し合って手に入れたものだ。二人のこれからの商いを担う大事な商売道具。安食の何軒かの小店に頼まれた味噌・塩・酒などが帰り荷として積まれている。荷を一瞥した新八は、

「ああ、そうしようか」

と応え、車の方向を変えようとして、なにげなく西の方に目をやった。富嶽が天辺に白い冠を戴き、くっきりとその姿を見せている。

新八は無意識のうちに手を合わせた。

そのとき川向うの葦原から雲雀《ひばり》が空の高みに揚がっていった。さらにもう一羽も続いてまっすぐに上っていく。競うように鳴きながらやすやすと富嶽を越えていく。

いいぞ、その調子だ。新八は碧空の中にちらちら見える黒い点を眺め続けた。

山之井酒蔵承継録

上総御宿《かずさおんじゅく》の入江を囲む丘は常緑の木々に覆われていた。

清兵衛は丘の中ほどから、外海のかなたに淡く引かれた光の筋を眺めていた。丘の斜《なぞ》えにびっしりと生える木の根が大地の水をかかえている。地下の清水を貯める井戸が丘の中腹にあった。そのすぐ脇には大ぶりな山桜の木が、緑の葉を茂らせそびえ立っている。これらの木々がもたらすものか、辺りの大気には清浄な運気が感じられる。

山之井酒蔵はこの傾斜地を穿ち、井戸の正面に醸造蔵を構えていた。三年前に名を清一郎から改めた清兵衛は当主であり、家族と暮らす母屋は蔵のさらに二丁ほど下った先にあった。

一

十一年前の元禄五年（一六九二）二月のことである。

伊南房州街道を騎乗の武士が土埃を舞い上げ、駆けすぎていく。鉢巻きたすき掛け姿の武士は、東条藩お館の正面にある長屋門の前で、手綱を引き絞り、止まると、

「江戸より参じた火急の遣いでござる。お出ましくだされ」

と叫ぶなり、転げるような勢いで下馬した。

御宿より海沿いを七里ほど南に下った安房の地に東条がある。

元禄元年に肥前藩主である大村因幡守純長《すみなが》の五男寿員《ひさかず》が前藩主西郷延員《のぶかず》の後継として十五歳で養子に入った。同二年に将軍の御小姓となり三年には藩主となっている。東条は一万石の小藩である。城はなく藩主が在府する江戸屋敷と、藩士等が勤める会所と同じ敷地内に藩主の係累が住まいするお館があった。

伝令の武士は江戸屋敷よりの知らせをもたらした者だった。下野《しもつけ》（栃木）上田《かみた》への移封の命が下った。

これにより元和六年（一六二〇）以来七十二年続いた東条藩は廃され、新たに上田藩が立てられることとなった。

元禄は将軍綱吉の治世である。綱吉の時代に何らかの事由により藩を廃されたり石数を減された大小名は四十六家に上っている。この中には播州赤穂の浅野家もふくまれる。

すぐに召集がかかり、お館の大広間で家老から藩士に成り行きの説明がおこなわれた。今後なすべき事については、引越しに備え身の回りのものをまとめおくこと、江戸藩邸から移動の日取りが届き次第それに従うことを言いわたされた。その旨が伝えられたのは午後も七つ（四時）を過ぎたころである。

清一郎の父である新井清成《きよしげ》の役向きは、賄《まかない》奉行の下役で産物掛をも兼ねていた。主家への糧食の調達だけでなく、江戸藩邸に安房の海産物や季節ごとの嗜好品を船送りするなどの勤めも果たしていた。会所は藩の役所としての役割を担っており、六十余名が勤め、赤坂御門内にある江戸屋敷では、藩主と正室母子、藩士等三十数名が仕えていた。

今年清成は四十一になったが、その扶持は二十俵の微禄である。この日は浦風が終日吹き寄せてきていた。薄く碧みを帯びた空に、茜に染まりはじめた鰯雲がきれぎれに浮かんでいる。

長屋門をでた清成は、お館の背後に迫る山とのはざまに配された屋敷へと歩を運んだ。

家の者に話さなければならない。しばらく行くうちに長年住み慣れた屋敷の門が見えてきた。下野の上田というところはどのようなところだろう、伊勢崎に近いと聞かされたが……。

生まれ育ったこの地を離れるのか、そう思うと周りの景色すべてがひどく懐かしさを帯びてくるようだった。門の両脇に立つ高野槇《こうやまき》のてっぺんに、夕餉を調えるための薄煙がただよい、ゆっくりと上っていく。長年の風雪により反り返った杉板の脇戸を押し開けた。飯の炊ける匂いが庭先にただよっている。清成はほっとした気持ちになり、ただ今戻った、と声をかけて玄関の式台に上がった。妻女の喜恵が台所からこちらにむかってくる。おかえりなさいませ、ふだんと変わらない調子で清成を迎えた。

「話がある。居間に来てくれるか。清一郎と彦爺もな」

はい、と答えた喜恵だったが清成の様子がいつもとちがう。清成の穏やかで整った容貌に滲む緊張を感じとったようだ。

喜恵と清一郎、下僕の彦造がそろったところで、

「よく聞いてくれ。今日重大な話がお上よりあった。近々下野の上田《かみた》というところへ藩が移ることになったのだ」

清成は粟立つような気持ちを抑え、急ぎ召集がかけられた訳を告げた。江戸で何があったのかを問いかける清一郎を制した。

「それはわからん。分かっていることは近々ここを出ていくということだ。よいか清一郎、このことについて仲間内で分別なく騒ぎ立てる者が出るやもしれん。軽々しい言動は控えるのだ。藩あっての当家であることを忘れてはいかん」

江戸で何があったのか、表だった説明はなされなかったが、すべての藩士が懸念するところはほぼ一致していた。前藩主の不行跡が問われたのだろうということだった。

このとき清成は粛々として上田へつき従うつもりであった。喜恵が虚空に目を這わせ何事かを思案している。

「なにをかんがえている」

清成の問いかけに、躊躇をみせた喜恵だったが、思い切ったように口をひらいた。

「今しがた思いついたことですので深い意味はございません。ただ、上田というところはどのような地でありましょうかと考えておりました。地味豊かな土地であればよろしいのですが」

清成は憂いをにじませた喜恵の表情をちらりと見やった。本音が透けて見える。

——やはり。

ここがよいのか。喜恵が言おうとしたことは、長年海の近くで暮らしてきた者が抱く懸念そのものに違いなかった。

新井の家は三代前からこの東条の地に暮らしてきた。

下級藩士の暮らしぶりはどこへ移ったところで、それほど変わるものではなかった。だが、下野の山中よりも海の恵みのある東条のほうが、暮らしをたてるには何かと都合がよい。

翌朝方、清成は庭先で木刀を握り、日課としている素振りをくり返していた。無心になれる一時なのだ。

「毎朝、精がでるの」

館を囲むように七十坪ほどの広さの小役人屋敷が並んでいる。隣家に住まいする、長年蔵方を勤めた小山甚十郎が垣根ごしに声をかけてきた。清成よりも一回り年上である。痩身ながら六尺近い上背があり、年に似合わぬ滑らかな動きをするのは若い頃に立身流《たつみ》剣術を修めた故であろう。

「毎朝これをやっておかないと、なにか体が鈍《なま》るような気がしまして」

清成も若いころ立身流の手ほどきを受けていた。

「いや、型もきまっておる。なかなか結構なことだ。壮健であるという証であろうからの」

「それほどのこともございますまいが」

甚十郎がおおげさに咳払いをして、手招きをしている。

「実はな……話があるのだが」

と言って急に声を潜めた。清成は木刀を縁側に置くと、隣家との境にある茶の木叢《むら》に近づいていった。

「おぬし、どうするつもりだ」

「どうするかと言われますか。つまり……」

「下野なんぞへ行くつもりか、と聞いているのだ」

「はい、そのつもりでおりますが。小山さまは如何されるおつもりなのです？」

「大きな声では言えんが、先の殿が七十過ぎで惚けてしまわれてこの始末だ。徘徊の末に飼い犬を打擲《ちょうちゃく》したことが公儀にまで聞こえるとは思わなんだ。あれは病じゃ。直らん。二度あることは三度というわい。前回の騒ぎでは今の殿が婿入りされて事なきを得たが、わずか一万石の藩だ。三度目には容易く取りつぶされるだろうよ。わしは今度こそ暇をもらうつもりだ。山の奥などへ行ったところでろくな事はあるまいて」

五年ほど前に生類憐みの令が出されていたのだった。

新井家と同じ頃より甚十郎のところも東条に住み、代々蔵方を承っている。年貢米を江戸に送る前、一時収めておく蔵がお館の真裏にある。米の出荷後に薪炭が同様に積み置かれる。この差配を甚十郎は長年勤めてきた。新井家とのつきあいも長きに及んでいる。妻女に娘と入り婿、孫の五人暮らしである。甚十郎は隠居の身だが、当主然とした態度を変えず、時として周囲から隠居のくせにと言われ陰口をたたかれることもあった。

「小山家として娘と婿どのは下野へ行くが妻女も行きたいと言っておる。だが、わしは一人でもここに残るつもりじゃ。隠居などというものは藩士にあらず、人にもあらずということじゃわい。そんなことよりもこの大海のそばに居れば口に糊するのも易かろうてな。なにものにも代えがたい。この年になりわざわざ山間の痩せ地に行くつもりなどないわい」

「しかし住まいはどうされるのです。費えもかかりましょう」

「おぬしも知っておろう、渡海山の中腹に藩の肝煎で建てた炭焼き小屋のあるのを」

「二、三度そばを通ったことはありますが」

「あれに住もうかと思っている。炭を焼けば小銭も得られようしな」

かつて盛んに炭を焼いていた小屋だが近頃は使われていない。三年ほど前に土地の境界をめぐり、久留里藩との訴訟が生じた。飛び地であることが曖昧であったために起こったことだった。東条藩はその土地の四割方を手放すことになり、境界間近となったその小屋はそれ以来放置されたままになっていた。

「しかし、あれは久留里藩との境目近くにあり、なにかと面倒でございましょうに」

「おぬしは賄方を承っているにしては頭が硬いの。一介の年寄が運上を少しばかり納めて炭を焼かせてもらうのじゃ。藩がどこであろうと忖度《そんたく》はいらぬわい。……それに我が家もわしが居なくなれば口べらしになろうしな」

甚十郎どのは気儘勝手をされているかに見えるが、そのじつ家の行く末も考えておられるようだと清成は思った。

移封の知らせが届いてから十日ほど過ぎた頃であった。

御宿《おんじゅく》で海浜問屋を営む安房津屋が、清成の自宅を訪ねてきた。かれは山之井酒蔵の主人でもある。清成は藩に酒を納めている安房津屋吾兵衛と役目がら顔見知りであった。清成よりも一つ年上で一昨年、不惑の四十を迎えたという。

安房津屋の話の取り付きは、

「小湊の白浜屋さまからの紹介をいただいて参じました次第でございます」

というものだった。白浜屋も東条藩の賄および産物に御用の商人であるが、清成の妻女、喜恵の実家でもある。喜恵は立前上、先の賄奉行小林市之介の養女として新井家に嫁してきたが、もとは安房小湊の白浜屋の娘である。

安房津屋は酒蔵を手放すと言うのである。噂を聞いたような気もするが、それだけの事に過ぎないと思っていた。清成の不審顔にかまわず安房津屋は話を続けた。聞くうちに酒蔵の価を知った。蔵と母屋、酒株手形を一括で引き渡し、合計が六十両だという。

「賄方手代である手前ごときに、なぜそのような話をされる?」

この時、清成は相手のわきまえを知らない話に、つい気色ばんで応えた。だが、わずかに笑みを浮かべている安房津屋の態度はその反応を待っていたかのように柔軟なものだった。

「白浜屋さんから当方によろしくとの話がきているのでございます。……お家の事情に立ち入るようでまことに恐縮でございますが、義父である白浜屋考助さんのお気持ちを考えますと、娘御の嫁ぎ先のこれからをご心配されるのは至極当然のことでございましょう」

下野になど行かず、遠回しに酒蔵をやらないかと言っているのだ。清成は羞恥で顔が熱くなるのを感じた。端から必要となる金子の及びも付かない額をあからさまにもちだされると、小禄に耐えてきた己の無残さを見せつけられたようで、義父と安房津屋にたいして恥ずかしさだけでなく憤りさえも覚えてくる。

賄方という役目柄、物を贖《あがな》える金の力というものを殊更に意識しているのかもしれない。商人が依ってたつ持ち金の高だけで計れば、不甲斐ないと思われたとしても仕方のないことだ。だが、新井の家は東条家に三代仕える歴とした家臣であるのだ。

それにしても藩に付き従う旨を口に出した時の、喜恵のそぶりが気がかりだった。やはり望んではいないのだろうか。

炭焼きで生きていくという甚十郎の話が脳裡をよぎった。

職柄から商いの者たちと接し、もしやしたら違う生き方ができるかもしれないと何の根もない思いを抱いたこともあった。だが世の隅々までを統《す》べる金の力の有りようを、今もまた見せつけられ、生半可な思いを打ち砕かれた気がした。

清成は自らの来し方を自問せずにはいられない。

茶の栽培に限らず軽扶持の家臣に藩は副業を奨励した。先代から農事には精をだしてきた。そればかりか藩規に従い無駄な費えは極力さけてきた。下士とはそうして過ごすものだと父から教えられて育ってきている。それは血肉となり何の違和もなく己の裡にある。それが微妙に変化してきたのは喜恵を嫁に迎えてからのことかもしれない。何をするにしろ当主である父と母に遠慮はあったが、喜恵にたいしてそれはなかった。十数年前、父と母が相次いで他界したときはかなしみに暮れはしたが、心のどこかを抑えつけていた重石がとれたように思えたのも偽らざるところだ。

喜恵が来てからも汲々とした暮らしぶりに違いはないのだが、米櫃《こめびつ》の底が空になることはなかった。喜恵がやりくりしていたのだが、奥向きのことはあまり言わないし、聞かなかった。おそらく折に触れ実家から秘かに援助があったにちがいなかろう。

かつかつの暮らし向きを知る義父の心配りなのだと清成は思った。清成が我に返り目線をあげたのを汐に、安房津屋は、

「白浜屋さんは、商売上手なうえに家族思いのお方です。きっと先のことを考えた末のことでございましょう」

と話を続けた。有り難い話であることに違いなかったし、家族思いという言葉に、嫁いだ娘への白浜屋の気遣いも感じた。

しかし、それほど易々と武家を棄てられるものかと胸の底から別の声が届いた。

「あまりに突然の話で何とも返答のしようがない。じっくり考えさせて頂こうかとは思うが」

「新井さま、海の恵みのある土地のよさは、十分おわかりのはず。この安房津屋はもとより白浜屋さんの気持ちもお汲みになり、ぜひともお受け下されませ。……もしやってみようと思い立たれた時には、やる気をみせる、ということが肝心なのではないでしょうか。商人はそれに尽きるのですよ」

「はて……、やる気？」

「当今世上で囃《はや》される西鶴《さいかく》というお方がございます。この方の書かれた永代蔵という草子のなかで、すべて生業《なりわい》の道は稼ぐに追いつく貧乏なし、とこう言われているのでございます。一生懸命に商いをやるということでございますよ。しかし上方は商いの都でございますからな、人のもまれ具合はこの安房とは比べようもございますまいが。まあ肝心なこととしては、やる気の次に、稼ぐための人と、ものと、金子のありようでございましょう。ものというのは酒蔵と考えればよろしいでしょう。……もう一つ、やる気を示すために、お武家をきっぱり棄てることをはっきりと申し上げるのです」

元禄三年、井原西鶴の著した『日本永代蔵』は全国にわたる生業の実例集として時代を写し広く流布した。

清成の躊躇にもかかわらず安房津屋はぐいぐいと押してくる。白浜屋の義父からそれだけ強く頼まれているのだろうか。

「お待ちくだされ安房津屋どの。まだ受けると決めたわけではござらん。よしんば決めたとしても、我が家には清一郎と彦造爺それと妻女しか居らぬ」

「初めはそれで十分でございましょう。白浜屋さんはすべてを含み置いてくださいますよ」

商人、いや舅とはおそらくそういうものであろうか、清成が思い巡らしているそばから、安房津屋が、

「白浜屋さんを訪ねられるときは、大刀は家に置いてお出かけくださいましな」

とたたみかけ屈託なげな笑顔を清成に向けた。言いたいことを言い、さも自信ありげな安房津屋を、清成は言葉もなく眺めたのだった。

この日以来、安房津屋の云々していった事事が胸の底に貼り付いて離れない。つい下野の山中に何があるのかと考えてしまう。賄方産物掛として海産物や季節ごとの嗜好品を藩邸に送ることは、唯一はえばえしいことであった。江戸の藩邸から礼状が届いたときもあった。その機会さえなくしてしまうのだ。

数日して妻女の喜恵が実家に挨拶をしておきたいと言い、二日ほど清一郎を伴い家を空けた。この地にいる限り頼れる親類縁者が喜恵の周りには居るのだ。それを想うと、転地をしてもなお副業に茶を庭先で育て、日々代わり映えのしない糧食の賄いをすることに、心がふさがれる思いがする。今の禄に耐えたところで、その先に何があるのか。武家ではあるが賄方のまま清

一郎に引き継ぐだけではないか。義父の勧めに……乗ってみようか。心の内に蠢くものがあった。

三日後、帰宅した喜恵に清成はそれとなく意を伝えた。控えめな笑みをみせた喜恵だが、身のこなしに現れた安堵と喜びは隠しようもなかった。実家に帰った折、老いを覗かせた父の、蔵の話はお前にしてやれる最後のことになるだろう、という囁きを喜恵は思い起こしたが口にはできなかった。

十日後、清成は上司の賄奉行小林市吾郎に暇を願いでた。

留まるようにとの言葉は二度ほどあったが、形ばかりのもので、どうしてもと強く引き止められたわけではなかった。

——それにしても。

こんなものなのか。隣家の甚十郎に、

「随分あっさりとしたものでした」

暇乞《いとまご》いが了承された旨を伝えると、

「市吾郎はおぬしの家を慮《おもんぱか》ったのだろうよ。先代の賄奉行が労を執ったご妻女の実家のこともな」

甚十郎はあごをなでながら言った。そこまでは思い至らなかった。甚十郎と市吾郎との間には長年のつきあいがある。

「ところで知っておるか、郡方の石田善六も暇乞いを出したというのを」

「いいえ、今はじめて耳にしましたが」

「彼奴めは郡方の最古参でな。たしかおぬしより二つ三つ上であったろう」

「そのように聞いておりますが。石田さんは人望も経験もあり、行く末は郡方の筆頭にもなられると噂されておりましたが」

「それじゃ。家老は暇乞いを認めなかったらしい。下野へ行けば郡方の役割が今以上に重要になると諄々と諭したと言うわい」

郡方の役割は領地の農民と接しながら年貢の収納までを差配する。領地は安房の朝夷《あさい》、長狭《ながさ》両郡から下野の都賀《とが》、河内、芳賀《はが》三郡に移ることになる。

「石田さんはなぜまた？」

「あれの息子の嫁女が、大野村の百姓代弥作の娘だということは知っておろう。息子が下野へ行くのを嫌って出奔したらしいのじゃ」

「まことですか？　それで詰まるところどうされると」

「大きな声では言えんが、家老は下野に移った後に郡方の組頭に推挙すると約束したらしい」

「下野に行かれるということで？　しかし息子どのはどうされるのでしょうな」

「あそこには次男三男もおるのでな。禄高も上がることだし」

そういうことなのか。清成は独り言ちた。

その話を聞き彼我の違いを考えずにはいられなかった。清成は慮りを受けたことが有り難くもあり、悲しくもあった。勘定方や郡方に比べれば仕事の奥行きといったものが、賄方には欠けている。日頃からの負い目が清成の胸中に澱のように沈んでいた。三代にわたり勤めたお役であったが、あまりのあっけなさに、粛々と勤めてきた仕事そのものの軽さを、清成は改めて思い知らされたような気がした。

知らせを待ちわびる藩士達のもとに、引っ越しの日取りが伝えられた。小役人屋敷の周辺がにわかに騒めきたった。同時に江戸屋敷で数名の下士が暇を頂いたという話も伝わってきた。

東条藩が廃され、藩士が退去してふた月が経った。

未だ小役人屋敷に住まいしているが、指示の文書も届いていないし、申し渡しの役人も現れていなかった。新たに入国する御家はなく、幕領とされ代官支配になるという話が聞こえてくる。いずれにせよ主家を離れた以上、身のふりかたを決め屋敷を出ていかなければならなかった。退去前のひと月間は、同僚が訪れてはこれからどうするといった類の話をしていった。大方は清成の今後を危惧するものだったが、ごく稀に妬みの声も混じっていた。彼らが下野に去った後、訪れる者は甚十郎ぐらいである。

さらに数日が経った。紫がかった空が徐々に白みを帯びて明け、中天に達する頃には爽やかな大気が辺りを満たしていた。

清一郎は父清成とともに茶の木にとりついて、盛んに手を動かしていた。小役人屋敷の庭には茶の木が植栽されている。額はしれているが茶は貴重な収入源であった。五十坪ほどある庭には、茶の木叢《きむら》が四畝《うね》にわたり植栽されていた。陽差しが新緑の茶葉を輝かせている。角地の四隅には茄子が植えられ、葉の間から紫紺色の小さな実をのぞかせていた。

「ごめんくださいまし。お願い申します」

訪《おとな》いの声が庭先のほうにわずかに届いた。すぐに、ただいま参りますと応え縁側にいた喜恵が玄関にむかった。

「あなた、安房津屋の吾兵衛さんがおいでになりましたよ」

手を止めた清成が一瞬、何のことかといった表情をみせたが、ああそうであった、と呟くなり、

「すぐに行く。客間にお通ししておいてくれ」

と応じた。半月ほど前、清成は安房津屋に文を送った。酒造りについての教えを請うたのである。訪ねる旨の返信があり今日がその日であった。夕刻にはまだ一時（二時間）ほどある。

「おまえも同席して話を聞いておくのだ。これからの方便《たずき》にかかわるかもしれんのでな」

と清一郎に言い、摘み取った茶葉を入れた腰籠を外すと、縁側の端に広がっている日陰に置いた。四つある畝のうちの二つをほぼ終えたところだった。清一郎も父に倣い籠を置くと台所口へとむかった。客間に待ち受けていた吾兵衛の、手元に置かれた茶碗はすでに空になっていた。

「お忙しいところをお邪魔致しましたようで、まことに恐縮でございます」

清成が部屋にはいったところで吾兵衛が挨拶をよこした。

「いやいや、遠路おはこび頂きかたじけないことでござった」

御宿から東条までは七里余りの道程《みちのり》である。早暁に出立してきたのであろう、目の下に疲労の影を滲ませている。

「今日はこれにも話を聞かせようと、同席させることにしたのですが、よろしいかな」

清一郎が客間に入ると清成はことわりを言った。

「もちろんのこと真に結構なことでございます。なにをするにしても信頼にたるお身内が必要でございますので」

「それでは、さっそくご教示をいただけますかな」

清成は吾兵衛にむかいわずかに頭を下げた。

——はて……。

なんのことだろう。父が商人に頭を下げている。清一郎は父からなにも聞かされていなかった。今さっき生計にかかわると言っていたが、いま吾兵衛が酒の造り方を話している。清成の前に蔵の絵図面を広げ、脇には冊子も用意されていた。冊子の題箋には『童蒙酒造記』と記されている。酒を造る道具と、過程をかなり詳しく説明しているようだが、清一郎には初めて聞くということでもあり、よく分かりはしなかった。

安房津屋が、それなりの金をかけて建てた酒蔵である。蔵の内に、唐臼《からうす》、蒸し釜、麹室、半切り桶、大桶、狐桶《きつねおけ》、酒船、滓引桶《おりびきおけ》などが置かれ、壁には櫂《かい》、汲杓《くみしゃく》が立てかけられている絵図である。

原料である酒米は大多喜藩の蔵から御払米を購入し、麹は御宿《おんじゅく》の糀株主茂兵衛から買い入れているという。

安房津屋は見切りをつけたのだ。元禄という経済の発展が著しい時代で、農書が著され農作の方法が進歩を刻んでいた。米造りの安定と拡大により金肥である干鰯《ほしか》の需要が増え続けていた。確実に利の拡大が見込める品なのである。これを商機ととらえ、魚荷の大集散地銚子に店を移すことを二人は聞かされた。

「小湊、内浦あたりでも盛んに干鰯を産していると聞いているが、やはり大商いをするには銚子でということであるかの」

清成がふと思いついたような問いを投げかけた。

「確かに、季節になりますと紀伊から来た漁師衆が大きく鰯をとって干し加工をしております。しかしあの連中は紀伊から出た江戸問屋のひも付きでしてな。わしのような地場で商いするものには限られた量しか廻してよこさないのですよ」

「するとここと銚子とでは扱いの有様が違うと」

「さようでございます。九十九里や常陸浜の網元連中が銚子を拠点とする問屋と結んで商いを広げておりましてな。下総、常陸、上野、下野あたりへ船で品を運ぼうとしているのです。地場での信用があれば問屋に加わることが出来、増え続ける干鰯の荷を扱えるということなのですよ」

地場での信用か、清成が独り言ちている。

半時ほどして安房津屋は帰っていった。清一郎は話を聞いていながらも、十分に得心してはいなかった。

「父上、ほんとうに当家で酒蔵商いなどできるのでしょうか。確かに酒造りは杜氏と職人がすべてを行うようですが、できた酒は父上とわたしが売りさばくということでございましょう」

よくよく聞いておかなければならない事だと思った。

「言いたいことは分からんではない。わしも長年賄方を勤めてまいった。生中《なまなか》なことでないことは心得ているつもりだ」

と言いながらも清成の表情がどこか冴えない。清一郎はわずかに首を傾げた。

「父上には我が家のこれからの在りようやら世過ぎやらが、見えておられるのでしょうが、私はなにを致せばよいのです？」

「まあ待て。わしはな安房津屋の話を聞かされたとき、はじめは躊躇した。三代に亘り扶持を頂いてきたのだからな。しかし考えてみよ。我が藩が山の奥に移るという。何がありが何ができる。またしても庭に茶畑を作るということか。茶で得られる実入りなど微々たるものだ。だが、ここには大海があり海の幸にこと欠かん」

「……」

「甚十郎どのが申されていた、三度目のお叱りを受ければ取り潰しの憂き目にあうというのも、あながち誇張とも思えん。そうなれば藩士のことごとくが浪々の身となる。賄方に勤めて二十余年、最初で最後の大きな役得であると考えたのだ。造ることは杜氏にまかせ、売ることを習い覚えればいいのだからな」

離藩した父の本意というものは分かるような気がした。だが商いがどういうものなのかは清一郎には未だ分かっていない。

「楽観にすぎると思っているかもしれんが、喜恵がいることを忘れてはならんぞ」

肝心なことをはぐらかされたような気もしたが、母の実家が歴とした海浜問屋であることを思い起こした。そうか、母上がおられる。商いがどのようなものであるかを母上ならば心得ているに違いない。清一郎の想いはその程度のものであった。


清成がかかえる屈託はもっと別のところにあった。きっぱりとはいかなかった。元手となる金子がまったく不足していたのだ。如何ともしがたい憂いが清成の胸裏を占めていた。

そんなある夜だった。夢枕に金色の観音佛が現れ、海に面した緑深い山裾の斜面に佇立していた。

夜が明けたとき、夢見心地のなかでありがたいことだと手を合わせていたことを、清成は脳裡に甦えらせた。

あれはお告げだ。無下にはするまい。これを機に腹をくくろうと決めたのであった。掛け払い金を精算し、大小二刀と二、三の書画その他処分できる物すべてを売り払った。しかし足りるわけがなかった。手元にあるのは四両と二朱。二十俵扶持での蓄財など出来るわけがなかった。

「譲渡話の初手を打ってくれた義父どのに、お願いするしかないようだな」

清成は胸の隅に芽生えている羞恥を追いやり、手許金の有り様を喜恵に告げた。

「お願いなどと水くさいことを申されますな。いわば父が持ち込んできた話、とでも思うておればよろしいのですよ」

余裕めいた笑みを浮かべる喜恵であった。

たしかに……。有り難いことだが、こんなふうに形振《なりふ》りかまわず侍を棄てるというのはみっともないではないか、自嘲めいた言葉が胸の隅から聞こえてくる。しかし脱ぎ捨てたはずのものに未練を残している己もまた、どこか疎ましくさえある。

喜恵は喜んでいるのだろうが、己はどうだ。生まれ育ったこの地に恥ずかしげもなくしがみつこうとしているだけではないのか。それに、賄方の仕事だけを続けてきた己に、新たにやっていけるほどの才が身につくものなのか。覚悟を胸のうちに据えたつもりだったが、こんな惑いにとらわれるとは思ってもみなかった。

東条に根付いて三代、ともかくも新井の家を存続させるにはこの機会を生かすほかはないのだ。喜恵の実家に行き、舅に頭を下げ合力を頼むしかない。頭を下げることに躊躇するまいと今は思っているが、これからはそれがあたりまえになり、やがて商いの一部になるのだろう。

いや、商い以前、ただの習慣にすぎぬ、と清成は思おうとするのだった。

翌月の朔日（一日）に清成と喜恵、清一郎は白浜屋を訪ねることにした。東条と白浜屋のある小湊は海沿いを北に向い、およそ三里ほどの道のりである。街道の右手には鉛色の空と海が広がっているが、今その区別は定かではない。波頭が絶え間なく生じては消え、沖合にまで続いている。

清成は家を出た時から浮かぬ顔つきをしている。

「あなた、父がきっとよい返事をくださるでしょう。もっと気を楽にいたされませ」

清成の気持ちを引き立てようと喜恵が明るい声をだした。三人は黙々と歩を進めた。やがて、街道を塞ぐようにして行く手に現れた小山は、よく見ると夢枕で観音佛がお立ちになった山の形に似ていた。吉兆だ、清成は胸のうちで囁いた。

山を越えたところで、抉られたように湾曲した内浦村が見えてきた。奥まった入江にある集落が小湊である。白浜屋はその集落の山側にあった。四軒ある海浜問屋のなかでは間口が八間もあり最大手といえる店である。

喜恵の父親である考助は娘から成り行きを聞かされていた。六十を超えてもなお当主を続けている考助は小柄で黒々とした鬢と柔和な目をした男だった。無沙汰のあいさつを交わすと、

やや緊張をにじませている清成に、

「新井さま、ここは実家とも言えるところ、どうぞゆるりとなされませ」

と声をかけ、今しがた喜恵の運んできた茶を二人にすすめた。さらに清成の様子をちらりと眺めおもむろに口を開いた。

「喜恵が新井家に嫁いで二十年。まさか藩が転封されるなど思ってもみませんなんだ。正直なところ驚きました。今日のご用件については喜恵からおおよその話は聞いております。言われてみれば下野なんぞに行ったところで、暮らし向きは今ほどは立ちますまい。思えば、賄方でお勤めをされていた新井さまに、手前が望んで娘をもらって頂いたことでもございます。よろこんで合力いたしましょう、と言いたいところですが、お気持ちの定まり具合のほうは大丈夫でございますか。賄方とは逆の立場でお仕事をなされるわけですから。ついつい老爺心といったものが出てしまいましてな。これから申し上げることは舅の戯言。そう思ってくだされ」

「いやいやとんでもないこと、ぜひともお聞かせ願いたい」

と言いつつ清成はすんなりと頭をさげた。

「酒造りは杜氏と職人衆がやり遂げてくれましょう。実をいうと安房津屋さんから蔵の話を聞かされたことが昨年の暮れ頃にあったのです。しかし、うちの店でやることについてはお断りしました。山之井という甘口の酒について地元ではそれなりに商い物として出ておりますが、江戸では甘口でない酒が出回り始めているということを、店に出入りの回船の船頭衆から聞いておりましてな。呑み口がすこぶる良いらしい。これからを考えると甘口を続けても商いとしての伸びは如何なものかと思ったのですよ」

考助は手許にある筒茶碗のお茶をうまそうに飲んだ。

「もし新井さまがお引き受けなさるなら、その新口とかいう酒を目指したほうがよろしい。わたしはもう歳でそんな年月のかかることなど出来はしない。すぐにというのではなく、酒造りというものが分かったところで、挑んでみることです。質に気を注ぎ世間さまの評判というものを頂けたら、それを保ち続けることに力を注ぐのです。うまく運んだときが続いたとしても『屏風と商いは広げると倒れる』と肝に命じておくのがよろしいでしょう。身の丈に合う良いものを出し続けるのです」

清成は瞠目した。商人としての先見と知恵を教えられた思いがした。一介の酒蔵商人でありながらも確かな品で信用される商家として立っていかなければならないと、諭されたのである。

総石高が三十一石の蔵と母屋を総額六十両で引き受けた。

この地の酒株免許は七石七斗五升が定められ、かつては十軒の酒屋に与えられていた。だが相続人が居なかったり、醸造を休止してしまった三軒分の酒屋株を、安房津屋が引き受けて現在の酒造石高になっていた。運上金についても四軒分を納めなければならない。

六十両については、白浜屋考助が新井家の門出の餞《はなむけ》として三十六両を拠出してくれた。清成は新井の家の財らしきものをかき集めて作った四両を充てた。残り二十両については十年の割賦により返済するという約定を交わした。白浜屋と安房津屋は同業の海浜問屋で昵懇の間柄ということもあり、割賦の話がすんなりとまとまったようだ。

白浜屋の身代からすれば払いきることのできた額だったが、考助はそうしなかった。家に戻り、着替えを手伝う喜恵に、

「舅どのに二十両を借りることはできなかったのだろうか」

清成はぼそりと呟いた。暫くの沈黙を置き喜恵が答えた。

「父は帰り際にわたしに一言ですがこう言いました。『借財も己をみがく財産と思うべし』と。借りたものを確かに返し続ける、それを繰り返す内に新井の家もまっとうな商家となっていくのでしょう。……生意気を申しましたがお許しください」

人まかせでは済まぬということか。なるほど。喜恵のことばに清成は深く頷いたのだった。造った酒の納め先は御宿、勝浦、小湊の酒問屋にと、安房津屋が今までの商い先に話を通してくれていた。

六月の中頃になり新井清成は家族と老僕を伴い御宿へと移っていった。山之井の酒蔵と母屋は海から八丁ほど離れた六軒町の丘の中腹にあった。そばに井戸がありすぐ脇には大ぶりな山桜の木がそびえている。誘われるようにしてその木の下に立った清成の目に、凪いで輝く網代湾が心地よく映った。

――ここが。

新井の家の城とも言える場になるのだ。湧きあがってくる力のようなものが清成の胸を満たした。

湊の辺りは漁師の家が八十軒ほど軒を並べる町である。六軒町の海側には新町があり、この二つの町が御宿郷の賑わいの中心であり、それは取りも直さず酒を消費する場でもあった。

甘口酒を四年にわたり造り続けた翌年、元禄十年十月も半ば近く、酒の仕込みに入りはじめた頃合いである。この年清成は杜氏を変えた。新口の酒を造ることが出来る信州中野の杜氏に繋がりをつけたのは義父の考助であった。

仕込みを目前にひかえ気忙《きぜわ》しい最中のことだった。清成のもとに一通の通知が届いた。領主阿部志摩守の勘定方からのものだった。公儀の意向で運上を五割増しにするという。

清成の酒蔵と住まいから海に向かって下った先には新町がある。翌日、新町の茂原屋を訪ねた。

「市兵衛さん、とんでもない知らせが来ましたよ。これは、はい左様でと言うわけにはいきますまい」

「やはり来たかね。是非とも、お役人に話を聞きたいところだが、おたくは阿部志摩守様、うちは阿部越中守様のご支配。年数回しかこちらにはお出でにならんからのう」

「隣の岩和田に酒屋の香取屋があります。郡代の出役が毎月十五日に巡見に来ているようです」

岩和田は大多喜藩領で月に一度、郡方役人の見回りがあった。大多喜藩のほうではどうなっているのかを知りたかった。

十五日まで三日の間がある。茂原屋が気を利かせ、七本村で酒屋を営む治三郎に連絡をとった。

十五日の昼過ぎ、香取屋をともない御宿郷にある酒蔵の主《あるじ》四人で名主の屋敷を訪ねた。昼餉を終えたばかりの郡方出役の侍は、地方《じかた》なれした雰囲気をただよわせる三十半ばの男だった。

「運上の五割増しというのは真でございますか。一割二割ならまだしも突然に五割とはどういうことで御座いましょう」

清成はこの地で最大の石高の酒屋ということで、株持ち衆の肝煎り役をつとめていた。元武家ということもあり、役人にはっきりものを言える人物として先頭にたつ立場であった。

「それは、お上も心得ておられるようだ。運上を五割上げるのだから、売値もその分あげてもよい、というお達しなのだ」

そんなばかな、という声が酒屋衆の口を吐《つ》いてでた。

「それが分からないのです。いまより数割高の酒を買う者がはたしておりましょうか」

清成の投げかけた懸念にたいして、

「これは公儀勘定奉行荻原重秀様からのお達しで、飲酒による刃傷やら喧嘩ざたが各所でふえている由。それを抑える目的もあると、明記されている。そのほう等の不満もあろうが、これはご政道にかかわることと心得るしかあるまいな」

役人は同情するような目つきをしたが、その答えは明瞭であった。元禄という騒がしい世の一端が御宿の湊にこのような形で伝わってきていた。

「さて弱った」

名主の屋敷を後にした蔵主たちは吐息まじりに口にだしたが、さしあたっての対処の仕方には思い至らなかった。

「しかしよくよく考えてみれば、わしらが造る石数といっても高がしれている。運上に乗せる嵩にしてもしかりじゃ。お上がお許しになっているのだ。我々も肝を太くもって値上げをするしかあるまい。それで今年の売れ具合をみることにしないか。なに、それでも呑みたいという者たちがこの湊にはたんと居るだろう。お江戸に限らず、近頃は新町あたりもたいそう賑わっていることでもあるし」

しばらく続いた沈黙を破り、福々しい顔にたっぷりとした笑みを浮かべて、最年長の茂原屋が一案を口に出した。運上は阿部氏支配の御宿郷で七石七斗五升の手形一枚あたり年一両である。茂原屋は手形を三枚を持ち海浜問屋を兼業している。安房津屋が去った今では御宿一の海浜問屋でもある。茂原屋にそう言われると清成も他の二人も黙って頷くしかなかった。

その後の道々の話題はもっぱら、清成が今年から始める新口の酒についてであった。新口の酒を造ることをかれらには伝えてある。だが、やはり新しいものを造ることについては危惧する声のほうが多いのである。

関東の地廻り酒とよばれる並酒がこの上総の地でも造られていた。安房津屋、茂原屋、香取屋ともにこの酒を造り、売り出している。どこの蔵の酒も地元の漁師に鯨飲されていることもあり甘口に造られていた。

白酒（にごり酒）、並酒、片白《かたはく》、諸白《もろはく》と酒の質が上がる。酒は蒸米と麹米で造られるが、諸白は両者とも精白米を使い、片白は蒸米だけに精白米を使う。諸白にすると雑味の少ない酒になる。山之井として頼んだ杜氏は諸白の酒を造る職人である。清成は諸白を考助が言ったように新口と呼んでいる。

「清成さん大丈夫か。酒屋稼業で四年しか経っていないじゃないか。いくら腕のいい杜氏にまかせるといっても難しかろう」

茂原屋市兵衛が言うと、七本村の治三郎も、

「新口というと聞こえはいいが、手間がかかり高くつく。ほんとうに売れるのかい。失敗したら米代もおぼつくまい。やめたほうがいいな。わしは心配でならん」

わかったような言い回しをした。治三郎はもとより百姓で、廉価な白酒を造り近在の村々に売り歩いている男である。

酒造りは城下や町場でゆるされているが、在方では禁止されていた。だが、この時代になると町場のつぶれ酒屋から酒株手形を買い取り、在方で醸造する百姓があらわれていた。治三郎もその一人であった。かれは百姓代であり尚かつ手形一枚を保有する造り酒屋でもある。常々、手形を持たない百姓衆になり代わり自分が造ってやっているのだ、と吹聴していた。いつもの親切ごかしか、清成は胸中で呟いた。

「心配してくれるのは有り難いがなんとかなるだろうよ。うまく運んだら皆の衆に是非ともお披露目をしたいと思っている」

「そういうことならせいぜい頑張るしかないわな」

茂原屋が話を引き取ってくれた。街道の所々で蔵主たちはそれぞれの店に帰っていった。

元禄十三年の四月の半ばに清成は軽い風邪をひいたが、こじらせ寝付いた。寒酒の出荷を終え、蔵仕事が一段落したところだった。張り詰めていた気持ちが弛んだせいかもしれない。

高熱が五日ほど続いた夜明け方、あっけなく亡くなった。天命を知る年である五十を目前にした四十九歳であった。

清成が酒造りを続けることができたのは、白浜屋の義父考助の助言によるところが大であった。その考助も昨年世を去っている。清成は考助の言葉に耳を傾けた。新口に変えた年、勝浦の酒問屋が断りを言ってきた。考助は、それならば勝浦藩の賄方に新口の酒を味見してもらえばよいと言うのである。賄方ならば勝手を知っている。この時、たった一樽を買ってもらったにすぎないが、清成は新たな手応えを摑んだような気がしたものだった。その新口の酒造りが安定してきた矢先のことだった。

二

父の野辺送りを終えた翌日の午後、清一郎は山桜の巨木の下に立った。五月のやわらかい日差しが葉群をとおして地を白く照らしつけている。そこから見える海の彼方に観音様の御座《おわ》す補陀落《ふだらく》という楽土がある、と父から聞かされたことがあった。

——あのあたりに。

行ったのだろうか。楽土がどういう場所であるかは聞かされていなかったが地獄でないことだけは分かる。

片々とした雲が広がり水平線のかなたが白くかすんでいる。

母屋のほうで母の喜恵が粗朶《そだ》を台所の土間に運びこんでいた。運び終えると背伸びし、腰のあたりを拳で叩きながらその作業を繰り返している。すでに杜氏も職人衆も酒造りを終えて信州に帰っている。誰も居ない静まり返った蔵に踏み入ったとき、突然なんとも言い難い寂寥《せきりょう》が清一郎の胸を満たした。

母上と二人か。このままでは……。

背にうすら寒い風が吹きすぎていくような心地がしている。

夕餉を終えた後、清一郎は仏壇を前に喜恵と向き合った。部屋には線香の香りがそこはかと漂っている。

「母じゃ、話というのは他でもない蔵商いのことです。わたし一人で蔵を続けることは危ういように思えるのです」

大黒柱である父を失った酒蔵について、清一郎は不安を口に出した。昼間、感じたあの感覚が言わせた言葉だった。

「なにを気弱なことを言うのです。この蔵は父上が苦労の末に始められたものなのです。おまえがこれから育てあげなければならない蔵なのですよ」

母の気持ちはゆるぎが無かった。やはりと思い清一郎は安堵もしたが、母が懸念をにじませ自分の表情を窺っているのが分かる。清一郎は酒蔵とともにあるためにも、身を固めようと思い定めていた。

「嫁を迎えたいのです」

その言葉だけで十分だった。

「わかりました。それはこの母のするべき仕事です」

喜恵はほっとしたのか表情を緩めて言った。新井の家に嫁いで三十五年余り、喜恵は考えも言動も武家の妻女になりきり、後家となった今でも変わることはなかった。

喜恵は翌日からさっそく諸方に出かけていった。

藩籍を離れた元下級武士の家に嫁の話が舞い込むことは無かった。新しい酒造りもようやく緒に就いたばかりである。さらには当主を失った酒蔵に対し、世間の目は決して温かいものば

かりではなかった。商いを危ぶむ声が人伝に聞こえてくることもあった。そんなとき喜恵は、

「言わせておけばいいのです」

といって気にする素振りなど微塵も見せなかった。

喜恵の奔走がしばらくの間続いていたが、七月も末になりやっとその結果が現れた。

身の回りのものを担いで嫁にきたお栄は、御宿に二軒ある旅籠のひとつ柏屋の末娘であった。人並みの容貌と大柄な体つき、引っ込み思案な質で婚期を逃し二十二の年嵩になっていた。

「いいですか、要は嫁御の心ばえをみることなのですよ」

喜恵が家を成すことの肝要の一つをさりげなく清一郎の耳許でささやいた。お栄とは樽酒を納める際に顔見知りとなっていて、それが二人の結縁に繋がったのであった。

清成の四十九日が過ぎて程ない。ごく内輪での婚礼となった。お栄の両親と喜恵の兄である考一郎、御宿《おんじゅく》須賀の酒問屋、上総屋弥五兵衛夫婦が仲人として席についてくれた。

すぐ横にお栄がいる。わずかに白粉の香がする。清一郎はちらと綿帽子の下に見える横顔を盗み見た。酒がはいり賑やかな話し声が交錯するなかで、ほんのりと頬を染めた女子《おなご》が静かに寄り添ってくれていることに、清一郎は今までにない満ち足りた気分を味わっていた。清一郎はこの式の最後に山之井の当主を継ぐことを披露し、名を清兵衛と改めたのであった。

元禄十五年（一七〇二）九月の末が迫っていた。

裁着袴《たっつけばかま》に背裂き羽織り姿の武家が山側からのびている道に現れた。そのまま真っ直ぐに歩を

進めて山之井の冠木門《かぶき》をくぐると、

「だれぞ、おらぬか」

と声をかけた。がらんとした敷地には丘から続く山を背にして大屋根の醸造蔵があり、坂をくだった先に母屋がみえたが、人の気配はなかった。武家は母屋へ向かい坂を下り始めた。蒸し暑さを含んだ風が坂下へとふき通っていった。

母屋の障子戸をあけて庭さきに出てきたのは当主の清兵衛であった。三十に入ったばかりだが年よりも老けて見える。

清兵衛はゆるやかに辞儀をしたが、相手があまり訪れることのない武家であることで、その表情にわずかに不審を浮かべている。清兵衛に歩み寄った武家が、

「松平家の家臣で賄方の乾《いぬい》忠則と申す」

と名のった。年明けとともに大多喜に国入りするという。大多喜は上総の丘陵地の間にあり、御宿から八里ほどの距離にある。乾と名乗る男の年のころは三十半ばとおもえた。

はて……。賄方といえば父と同じ役どころではないか。

「すまんが水を貰えぬかな」

陽に焼けた顔を清兵衛に向け、歯をみせて笑いかけてくる。かつて父と母の会話を耳にしていて、賄方の仕事については大よその見当がついている。

「この日盛りの中、ご苦労様でございます。どうぞお入り下さいまし。水も外で汲むものより

冷とうございますよ」

乾の羽織の背が汗でべったりと濡れている。

「こちらが家でいちばん涼しい場所でございます」

清兵衛が板の間の上がり框《かまち》で座布団を勧めると、

「いやいや、そのままのほうが涼しそうだ」

と言って、上がり框にそのまま腰を下ろした。清兵衛は瓶《かめ》に汲んでおいた水をどんぶりに注ぐと乾にさしだした。乾はそれを一気に飲み干すと、もう一杯所望した。

賄方という百姓・町人を相手にする役目柄があるのだろうが、気取らぬところはどことなく父を思い起こさせる。

それにしても、新しい殿様が明くる年に大多喜に入られるという噂は聞こえていたが、未だ九月末のこの時期に、その家臣が他領であるこの御宿六軒町に来るというのはなぜなのだろう。

二杯目の水を飲み終え、乾がふうと息をついている。

「しかしこの水はなんともいえない滋味があるの」

乾がおもわずもらした言葉に、

「うちの井戸にわき出る清水でございます。この水で酒を造っておりましておかげさまでそこそこの評判を頂いております」

つい嬉しくなり自慢めいたことを口走ってしまった清兵衛だったが、框に座る乾からどんぶ

りを受け取るなり、

「乾さま、お一人さまとお見受けいたしますが、御宿で何ぞ御用がございましたら手前がご案内致します。不案内のことでもございましょうから」

咄嗟に申し出た。乾の来訪の目的を知りたかった。

「気遣い真におそれいる。わしは賄方として、入国に際して支障をきたさぬよう魚・醬油・味噌・酒・蔬菜など在方のありようを見て回るのが役どころであってな。大多喜はご城下の町としては、その有様が少々心細いところがあるのでな。勝浦とこの御宿まで足を運んで参った訳なのだ」

乾は郡方・作事方（土木）の者と共に大多喜を訪れていた。それというのも、今年九月に入国する手はずであった若年寄稲垣重富が、わずか二十一日で城地が手狭という理由で国入りしなかったということがあったからだ。稲垣は将軍綱吉の寵臣《ちょうしん》といわれ、それ故に気随《きずい》が許されたのだ、ともっぱらの噂であった。

相模国の甘縄（鎌蔵）から移ることになった松平家では、稲垣の云々した懸念の有無をあらかじめ調べようとしていた。

「なるほど、左様でございましたか。いかがでございました。何か足りない品などございましたか」

「この御宿に来る途中で、ほぼ事足りることが分かったのだが、ここはわが藩領ではないのでな。その、なんだ……融通が利くものであろうかとな」

御宿六軒町は大多喜藩領と境を接し、岩槻藩主阿部正武の三人の弟が分割支配する土地である。

ずいぶん、有り体に言われる方だ。清兵衛は思った。賄方が言う融通とは物品の調達に際して価を藩の独自の予算額に沿わせることである。慣例として藩の定めた公定価格よりも低いのが常なのだ。

「じつはな、山際にある味噌屋でこの蔵のことを聞いているのだ。先代が東条藩の賄方であったこともな。だからというわけでもないが、手の内を明かしたほうが早かろうとな」

清兵衛の沈黙に気づいた乾が言い訳がましげなことを言う。

よく分からない。つまり何を言いたいのだろう。

「どういうことでございましょう」

「大多喜には造り酒屋が四軒ほどあるのだが、これがすべて甘口の地廻り酒でな。おぬしは知らぬかもしれんが、小田原と相模には造り酒屋がずいぶんとあってな。甘口でない、下り酒に近いものが手に入る。実は我が殿も普段から召し上がられていてな。たいへん好まれておられるのだ」

そういうことか、と清兵衛は思った。人伝に頼んだ信州中野の杜氏、伝造が毎年酒造りに来るようになって六年が経っている。小田原では諸白の酒造りが元禄の初め頃から伝えられていて、上方に劣らぬ飲み口の酒が供されているという。しかし新口の造り酒屋がこの上総に何軒もあるとは思えなかった。

「それは、うちの山之井もお求めいただける、ということでございましょうか」

「回りくどい言い方をしたが、そういうことなのだ。つまるところ価も倣ってもらいたい、ということでもあるのだが」

乾は汗に濡れた打飼《うちがい》を腰から外すと、それを開き、油紙に包まれた書付の束のなかから一枚をとりだした。清兵衛は渡された書付に目をとおした。それは四斗樽の価が記された一覧であった。小田原、相模の酒蔵が書かれていて、甘口と書かれた枠に六つ、新口の枠には四つが記されていた。新口はほぼ似たような価であるが、山之井よりも二割ほど廉価であった。

「年明けに殿が城に入られるが、その祝の折に相模のではない、この地の新酒をお召しあがりいただきたいと思っておるのだが」

乾がなにやら誇らしげに言う。

「それは真でございますか」

清兵衛は驚きを隠しもせずに問うた。乾の申し出は大多喜藩から直々の注文をもらったということである。殿が召し上がられるという誉《ほま》れも頂くことになる。新口の酒であればこそのことだ。こんな有り難いことはない。御用達の酒として問屋に納める際にも胸をはれるというものだ。山之井の名が上がること間違いない。割引の減り分を埋めて余りある利を得たようなものだ。清兵衛は胸裏ですばやく算盤をはじいた。

「乾さま、真に有り難いことでございます。祝の折りの御酒につきましてはお国入りを寿《ことほ》ぎ、山之井から謹んでお贈り致したいと存じますがいかがでしょうか」

ありがたいことを聞いた、と乾は笑みを浮かべてうなずくと、清兵衛の安堵したような表情を確かめながら、

「じつはな、これはわしの考えではなく賄奉行の指示によるものなのだ。そこまでわしのような下役には思いつかんからな。それに、相模ものを入れようにも算盤が合わんのでな」

また小さく笑った。清兵衛も笑みを返し頭をさげた。

年初に藩主が大多喜に入国された際、新酒を遅滞なく納めることが二人の間で取り決められた。別れ際、

「聞いておるかも知れぬが、東条から移った上田藩は八年前にお取り潰しになっている。先代のお父上は賢明な判断をなされた。父子して酒蔵をこのように立派に仕上げたのだからな。たいしたものだ」

唐突に乾が言った。東条からこの地に移り住んだことを味噌屋で耳にしたらしい。清兵衛はこそばゆくも誇らしい気持ちで低頭し、乾の言葉を甘受したのだった。

翌年の元禄十六年、松平正久が大多喜に到着したのは正月からやや遅れ、二月末のころだった。清兵衛は酒造りの最後の時期である三月中頃に、御献上酒を納め終えた。満足のいく仕上がり具合だという自負もあった。桜の咲いた四月の初めごろになって、『殿からお褒めの言葉を賜った』との知らせが届いた。

三

元禄十六年の十一月二十二日夜四つ（十時）のことである。

ごーという地を這う音が遠くに聞こえた。つぎの瞬間、大地がおおきく波打った。神棚の瓶子《へいし》が土間に落ちて砕け散り、筒形の小盞が右に左にと転がっていく。揺れは止まない。

神棚の中央にあった酒の神松尾様のお社も落下し大きな音をたてて壊れた。壁釘に挿した蠟燭の炎がおおきく揺れ続け、やがて消えた。立て掛けておいた櫂《かい》（攪拌棒）がばたばたと床を打っている。もろみを仕込んだ大桶が鈍い音をたてながらずれ動き、隣に接する桶にぶつかっていく。その拍子に白い液体が波立ち桶の縁から流れ落ちてきた。醸造蔵は軋み続け、揺れに耐えている。がらがらという音を響かせ屋根瓦がすべり落ちていった。

母屋は倒れはしなかったが土間に据えられた水瓶が割れ、二つ並んだ竈《かまど》の一つにひび割れが生じた。箱膳が壁際の棚から落ち、転げだした茶碗が土間で砕け散乱している。

清兵衛と妻お栄、娘千代、母である喜恵の四人は寝床を這いながら抜けだし、板の間の際にある十寸四方の大黒柱に取りついた。柱も左右にミシリと揺れたが倒れることはなかった。

「みな、だいじょうぶだな」

闇のなかに差し込むおぼろな月の光で、三人が蹲《うずくま》っているのを清兵衛は認めた。生きた心地がしない。心の臓が強く鼓動をうっている。胸のつまるような息苦しさもある。だがとにかくも自分がしっかりしていなければと思う。揺れが少し収まった。

「蔵のようすを見てくるからな」

清兵衛は厨《くりや》で提灯に火をいれると、障子戸を引きあけ表にでた。青みを帯びた月が普段と変わらず皓々と庭を照らしつけている。足元に注意を払いながら坂の上に向かった。

職人達は無事だろうか。酒蔵の状態も気がかりだった。

蔵の戸を引き開けようとしたが、鴨居が歪んでしまったのか一向に動かない。拳で戸をどんどんと叩き、

「おーい、無事でいるかー」

叫んだ。その拍子にことりと音がして敷居の上に乗っていた戸が元の位置に戻った。戸をゆっくりとあけ足を踏み入れた。暗闇にとざされた奥の方に蠟燭の小さな炎がゆらめいている。その炎が徐々に近づいてくる。親方の伝造だった。五十をとうに過ぎ、白髪の目立つ、無口だが実直な男だ。

「親方、無事でよかった。怪我はしていないか」

職人達の姿が見えない。

「二人とも無事なんだろうね」

せわしなく尋ねかけた。

「なんともありませんやね。いま裏の井戸の具合を見に行っているところなんで」

「そうか、それはよかった。それで、もろみはどうなった」

二人して提灯と蠟燭の明かりを頼りに、入口に近い一番桶に向かった。白いもろみが流れ落ち床に溜まりができている。桶に梯子をかけようとした時、海のほうからざわざわとした音が伝わってきた。

「あれはなんだ……」

急ぎ蔵から飛びだそうとしたその刹那、再び強い揺れが足元をすくった。動けない。心の臓が早鐘をうっている。

「若旦那、こりゃたいへんだ。大浪が来たんだ。逃げねえとやられちまう。おかみさんたちに知らせねえと」

伝造に言われて、立ち上がった。またしても大きな揺れがきた。蔵を数歩踏み出したところで、しゃがみこんだ。とても立っていられない。月光が坂の下にある母屋の屋根を照らしつけている。

「わしが行ってきますぜ」

伝造が腰を屈め坂道を下っていった。そこには二歳になる娘の千代とお栄、喜恵が居る。清兵衛は蔵の門口で蹲っているのがやっとだった。杜氏部屋から二人の若い職人が、蠟燭を手に壁を伝いながらやってきた。

「すぐこの坂を上るんだ。大浪がくるぞ」

「親方は？」

「母屋に行っているが、すぐ戻る。とにかく早く行くんだ」

二人は見かわし頷きあうと、山上につづく道へと駆け出していった。長く続いた揺れがやっと収まった。

母屋から三人が坂道を上がってくるのが見えた。月明かりに照らされ小腰をかがめこちらに向かっている。そのときだった。喜恵がなにごとかを伝造に言い、母屋に引き返していった。

「おかみさん、いそがねえと」

伝造の鋭い声がした。

「なにをしてるんだ。なんで戻るんだ？」

信じられない母の動きに総身が粟立っている。伝造が娘の千代を背負い、お栄がその後に続いている。二人が小走りで駆け上がってきた。

「母じゃは、何をしに戻ったのだ」

「位牌をもってくると言いなすって」

「今はそれどころじゃ」

と言いかけたそのときだった。

ごおぉーという腹の底に響きわたるような、低く鈍重な音が地を這うように海の方からわき上ってきた。母屋に向けて走り出そうとした清兵衛の腕を伝造が摑んだ。

「若旦那、大浪だ。きやがった。逃げるしかねえよ」

伝造に促された。母屋を見下ろすと喜恵が風呂敷包みを抱え、勝手口を飛び出したところだった。黒い水の塊が海から迫り上がってきていた。ものすごい早さだ。

「これは、波浪石を越えるぞ」

清兵衛は叫んだが、その刹那足に震えがきた。

二十六年前、延宝の大浪の後、這い上がってきた水の高さを標す碑《いしぶみ》が置かれた。村の数カ所にあり、『これより下に家をたてるべからず』と刻まれている。母屋は波浪石より一間ほど高い位置にあり、蔵はさらにその一間ほど上の場所にあった。

「お千代坊をつれて上に行きますで。一つしかねえ命だ。逃げる他ねえですよ」

伝造が千代をしっかりと背負うと坂道を駆け上っていった。

お栄が呆然として母屋を見下ろしている。

「なにしてるんだ早く上に行け」

でも、と言いかけたお栄の背を、坂道に向かっておもいきり押し出した。お栄は駆け出し、坂を上っていった。

「母上、はやく、はやく」

母屋に向けて叫んだが、それが喜恵に聞こえたかはわからない。形を持たない黒い水の塊が、長年住み慣れた母屋を、あっという間に呑み込んでいった。

蔵に向かう坂道の途中で、喜恵が後ろを振り返ったようだった。棒立ちのまま瞬く間に水に引き込まれ見えなくなった。

「おまえさまっ」という声が聞こえたような気がした。どくどくと音をたて血が清兵衛の体中を駆けめぐっている。走りだしていた。

これは現《うつつ》のことなのか。辺りの木々をなぎ倒す音が近づいてくる。あの黒い水に呑まれてしまう。早く、もっと早く。走った。魔物が後ろから追いかけてくる。全力で坂道を走り続けた。わずかばかりの空き地が見える。荒い息のまま倒れ込んだ。眼下の斜面を望める場所だ。

魔物の這い上がる動きがだいぶ鈍くなってきた。ゆっくりと蔵に近づいていく。このまま絡め取られすべてが流されてしまうのだろうか。

「だめだ、もどれ、海にもどってくれ」

清兵衛は叫んだ。暗い海に向かって力のかぎり手をあわせ祈った。黒い水は蔵の土台下あたりに達した。ゆるゆると土台の回りを囲んでいく。土台石の半ばほどまで浸かっている。蔵全体が水の勢いに押されわずかにゆれている。ゆれる度に何枚かの板壁が剥がれ落ちた。

しばらく渦巻いていた動きが止まった。しばらくするとその水が退き始めた。壁板や櫂などが剥がされぶつかりあいながら、流れに引きこまれていった。やがて押し上げてきたものと渾然一体となりながら海へと下っていった。

清兵衛は胸の動悸にあえぎながら地べたに座りこんでいた。

——ああ。

母上。長い溜め息がもれた。ひんやりとした枯れ草の感触が両の手に伝わってくる。母屋は跡形も残っていない。蒼暗い空に皓々と光る月が辺りを照らしだしている。所々壁板を失った蔵が、ひっそりと立ち竦《すく》んでいるように見える。潮の香りと生臭さとが混じり合った、強い臭気が辺りに漂っている。

「若旦那ー」

頭上から伝造の呼びかける声がした。腰を上げて立ち上がろうとするのだが、力が入らない。

「ここに居るぞー」

うなじを回して叫んだ。足音が坂の上の方から近づいてきた。伝造と二人の職人だ。お栄もいる。伝造に背負われた千代が、目を大きく見開いて首にしがみついている。

「ご無事でしたか。それで、……おかみさんは」

伝造が母屋のあったあたりに目を凝らしている。

「……」

言葉が見当たらなかった。胸の動悸は収まらない。頭に何の思案も浮かばない。何も考えられずに闇の中にいた。確かなことは、生きてここにいることだけだった。それだけが今この世に居る自分という者のただ一つの証しだった。

「あそこに次の浪が来ましたぜ。まったくいくつ来りゃ済むんでい。……とにかく上の社で夜明けを待ちましょう。かなり傾《かし》いでるが、寒さは凌《しの》げるようで」

伝造が海に目をやりながら指さしている。黒い海に、横長で一直線の白い筋が、真っすぐこちらに向かっている。再び大浪が来たのだ。

そうだった。坂上の八幡様があった。

職人に助け起こされ歩き出した。突然、周りの木々が一斉にざわめき、強い揺れがまた始まった。いったん腰をおとし、止むのを待った。このとき坂の上の方からなにかが砕けるような音が響き渡った。もしやと思いながら坂道を足早に上った。小さな社は崩れ倒壊していた。社殿が大小の木片の塊りと化している。

「今の音はこれだったのか。……しかし、若旦那、ここで明かすしかねえでしょう」

伝造が言うまでもなかった。他に行く場所などない。

枯枝を拾い集め火を焚いた。社殿の残骸から木切れのいくつかを取り出し、火の周りに並べた。その上に腰をおろし寒さをしのいだ。しばらくするうち、境内の裏道から人の話声が聞こえてきた。四人がたき火に近づいて来る。須賀浜の漁師の一家だった。

「米吉さんじゃないか」

「最初の揺れでうちが傾いで倒れそうになったんでな、とにかく恐ろしくなって山に逃げ込んだんだが」

頬の痩けた米吉が緊張をにじませて応えた。

一家は、嘗て大浪に襲われた時の言い伝えを守り、地震の直後に丘に駆け上ったのだという。米吉の後ろにいる二人の子供が、母親のぞろりとした褞袍《どてら》にしがみついて震えている。

「そんなところに立っていないで火のそばにきなせえ」

伝造が促し、残っていた枯れ枝を火に焼《く》べた。

夜中に何度も揺れがきた。これからを考えようとするのだがその度に揺れに遮られた。摑み所のない絶望が胸にわき上がってくる。思わずお栄に抱かれている千代に目をやった。千代は疲れているのだろう、ちいさな寝息をたてている。

真横に座り込んでいる伝造と目があった。千代の寝顔を見て目をなごませている。

「娘がこうしていられるのは親方のおかげだ。よくあんなに落ち着いて……。俺は動くことさえ出来なかった」

「昔、同じめに遭っているんで、それだけのことですよ」

つぶやくように言い伝造は目を閉じた。普段、自分の事を一切語らない伝造の胸中を垣間見た気がした。

時折、うとうとしたが意識だけは醒めていた。たき火の炎のゆらめく様を凝視するうち、それが命そのもののように思えてきた。あの炎のようにゆらゆらとしながらも己は生きてここに座り込んでいる。母上はどこかで炎を燃やしてくれているだろうか。

それは難しかろうよ、という声が胸のどこからか聞こえてくる。そんなことはない、と思わず声に出し立ち上がった。だが辺りには清兵衛を包み込む漆黒の闇と冷気とが広がっているばかりだった。夜が明けるのを待つしかなかった。

紫がかった暁闇《ぎょうあん》が徐々に白みかけてきた。待ちわびていた朝日だった。周囲を覆っていた朝靄が晴れた頃合に、千代を胸に抱き境内の端に向かった。そこで眼下を一望できる。水の来たあたりの木々は無残なまでに根こそぎ剝ぎとられていた。丘の中腹にあった寺の堂宇も崩れて形を留めていない。網代湾の内は木くずと流れ出た流木で、びっしりと覆い尽くされていた。海際に並んでいた家々も、海辺を賑わしていた船もまったく見あたらず、一面に夥しい数の瓦礫が滞積している。

これは酷い、後ろにきていた伝造のつぶやきが聞こえた。米吉が海に向かい手を合わせている。

「皆ながされちまったんだなあ。すまねえことしたな。俺が周りに声をかけていれば」

米吉が赤茶けた手の甲で目元をぬぐっている。

「誰にもどうにも出来やしねえよ」

伝造が誰に言うでもなく呟いた。

――どうにも。

しようがなかったのだ。そう思った刹那、ぼんやりとじていた頭の片隅が突如ぽっかりと割れたような気がして、姿の見えない母に向かって大声で叫びたい衝動に清兵衛はかられた。

その時、またしても強く長い揺れが地を震わせた。足元から這い上がってくる揺れが清兵衛を現実にひきもどした。

「もうしばらく、ここで様子をみるしかないか」

耐えるのだと清兵衛は己に言い聞かせた。

「この調子じゃ、いつまた大浪がくるかわかりゃしねえし」

伝造が海を見ながら吐き捨てるように言った。

だれもが同じ不安のなかにいた。

それからおよそ三時（六時間）ほどをたき火の前で過ごした。その間ひたすら地の震えが止むことを念じ続けた。

薄日がさし、日が中天に届いた頃、

「そろそろ頃合いかもしれねえ。蔵の中をみてきますぜ」

伝造が気合いの入った声を出し職人達と坂を下っていった。

「もうすこし様子が落ち着いたら、あの蔵に来なさらんか」

清兵衛は米吉に声をかけた。屋根のある建物に自分たちだけが行くというわけにはいかない。

「ありがてぃ。そうさしてもらいますかね」

米吉が女房と子にほっとした表情を向けた。

お栄と千代とともに伝造たちの後に続いた。先を行く三人が足早に蔵に入っていく。

母じゃを探さなければ。そのことだけが脳裏を占めている。お栄が千代を背負い後についてくる。蔵の手前あたりに、寒椿が傾《かし》いで倒れかけていた。母が好んで植えたものだった。その枝には蕾がつき、いくつもの白い花を咲かせていた。

こんなふうになっても、なお生きながらえている。

流された母を思った。苦しかったろう。位牌なんか取りにいかなくてもよかったのに。濁流の中で浮かび上がろうと、もがいている姿が突然浮かんだ。

はっとして我に返った。悪く考えるまい。

きっと生きて……。と思った途端、頬を伝い流れ落ちるものがあった。自分の無力さ、信じることの無意味さが胸にこみ上げてくる。これからどうすればいいのだ。

「おとう、おばあはどこ?」

千代の声だった。寒椿のそばに立っている千代が袂《たもと》を掴み、まっすぐ見上げている。娘が今を、これからを問うている。

「おばあはね、忘れものを取りに出かけているのだよ」

お栄が清兵衛に代わり言いきかせた。

とっさに頬を拭い娘を抱き上げた。こんな顔をみせちゃいかん。これからが見えてくるまでは胸に収めておかねば。

母の姿を求めて海岸へと下りていった。海沿いに並んでいた漁師の家は跡形もない。魚網が海辺の岩に引っかかり、海藻と木くずをからませゆらゆらと揺れている。

「母じゃー」

叫んだが、返事が返ってくることはなかった。寄せては返す浪の音だけが耳に残った。切ないほどに蒼い海と空が広がっている。

「わたしがとりに行けば」

鎮まっている海のかなたに目を向けたままお栄が言った。

「それは、ちがう」

あの時、俺が行けばよかったのだ。

詮無いとわかっていても、それを思わずにいられなかった。悔恨がじわりと胸をふさいでくる。

四

「若旦那ー、親方が来てくれって言ってますぜ。もろみが助かったんでさー」

坂を上りきった辺りで職人が大きく手を振り叫んでよこした。

——まさか。

もろみが生きていると。本当だろうか？　急いで千代を背負い走りだした。お栄が千代の背に手を当ててついてくる。蔵にむかいひたすら坂道を上った。

元禄の頃、奈良流の酒造りが諸流の根源となっていた。いまでは奈良漬としてその名残をとどめている。これ以前より、上方の杜氏が信州や東北に出向き、酒造りの向上に一役買っている。伝造は信州の中野で酒造りを修めていた。

今年も例年どおり、十月初めの吉日から酒の仕込みを始めていた。米を洗い浸して蒸す。蒸米に種麹《もやし》をふり麹《こうじ》をつくる。蒸米と麹に仕込水を加え、枯らした（放置）ものがモト（酒母）となる。モトに蒸米と麹、仕込水を数回にわたり加えて増やしていく。

生き物を扱っている。そのための細心の注意をはらう。十分に念を入れて、すべての段取りを進めていった。その精進の末にできたもろみだった。発酵は最終段階に達していた。

もろみに温かみが無くなる頃合いをみて口張《くちばり》をする。大桶の口に紙を貼って封をすることだが、今日で三日が経過していた。

仕込みの開始からおよそ二ヵ月近くになろうとしている。

蔵の床には入口から奥まで何枚かの莫蓙《ござ》が敷きこまれていた。杜氏部屋のものを使ったようだ。蔵の中ほど、二番桶に立て掛けられた梯子のうえに伝造がいた。

「若旦那、これだけの目に会っているのに、もろみがちゃんと息をしているんだ。えらいことだよ」

口張が捲《めく》られた大桶に、右手を差し込んだ伝造が勢い込んで言った。仕事の間は寡黙に徹している、そんないつもの親方ではなかった。

「耐えてくれたんだなあ」

「いや、本当にそうですぜ。一番桶は壁にぶつかって箍《たが》がゆるみ、こぼれ出ちまったが、二番と三番桶は前のままだ。わしには松尾の神様が守ってくれたとしか思えねえ」

伝造に代わり梯子を上った。もろみをしばらく覗き込んだ後、口張にそっと耳をつけた。泡のはぜる音がわずかに聞こえる。伝造のいつにない饒舌と興奮が、職人達にも伝わっているようだった。二人が声を交わしあいながら、桶の下辺にこびりついた泥を懸命に力をいれ拭き取っている。

もろみに気をとられていたが、足許を見ると、莫蓙の無い床の部分は、泥や木片、海草などで覆い尽くされていた。

「とにかく、この泥を掻き出さないとな」

「蔵の内のことはわしらがやります。若旦那にお願いしたいのは、隙間のできた壁を塞いでもらいていのです。今日みたいに曇り空の寒い日が続くとはかぎらねえので」

外気の温度が上がり、蔵に流れ込むことを恐れている。余分な熱が蔵にこもると、酒の風味が賤《いや》しくなるのだ。

「わかった、何とかしよう」

蔵の周囲を廻って確かめると、土台の上側にかかる壁板が、所々無くなっている。杉板で八枚ほどだった。

海岸に下りたとき、倒れた椎の大木の根方にそれらしきものがあるのを、見かけていた。お栄が杜氏部屋にあった褞袍《どてら》を娘に羽織らせて背負い、海岸への道を下りていく。清兵衛も四方に目を配りながら坂を下った。いつもの海風が坂道を吹き上がってくる。風が砂を含み頬を小刻みに打った。

いつもの風だ。普段の何気ない日々が、これほどいとおしく思えたことは無かった。

「なにも起こらないことの幸いか」

ひっそりとつぶやきを漏らした。一昨日までの暮らしが、遠い懐かしい思い出のように心を過ぎった。

一枚は椎の巨大な根にからむようにして、半ば地に埋もれていた。もう一枚は海沿いの岩間に見つけることができた。残りはどこにも見当たらなかった。それらをかかえ蔵に戻ると門口に立てかけた。もう坂下に壁板は無かろう。

今度は海辺に下るのではなく坂道を上った。暫らくして、数枚の古びた板を荷《にな》い戻った。米吉も一緒に板を運んでいる。これを繰り返して、流された枚数分をようやく揃えたのだった。

「壁を塞ぐぞ。手伝ってくれるか」

その声に応え、三人が門口に出てきた。

「金槌と釘を持ってきてくれ」

職人の一人が杜氏部屋へと戻って行った。

伝造が板の表面をさすり、裏を返してはしげしげと眺めている。その表情に懸念が滲みでている。

「若旦那、まさか……」

伝造が坂の上の方に視線を投げた。

「八幡様にお願いしたのだ。新しい板を手に入れ次第、直すと誓ってきた。今、とりあえず助けてくれと頼んだのだ」

偽りのない気持ちだった。生まれ育った土地である。子供のころはよくその周りで遊んだものだ。境内に避難している漁師の米吉も氏子の一人だった。米吉と相談した末に決めたことでもある。

――きっと。

八幡様も他の氏子衆も許してくれるだろうと清兵衛は思った。

「そうでしたかい」

伝造がわずかに頷き壁板を運び始めた。四人がかりで隙間塞ぎの作業を続けた。

日が西に傾きかけた頃、山向こうの七本村から訪ねてきた男がいた。同業の治三郎だ。かつて山之井酒蔵の酒株譲渡の噂をどこからか聞きつけ、引き受けたい、と安房津屋に掛け合いに行ったという。それ以前、安房津屋とは株仲間の寄合いで面識はあったが、懇意というほどの仲ではなかった。今は七石七斗五升を醸造している。

「酒造りっていうのは詰まるところ米じゃねえのかい。わしゃそう思うんだ」

治三郎は安房津屋吾兵衛に会いに行き、そう言ったらしい。山之井の持つ良水と木々に守られた絶妙な土地柄が酒造りに適していることも分かっていたのかも知れない。山之井の無事を確かめに来たといい、見舞いに握り飯と米を持参していた。

「ありがたいほんとうに助かる。まだ何も口にしていなかったのでね。だけどあんたの家のほうは大丈夫だったのかい」

お栄に背負われた千代がごくりと喉を鳴らし、握り飯の竹皮包みを見つめている。

「母屋は傾いでしまったが、蔵はなんとか助かった。みんな無事でいるよ。……おたくのおかみさんの姿がみえねえが」

「探しているんだ」

「山上の海音寺に逃げた人が結構いてな。そうだ、若おかみの実家の柏屋の人たちも見かけたよ。みな無事のようだったな。新町の茂原屋さんはそこには居なかったが蔵は跡形もなかった。手形も一緒に流されたんだろうな。……おたくはこのまま続けられそうかい？　なんなら一枚ぐらい引き受けてもいいが」

苦しげな清兵衛の表情をみた治三郎は、神棚の下に据えられた四枚の酒株手形を一瞥し、手形にむかって顎をしゃくってみせた。目的はそれだったのか、清兵衛は落胆とも憤りともつかない気分を味わった。だがつぎの刹那、考える間もなく反撥が胸裏に芽生えた。

「桶も道具類も無事だったのでね。なんとかなりそうだ。うちでさえこんなひどい有様だから他の酒屋がどうなったか心配していたのだ。もし手放すというところがあるなら、私のところで引き受けてもいいと思っているくらいなのだよ」

そんな余裕はないのだが、この地で最も大きな醸造蔵の当主としての面目が、言わせた言葉だった。

治三郎は鼻白んだような表情をみせたが、それじゃあこれで、と言って早々と帰っていった。治三郎の姿が見えなくなった時、伝造の舌打ちが清兵衛の背に届いた。

「まったくいやな野郎だぜ」

掃いて捨てるような言い方だった。清兵衛はお栄の実家の安否を気遣う余裕がなかったことに一抹の後ろめたさを覚え、お栄の表情を窺った。よかったなと声をかけることはしなかった。お栄が返事に困るだけだ。ただ、ついさっきまでお栄の顔ににじんでいた屈託が薄らいでいるように清兵衛には思えた。

日没間近にとりあえずの修復を終えた。十一月も末の寒さである。吹きさらしの境内で過ごすわけにはいかない。とにかく屋根も壁もある杜氏部屋を使うことにした。親方と職人衆が酒造りに没頭するための小部屋だが、そこで寝起きするしかない。声をかけておいた米吉の一家が日没前にやってきた。家を失くした者どうしだ。同じ八幡様の氏子としても分かち合わねば、と清兵衛は思った。

杜氏部屋の外にある小竈《かまど》で沸かした湯を茶碗に注いで回し飲み、握り飯を分け合って夕餉としたのだった。

夜の帳《とばり》が下り、白銀色の月が漆黒の空に輝いている。

部屋の内では蠟燭の明かりだけが頼りなのだが、無駄に灯し続けるわけにはいかなかった。明朝からの片付け仕事もあり、それに備え早々と休むことにした。

寝静まった部屋の端で清兵衛は横になっていた。部屋を包み込んでいる静寂を伝造の鼾が時折破った。

母じゃ。何とかやっている。お栄も千代も元気でいる、と胸の内で語りかけたが、返事はなかった。

疲れているのは確かなのだが、なかなか眠気が訪れてこなかった。東の空が白みかけたころにようやく眠りに落ちた。

朝方、裏庭の井戸で顔を洗い部屋に戻ると伝造の声が聞こえてきた。蔵の方からだった。急いで顔をだすと伝造が緊張した面持ちで、蔵の奥から呼びかけてきた。

「若旦那、ちょっと来ておくんなさい」

徒《ただ》ならぬ気配だ。三番桶の先に三人が集まり額を寄せていた。

「こいつが、ちょっとばかり動いたようなんです」

伝造が酒船を指さしている。酒船とは木綿の酒袋に入れたもろみを搾るための桶である。長方形の箱で、山之井のものは横長が六尺、深さが五尺、奥行きが三尺ほどある。その多くは船大工が造る。形が船を思わせるところから、その名が付いたと言われている。袋には四升ほどのもろみが入る。この膨らんだ袋を積み重ね、圧力をかけ、酒を搾るのである。

三番桶が蔵の奥側にずれ動いたため、酒船が壁際に押込まれていた。袋を搾る際、流れ出る酒を汲む場所が失われていた。さらに悪いことには、これが少しばかり回転していたのだった。横板を摑み引き寄せようと力を込めたがびくりともしなかった。

「垂口《たれくち》が回っちまったようで」

伝造が言い、溜め息をもらした。酒が流れ出る垂口は酒船の尻の下側中央にある。それを通路側に向ければ搾ることが出来る。尻の上端は船尾のように突き出ている。壁際に立ち屋根に達している柱の奥側に、右の船尾がずれ動いていた。このままでは引き出すことができない。沈黙が四人の間に流れている。

清兵衛は腕を組み思案を続けた。

ふと三番桶に目がいった。この桶から始めれば、空にした桶を動かして、垂口を通路側に戻せるのだが。

「若旦那、二番桶の方を先にやらねえと、いい酒はとれねえ」

伝造がその思案を見透かしたように言いかけてくる。

もちろんもろみの具合からすれば伝造の言うとおりなのだ。

「そのくらい分かっているつもりだよ」

柱を切るわけにはいかない。尾っぽを切るしかあるまい。

船尾が柱の奥側にかくれている部分の幅は、一寸半ほどだった。頭の中で段取りが見えてきた。杜氏部屋に走り込むと、大工道具を包んだ荒布をほどいて鋸を摑み、蔵に戻った。

「蔵にある道具を整えるのは私の仕事だから、私のやり方でやる。尾の端から三寸ほどの位置を縦に切り落とす。方法はそれしかないだろう。必ず動かせるようになる。そのあと皆でこいつを引っ張り出すんだ」

鋸で一気に挽き切るつもりだった。酒船はもろみを搾るときに掛る内圧に耐えるため、二寸もある厚板で作られていた。

酒船の尻の隙間に体をいれ足場をかためた。両手で鋸をつかみ、切り取る位置に置いた。一呼吸いれて鋸を挽き始めた。

これは思った以上に硬い。初めはうまく力が入らなかったが、しばらくするうち調子がでてきた。額に汗が浮かび、玉となり滴り落ちた。切り落とす長さは七寸ほどある。

「旦那、代わりますかい」

中ほどまで切り進んだところで、伝造が声を掛けてきた。

いま、旦那と言ったのか。

「いや、大丈夫だ。もう少しだから」

伝造から旦那と呼ばれたのは初めてだった。鋸を挽く手に力がこもった。体中から汗が噴き出ている。

息を荒げながら、あと少しのところまできた。

すっと一挽《ひ》きすると、切り離された厚板が床に落ち、からんと乾いた音をたてた。腕の筋がびくりと震え、手の平が赤く脹れている。四半時（三十分）が過ぎていた。短くなった船尾を見ていた伝造が、職人達に目顔で合図を送った。二人が酒船の下側に取りついた。伝造とともに上側に手をかけて、

「いくぞー、そーれ」

掛声とともに手前に強く引いた。ぎしりという重い摩擦音を響かせ、尾の切り口が柱のこちら側に向いた。

「いいか、一気に引くぞ、そーれ」

その勢いで酒船の尻が通路に飛び出した。清兵衛は勢い余って尻餅をついた。息を弾ませその場から酒船と横に並ぶ桶を見上げた。

——これで。

搾れるようになった。見ていてくれたか、母じゃ。今年のもろみがいよいよ酒になる。耐えて生き抜いてくれたもろみだ。

伝造が不在の折、度々もろみをのぞき込んだ光景が脳裏に蘇った。蔵の入口で見ている喜恵

がほほ笑み、嬉しげだった。酒蔵には男しか入れない決まりがある。

熱いものが胸の内に湧きあがった。まだだ。酒をこの目で見て確かめるまでは。自分の内に言い聞かせ立ち上がった。

「あとは、親方達の仕事だな」

「お手数をかけました。後はわしらに任せて下せえ」

さっそく伝造の指図がとび、職人達がわらわらと準備にとりかかった。

もろみは二日三日と日を経るごとに、発酵が進んでいった。

入口に近い二番桶が先行している。伝造が桶に手を差し入れる回数が増えていた。職人達も、手に感じる温度とその香り、泡の量と音、味など、もろみの具合を日々確かめ、伝造の意見を聞いている。職人にとって杜氏は最終目標であった。世間に誇れる仕事である。

杜氏部屋にいた漁師の米吉は蔵にながれ込んだ屑を取り除く手伝いをしていたが、それが終わると所在なげに職人たちの仕事ぶりを眺めていた。まる二日ほど過ごした後、

「銚子の親類を頼ろうかと。また漁師の仕事を始めてえので」

と述べ何度も礼を言い部屋を去っていった。

丘を下っていく親子連れを見送りながら、

「気持ちを救ってくれるのは、仕事しかねえのさ」

伝造が独り言ちている。そうかもしれないと清兵衛は思った。

大浪に襲われた日から数えて六日が経った。

清兵衛は杜氏部屋にしつらえた手作りの位牌に手を合わせた。あの後、毎日浜辺に足を運んだが母を見いだすことはとうとう出来なかった。海のかなたにある補陀落《ふだらく》に渡ったのだろうな、清兵衛はそう思わずにはいられない。

「よし、明日の朝、二番を袋に入れるぞ。船の準備をしておいてくれ。いいな」

伝造が酒船によるもろみの搾りを明日と決めたのだ。その声が蔵の内に大きく響いた。わかりましたと応える職人達の声に力がこもっている。杜氏部屋にもその声が届いた。すでに蔵の内は、地震の前と同じように掃き清められていた。清兵衛は草履をひろい、二番桶を覗き込んでいる伝造の梯子の下に立った。

「いよいよだな」

と声をかけると、伝造が満足そうに大きく頷きを返した。

翌日の早朝。垂口の真下に柄杓《ひしゃく》が入るほどの穴が、穿たれていた。通路の手前側に清酒と滓を分離するための滓引桶《おりびきおけ》滓が置かれている。

伝造が柄の長い汲杓《くみしゃく》で二番桶からもろみを掬《すく》い、先のとがった狐桶に注いだ。この桶を込み手の職人が運び、受け手が開けている酒袋に流し入れる。袋の口を折って閉じ酒船の中に積み重ねていく。黙々と仕事が進んでいった。作業は二番桶が空になるまで続けられた。

袋積みが終わると蓋がされて、厚手の板がその上に置かれた。さらにその上に、男柱の取付口に差し込まれたハネ棒が据えられた。ハネ棒は袋を圧する梃子の役目を果し、男柱は支柱の役割を担っている。縄の両端に石をくくり付けた掛石が、ハネ棒に幾重にも掛けられていく。しばらくすると、垂口からじわじわと液体が流れ出てきた。まだ濁りを含んだあらばしりと呼ばれる酒である。伝造が柄杓で汲み、それを職人が片手桶に受けて滓引桶へと運び、流し込んでいった。

滓引桶に封がされて二日が過ぎた。

この桶には上と下に呑口という木栓がついている。桶の底のほうに滓が沈む。伝造とともに滓引桶の前に立った。二人の職人が後ろに続いている。辞儀をして柏手を打ち、手を合わせた。目で伝造に合図を送った。伝造が上の呑口を、捩《ね》じりながらゆっくりと開いてゆく。両の手で構えている五合枡に、澄んだ液体が放物線を描きながら注ぎこまれていった。枡の中ほどまで入ったところで伝造が栓を閉じた。枡の中の清酒を清兵衛はじっと見詰めた。

「できたのですね」

突然、温みのある母喜恵の声が届いた気がした。

声のした方に目をやると、母がうれしそうに笑みを浮かべて立っている。その横には何年振りかで会う懐かしい人が並んでいた。父の清成だった。二人して満足そうにうなずくと、

「母上のことはもう心配しなくていい」

清成が言った。確かに清兵衛はその声を聞いたと思った。

二人は笑顔をみせふっと背を向けて去っていった。その後ろ姿にさびしげな様子など微塵もなかった。

清兵衛は枡をそばにあった狐桶の上に置くなり手を合わせた。

「だんな、どうしました」

伝造が怪訝な表情をにじませ清兵衛を見ている。

「今、おやじと母じゃがそこに来てな、祝ってくれたよ」

ごく自然に清兵衛の口からもれた。伝造がおおきく頷き、

「やっぱり来てくれましたかい。そうですかい。よかった。よかったですねえ」

至極当たり前のことのように言い満面に笑みを浮かべた。伝造は先祖供養に篤い信濃の人である。

「うむ」

とうなずき清兵衛は枡を伝造に渡した。

「おい、盃を用意してくれ。四人分だぞ」

「親方、わかってますぜ」

職人が並べた四つの盃に、伝造が慎重な面持ちで清酒を注ぎ込んでいる。波浪のみぎわで耐えぬいたもろみが新酒になり、白い蛇の目紋の深盃に満たされた。淡く琥珀色に輝く液体が清兵衛の手の中でゆれている。馥郁とした香りが鼻孔の奥に、ゆっくりと広がっていった。

翌年の十一月、清兵衛は『みぎわのしるべ』と刻んだ三尺ほどの碑《いしぶみ》を、蔵の一間ほど上の坂の途中に建てた。裏には大浪の暴威を記した。碑に添うようにして、お栄の植えた寒椿が白い花を咲かせている。

夜明け

一

黒々とした瓦屋根が雲の間から射しこむ陽光を照り返している。

「あの大屋根が永岡屋の酒蔵だろう」

父の文蔵が、問うているというわけでもなく、呟くように録之助に言いかけてきた。

録之助の家は江戸川の西に広がる田園の只中、下総国に接する武蔵国の東端、采女《うねめ》新田にあった。録之助は田畑あわせて四反ばかりの小前《こまえ》百姓文蔵の三男で、今年数えで十五になった。

百姓を大別すると自分の田畑を持つ自作農と借りた土地を耕す小作農がある。自作農のなかでも小規模な土地を耕作する平百姓を小前と呼んだ。

録之助もよその百姓家と同様に八歳の頃より田仕事を手伝わされてきた。骨太の体つきをしていて大人に立ち交り働いていると十七、八ほどに見られることがある。周囲の扱いがもたらすものなのか気の持ちようも大人びていた。

昨年末の慶応三年（一八六七）十二月九日に王政復古の大号令が発せられ、二百六十年に及ぶ徳川政権に幕がおろされた。

慶応四年（明治元年）は混沌を孕みながら幕を開けた。

一月六日に鳥羽伏見で幕軍が敗れたことが伝わり、幕政の中心である江戸とその周辺に住まう人々に戦火への不安が萌《きざ》していた。それに追い打ちをかけるように、官軍を称する有栖川宮親王と兵が、錦旗を押し立て京都を発ったことが伝わってきた。

西と西南の方から言葉もよく通じない田舎っぽの兵士らが天子さまを担いで攻めてくる、と瓦版屋の伝える怪しげな情報に右往左往し、荷物をまとめ逃げ出す者が絶えなかった。

はやくも三月十日には新政府側の東山道軍先鋒隊からの触れが足立、入間、葛飾に掲示され、これらの地に助郷の命がくだされたのである。

助郷《すけごう》は宿駅の馬・人足に不足が見込まれるとき、応援の人馬を負担するよう近隣の郷村に割り当てることで、このときは先鋒隊と天皇勅使が通る中山道大宮宿へ、各村の名主、組頭、百姓代などの村役人のうち一人が出張するように、との内容であった。文蔵のような小前百姓の家などでは新政府軍との交わりは生じなかった。

東征軍は京からの道中、大きな支障もなく進軍を続け、十二日に品川に、十三日に板橋、内藤新宿に相前後して到着した。江戸の緊張はいやがうえにも高まっていった。

十五日の江戸城総攻撃の前日、東征軍参謀・西郷隆盛と幕府陸軍総裁・勝安房守の二回目の会談が行われた。世間の耳目が集まるなか、江戸城の開城という沙汰が伝わってきた。江戸は辛くも戦火を免れたのだった。

やがてその火は東北の会津へと向かう。

四月一日になり、采女新田から東へおよそ半里、江戸川の東側にある下総国流山《ながれやま》にもその奔流が流れ込もうとしていた。二人が向かっている場所である。

「三年前の天狗騒動以来だが、あれほどの大所帯ではなさそうだ」

文蔵が言おうとしているのは、文久四年（一八六四）に江戸に向かうという水戸天狗党と称する二千人余りの尊王攘夷を唱える浪人が、流山と付近の村に止宿した時のことだった。その時のことを覚えているかどうか、など構わずに文蔵は言う。独り言のようでもある。

流山は江戸川の河岸場のひとつで幾多の産物が集散する繁華な地である。文人の友田次寛は天保十二年（一八四二）に『此所は利根川（江戸川）に添ひて、旅客の宿りすべき家、軒を並べ、物売る家の立ちつづきて、いと賑はひたる～（以下略）』と記している。特に上品《じょうぼん》な味醂を産することで広くその名を知られていた。

この日、二百人ほどの幕府方歩兵と称する武士の集団が流山一の大店、酒醸造問屋永岡屋の屋敷に入り込んだ。早朝、足立の五兵衛新田から江戸川をわたり松戸宿を素通りしてやってきた。

駿河田中藩の領地が下総に高一万五千石、四十二ヶ村あり、下屋敷が流山に接する加村の丘の上にある。文久三年に江戸深川の下屋敷から藩士と家族が移住してきた。長屋二十七棟、御殿一棟、土蔵二棟、道場一棟、と相応の規模を有していた。

丘の上からは煌きを返しながら下る群青色の江戸川が見える。丘を下った二丁ほど先には川に併行するように街道が走り、商家が軒をつらねている。

流山一の大店永岡屋に入った集団は、この田中藩下屋敷の奪取を目論んでいた。

乗馬姿の押し出しの良い隊長が先頭を進み、その後ろには平服姿の隊士たちが続き、永岡屋の冠木門《かぶき》をくぐった。

二百人超の所帯である。しばらくの混乱を経て、隊員は永岡屋と付近の寺に分かれ屯営することになった。

永岡屋について言えば、当主は三郎兵衛であるが、弟の儀兵衛が江戸で別途に永岡屋を営んでいた。儀兵衛は桑名藩の米取引の御用を承り、藩から三百石・二十五人扶持を与えられるほどの人物であった。儀兵衛は先月三月八日に二万両で桑名藩築地の下屋敷一万六千坪の土地長屋建物一式を買い取っている。

江戸では豪商である弟が米穀を扱い、流山では兄が酒造を行う。兄弟がそれぞれ規模のある別店で商いを営んでいた。

会津と並び新政府から賊軍とされた桑名藩には、藩士ら八十数名による新士官隊という抗戦組織が生れていた。

三月の中頃、江戸において新士官隊を率いる町田某を、押し出しの良い一人の武家が訪ねていた。話を進めるうち桑名藩と江戸永岡屋の繋がりから流山永岡屋の存在が浮上した。このとき両者は、流山の永岡屋をそれぞれの行動予定に照らし、一時的な屯所にする旨の合意をしていたのであった。

幕府の瓦解いらい盗賊が各地に跋扈《ばっこ》していた。それ以前より流山周辺の村では治安を守るため浪人体《てい》の怪しき者がきた場合は、半鐘を打ち鳴らし近隣の村に召集をかけた。組合村の治安制度によるものであるが、警鐘を鳴らしてもなお賊が浸入してきたときは槍、鉄砲などの使用がゆるされていた。

今日、永岡屋に来た武家は幕府方歩兵という身分を名乗ったことと、新士官隊の町田某からの連絡を受けていたことで半鐘は鳴らされなかったのである。

しかし歩兵集団屯集の噂は賊の出没に敏感な近隣の村々にすぐに広がった。二百人という数は録之助の暮らす采女新田に在する人の倍にあたる。

五月の田植えに備え気候を見定めた文蔵が、今日中にやっておこうと田の荒起こしを終えたところだった。だが文蔵はそのまま家には戻らず、江戸川の対岸にある流山が一望できる矢河原《やがわら》の渡し場に足をはこんだ。

「ちょっと様子を見てくるだけだ。そんなに遅くはならんからな」

と言い残して様子を見に来たのである。四人分の鍬《くわ》を担いで長男の惣太と次男仁助《にすけ》は家に帰ったが、

「おれも行きてえ」

録之助は云い張り付いてきたのだった。

今年四十三になった文蔵には四人の子がいるが、やはり末子には甘くなる。

小糠《こぬか》雨の降り続いた昨日とうって変り、うろこ雲を散らした青天のなかで日は中天より傾きかけていた。はるか西の彼方には小さく白い富岳が輝いている。冬が去り日が長くなるにつれ、道ばたの草が青々と輝き、勢いを増している。

たどり着いた江戸川は鈍色《にびいろ》に照り、所々に細波をたててゆっくりと下っていく。

文蔵や録之助にとって江戸川の岸辺はわずかながら気の休まる場所である。川向こうの田辺の家に用事で行くときは、すこしばかり上流の羽口《はぐち》の渡しを使った。そのほうが近道になる。ゆったりと流れる川を渡るとき、はるかに続く川筋を見通すことが出来、清々とした気分に浸れる。

この川を十二里下った先に江戸の町が大きく広がっている。

たどり着いた渡し場には人だかりがしているが、文蔵や録之助とおなじような在方の百姓ばかりであった。

対岸にある流山は、川に近い街道沿いに商家が並んでいて、人の動きまわる様子も容易に見て取ることができる。

「親父さんじゃないですか。そっちにもう噂が行ったんですかい」

男が文蔵のすぐ横にやってきて声をかけた。文蔵の娘加代の夫である又二郎だった。

「おお、又二郎さんか。まあ、そういうことだが、……あんたはどうしてここにいるんだい」

日が落ち始め、北東の方にある筑波嶺の頂が茜色に浮かび上がっている。その日を受け又二郎の額も赤く染まっている。

川向こうから一体何の用事があってこの渡し場にいるのだろう。録之助にもそれが解せなかった。

「親爺に用事を言いつかったので。日暮れまでここに居なくちゃならねんですよ」

「何の用事なんだね」

「いや、それはちょっと」

周囲に目を配りながら又二郎が言い、義父から目を逸らせた。

又二郎の父伊兵衛は深井村の組頭で名主を補佐しているが、二百人もの素性のしれない兵が来たことを知ると、すぐに近隣の村々の組頭を糾合し寄合《よりあい》を開いた。人をやり、半鐘が鳴らされなかった訳を永岡屋に聞きに行かせて、ひとまず安堵したが、かつて何度か水戸からやってきた天狗党尊攘派の記憶も未だ古びているわけではない。それに昨年末に江戸で続いた、浪士らの倒幕という名の蛮行も記憶に新しい。

伊兵衛と他の組頭たち村役人は幕府方歩兵と名乗る集団を全面的に信用したわけではなかった。天狗党のときは日毎に員数が増え、強談のすえ金を拠出させられた。あの轍《てつ》を踏まないよう羽口と矢河原の渡し場に不穏な徒が寄せてこないか、見張りをたてることにした。

伊兵衛の長男喜一郎と又二郎が矢河原の渡し場に張り付いたのはその役を果たす為である。

あくまで川の東側、流山に不逞の輩《やから》を入れないための見張りで、川の西側、采女新田などに気を配っているわけではなかった。

文蔵が一瞬、胡散《うさん》臭げな目つきをしたがすぐに話題を変え、

「それはいいとして、永岡屋の侍方の動きはどうかね。よもや戦《いくさ》でも始める気じゃないだろうね」

もっとも懸念していることを冗談めかして口に出した。

「わからねんです。おれはまだ見ちゃいないんですがね。さっき永岡屋を見てきた船頭の亀吉さんの話だと、門の前に二人の衛士が見張りに立っていて、ちょいとだけ屋敷内をのぞいていたら、立派な形《なり》をしたお武家が指図をしていたと言うんです。えらの張ったいかつい顔をしていて、門のほうにちらと視線をなげたが、眼光が鋭く、射すくめられたようで恐ろしかった、と言ってなさった。全ての隊士がいつでも一戦出来るような様子だったらしいですがね」

文蔵の口調に合せるでもなく淡々とした調子で答えた。

「なんだか怖えな」

録之助は独り言ちた。

幕府の代官所郷村出役の役人を録之助は知っているが、かれらは米穀の成り具合を見て回り、ときには主の文蔵と言葉を交わすこともある。納める側と収受する側の違いはあっても、同じ生りものでつながっている。豊かに実る時もあれば旱魃から飢饉へとむかう時もある。幾世代にもわたり切れることのない、恩讐《おんしゅう》を綯《な》い交ぜにしたような交わりが両者の間にはあった。そ

ういう関わり具合がかれらを近しげに見せている。

録之助は戦支度をしていると聞いて思わず呟きをもらしたのだったが、文蔵も胸のうちで戦が始まったときの算段を描きはじめていた。

采女新田の周辺には身を隠すに適した森も林も無かった。見渡すかぎりの田畑が続いている。あるとすれば、丈高く群生する葦の河原であった。江戸川の羽口の渡しよりすこし上流には文蔵が見当をつけた場所がある。そこに家の床板、戸板、鍋釜、食器、茣蓙などをもろもろ持ち込み、小屋掛けして戦の終わるのを待つのである。

「わしらはやることがあるから帰るが又二郎さんどうする」

「もうすこし見届けてからでないと帰れない用事なんです。何か起こったらすぐに知らせますから心配いらねえですよ」

又二郎には文蔵の考えていることが十分にわかっている。

永岡屋にいる兵が実際のところ何者であるのか、渡し場に烏合《うごう》する人々の誰も知ってはいなかった。

「会津か水戸かに帰藩する隊士だろうか」

「半鐘が鳴らねえから、押し借りの浪人ものではなさそうだがな」

小声で囁く声も聞こえたが、真偽のほどは定かではない。

「じゃわしらは帰るが、こちらの事は心配しなくてもいい。それよりあまり暗くならない内に帰った方がいいな。かわいい子もいることだし、加代にもよろしくな」

「親父さんも気をつけて。録もな」

又二郎に見送られて文蔵父子は踵をかえした。

目の前に薄墨色の鋤《す》き返された枯田が広がり、そのなかに采女新田に向かう一本道が真っすぐに延びている。二人の動きに連れて長い影が白茶けた田舎道に描きだされている。

「戦のためあちこち動き回る侍方は銭金が尽きれば、わしら百姓から大事な穀米と銭を借りようとするだろうよ。きっと大儀とやらを声高に言い張るだろうが、押し込みと変わらんわな。……わしらには武器も力もない。だからな、やって来そうな気配がしたら逃げて身を隠すしかないのだ」

わが家が見えはじめた路辺で突然、文蔵が舌打ちをしながら言った。時代のうねりがもたらす難儀が迷惑で腹立たしいのだが、避けることは出来ない。

「又二郎さんのとこのように、村中で皆集まって追い出すってことはできねえのけ」

録之助には、文蔵の心情や葛藤が飲み込めていない。思ったことをそのまま口にだした。

「多勢で来られた日にゃあれの所だって何も出来やしねえさ。それでなくてもわしらの所ではなかなか難しくてな」

関東取締出役を補うため、村々が協力して自衛に取り組む組合村の制度があるのだが、以前よりの幕府領である采女新田と付近の村々は治安が落ち着いていることもあり、流山ほどの結束力はなかった。田辺家の当主伊兵衛のように、出しゃばり過ぎると思えるほどの旗振り役人は居ないのだ。かといって、文蔵のようなたかだか四反の小百姓が、衆を頼まず己一人で役付百姓を差し置いてものを言うなど憚られる。

「だがな、のんびりしたことは言ってられねえかもしれねえな。八州取締のお役人が廻って来ないことがはっきりすれば、盗人がこの辺を狙うにちがいねえからな」

「どうするんだい」

「まあしかし、うちなんぞには来やしねえさ。金目の物なんかないからな。狙われるのは村役の家だろうよ。名主の彦兵衛さんなんかゆったりと構えていて大丈夫だろうかな。やはりお大尽となりゃそのへんに気を配らなくちゃなるまい。役目柄いろいろ口うるさく言ってくるが、自分の家屋敷の守りなんぞはあまり考えちゃいねえようだな」

言ったあとで一瞬、文蔵が口許に曖昧な笑みを浮かべた。

そういうことなら彦兵衛さんに気を付けるよう言ってもいいように思うのだが、名主をしているからにはそんなことは百も承知ということなのか。

録之助は文蔵が薄く笑ったことの意味がわかるような気がしただけで、本当のところは分からなかった。

富裕な高持百姓への妬心からなのか、他人の災難を一瞬たりとはいえ思い描いたような文蔵の表情だった。

横を歩いている父が急にむっつりとした顔になり口を閉ざしたので、話はそこで途切れた。

二人が采女新田の家に帰り着き一時（二時間）ほどして辺りが薄闇につつまれてきても、又二郎からの連絡はなかった。

「動きはなかったってことだろうな」

文蔵がギシリと軋《きし》む雨戸を強引に押し出しながら、録之助に言いかけてきた。

そのようだねと録之助は答えたが、義兄さんも何事もなく家に戻ったのだろう、と思うとすこし気持ちが軽くなったような気がした。

文蔵にしても強がりを言ったが、娘の連れ合いの心配りは、やはり有り難かったのである。

藍色の空に欠けた月が浮かび、黒い大地を弱々しく照らしている。

二

四月二日早朝から、永岡屋の歩兵達が軍事訓練を始めた。ほとんどが裁着袴《たっつけばかま》の形《なり》をしている。

江戸川の河原に、二百名ほどの兵が幾つかの隊列に分かれ行進し、暫くすると立て膝の姿勢で銃列を構えた。再び立ち上がると同じ動きをくり返した。河原の端では、砲身の長さが四尺ほどの大砲《おおづつ》に十名ほどの兵が取り付き、何度も方向を変えながら引き回している。

その様子を田中藩の尾崎半四郎と田辺伊兵衛の長男喜一郎が眺めている。

喜一郎の家は二町三反歩の田を耕作しているが、すべて田中藩領であった。地方《じかた》見回りの尾崎と喜一郎は米の収納で知り合い、歳が近いことから、懇意となった。加村の下屋敷を建てる折、資金を献納した家として田辺の家も名字帯刀を許された。これらの家では藩の剣道場に通うことが認められている。喜一郎は尾崎に誘われ、藩道場に通うようになっていた。

二人は道場での朝稽古を終えたところだった。丘から河原を一望する事が出来るが、米粒ほどの兵が展開をくり返す光景は、商いで賑わいを得ているこの地の朝の景色として、嘗てない異形ともいえるものだった。

「尾崎さん、あの兵達は幕府方歩兵と名乗っているそうですが、本当はどこかの藩兵なのですか」

「いや、ちがうだろう。わしは回村役だから詳しくは判らんが、目付下役の飯田が見極めたところによると、永岡屋に入る直前まで誠の文字を標した旗を掲げていたという話だ」

「誠の旗というと、……あの新撰組なので」

「おそらく、そういうことだろうよ」

「尾崎さんとしても同じ志を抱くあのお人方と義を語らねばなりませんね」

「いや、それほど容易《たやす》いことではない。我が藩にしても早々と勤王を唱えているからの。この二月には勤王証書をだして認められ駿府城代になったというはなしだ。しかしわしの上役である代官は佐幕派であってな。だから船戸代官所の中では憚《はばか》りなくものが言えるような塩梅なのだ。だがこの下屋敷におる方々は藩の意向に従い悉《ことごと》く勤王であることになっている」

「なかなか難しいものですね」

そういうことさ、尾崎が言って喜一郎の背をかるく叩くと二人は道場に戻っていった。

采女新田は、成田通りと所の人々が称する、流山を通り成田に向かう道すじにある。この地から三里ほど西の方に奥州街道がはしり越谷、粕壁、宇都宮と続き、さらに北へと向かっている。また東に向かえば江戸川を越えた二里強ほどの所に、水戸街道の宿場町小金宿がある。

流山に歩兵集団が屯集した翌々日、四月三日の明け方この田舎道がにわかに騒がしくなった。一人二人といった程度でなく数多《あまた》の足音が進んでいるようなのだ。

「おとう、起きてくれ。なんだか大勢の人が通っているみたいだ」

録之助は汗くさい布団をぬけだすと、文蔵の肩をゆすった。足音はまだ続いているが、早朝にもかかわらず駆けるような足取りで進んでいる。確かな意志を持った動きである。

「わかってる、静かにしろや」

文蔵も気づいていたようで、布団をはいで立ち上がると土間に向かった。引戸の心張棒をはずすと、すこし引き開け、外に広がる薄闇に目をむけた。録之助もその隙間から表の様子に目を凝らした。

家から一丁ほど先の街道には、間隔をおいて提灯が移動していく。

銃尻を右手に持ち肩で支えて進む黒の筒袖、だんぶくろ姿で袖に錦の小布《こぎ》れを付けた兵士が続いている。菊の紋章が縫い込まれた錦旗が前方を進んでいく。

「あれは、どうみても官軍だな」

文蔵も話に聞くだけで、実際の官軍の兵士を見たことはなかった。

前方を見据えて黙々と進んで行く隊士等の姿には、張り詰めたような気配が漂っている。

「おとう、あれが天子さまの兵か」

「まあ、そうだろうよ」

「どこへ行くんだべ」

「分かるわけがねえ」

「付いていってみるべよ」

「ばか言うな」

隊列が終わろうとしていた。辺りは再び薄闇に包まれた。

街道の先のほうを明かりが進んでいく。

筒袖だんぶくろ姿の兵の半数ほどは百姓顔をしていたし服も百姓の野良着に似ていて、録之助には二本差しの侍ほどの威圧は感じられなかった。

録之助は文蔵の脇をするりとぬけると表の暗がりにとびだした。こらやめろ、という文蔵の声が背中に届いたがそのまま走りだした。

夜明け前の薄闇のなか、白みかけた月が照らす街道に兵士等の舞い上げた土埃が漂っている。

官軍がなんでこんな所にくるんだ、と録之助は思った。

東北に官軍が向かうらしい、という噂は耳にしていたが、このあたりは奥州街道や水戸街道からはやや外れた位置にある。

振り向くと、広々と続く田圃の中に点在する百姓家にうっすらと灯がともりはじめている。どの家でも足音に気づき、街道を進む兵列を目にしているだろう。これから何が起こるのか、災厄への不安が起き出した人々の胸に兆しているに違いなかった。

二丁ほど先をいく提灯がゆらゆら揺れながら進んでいく。

「録、ずいぶん気が入っているじゃないか」

田の畦にしゃがみ込んでいる又二郎が声をかけてきた。目は官軍の最後尾でゆれる灯りを追っている。

「又二郎さん？　なぜ今どきこんな所に居るんだい」

「詳しくは言えないが、こちら側に居なくちゃならねんだ」

昨日の河原での訓練ぶりを喜一郎から聞かされて、幕府方歩兵が新撰組であることを田辺家の当主伊兵衛は知ることとなった。田中藩下屋敷の支配役竹内庄五郎と伊兵衛とは名字帯刀を許されて以来の顔見知りであった。歩兵の動き如何《いかん》で起るかもしれない変事を懸念して竹内を訪ねた。

だが竹内はすでに板橋の東山道軍に、『賊軍流山にありて官軍の後を絶たんとす』との使いを送ったということだった。

父伊兵衛に言われ、一昨日に続き又二郎は采女新田の側を見張らされていたのである。明け方前から矢河原の渡し場に居たが、提灯の列が上流に向かったのでここまでやってきたのだ、という。

「あれは官軍らしいね」

「よく分かったな。あいつら先遣隊といってな。本隊の露払いをするらしい。少なく見ても二百人はいる」

「先遣隊って？　なんで、そんなこと知ってるんだい」

「おまえも聞いてるだろうが、喜一郎兄はな、江戸にでて彰義隊に加わるつもりなんだ。田宮流剣術の腕を尾崎さんに見込まれてな。官軍と戦うのだと言ってるが、その相手のことぐらいは知っているさ」

将軍慶喜の重臣渋沢成一郎を盟主にして二月に浅草本願寺に集まり彰義隊は結成された。百三十名余りが参集したこのときに隊の名が決められた。支度金五両と食い扶持もでたことから武家の次、三男が加わるようになった。しだいに隊士が増え千人を超えたところで、浅草では手狭になり上野東叡山に移動したのだった。四月三日、この日のことである。

尽忠報国、佐幕の義を彰《あきら》かにする志のある若い者ならば、武家でなくとも上野の山に入ることが出来た。世間では彼らを一括りにして彰義隊と呼んだのである。

又二郎は周囲に目を配り誰も居ないのを確かめると、

「一昨日《おととい》永岡屋にきた部隊がいただろ、あれは新撰組だということだ。京で働いた近藤さんがいるらしい」

声をひそめて言った。

「本当か、どうしてそんなことまで分かるんだい」

まあな、と又二郎は自慢げな顔をするが、それ以上のことは言わなかった。やはり、喜一郎義兄さんから聞いているのか、と録之助は思った。

「さっき行った官軍と戦になるのけ」

「どうなるかわからんが、そうなるかもしれん」

又二郎が訳知り顔で落ち着いているのが腑に落ちない。

戦というものは生きるか死ぬかの殺しあいだ。とにかくその場から逃げるしかないぞ。文蔵から散々に聞かされていた。

——あのとき。

又二郎さんも突いたのか？

数年前、流山に三人の水戸藩士を名乗る浪人が、大百姓の家に入り込み、押し借りを迫った事件があったが、竹槍を持った百姓衆に突き殺されたという。初めに突き留めた者に二十五両、二番目には十両の手当が出たという。

又二郎もそれに加わっていたことを父と母がひそひそと話していたことを思いだした。横顔をちらりと盗み見たが、普段と変わらない表情をしている。

胸に潜めているのだろうか。

聞いてみたいような気もするが、その返事によっては又二郎への気持ちが、今とはまったく違うものになりそうに思え、怖くなり止めたのだった。

家からでてきた百姓衆が二人のうしろに続き、十人近くの数になっている。先を行く官軍の動きが鈍くなってきた。やがて、その一群は歩みを止めた。

「あれはどのあたりだ」

「羽口の渡しの手前だろう」

流山に最短の距離で入るには矢河原の渡しが適している。しかし官軍のとった道は川を十三丁ほど溯った位置にある羽口であった。得体の知れない賊軍を警戒しての転進である。

「いま通った連中の格好からして、一昨日永岡屋にきた連中はどうみても官軍じゃないわな」

口々に囁き合う声が耳にはいる。

「いよいよ戦が始まるのかね、義兄さん、家に戻ったほうがいいんじゃないか」

「いや、大丈夫だ。兄さんが言っていたんだけんど、暗いうちは戦はしないんだとよ。相手も自分らも見分けがつかないからな」

又二郎も声を潜め録之助に囁きかけてくる。

東の空が徐々に白むにつれ、提灯が消されていく。

二人は、羽口の渡し場から川を渡りきった官軍の、最後尾の様子をじっと眺めていた。

やがて隊列は川に沿って下りはじめ流山に近づいていく。又二郎と録之助もそろそろと歩き出し羽口から矢河原へと向かっていった。

点々と見えた隊列が二股に分かれて、何かを囲むような形を作り出していた。

突如、パンパンパンという乾いた五、六発の銃声が川向うから聞こえた。川沿いを進んでいた官軍がばらけ、田の畔道に散開した。音のした方角は永岡屋よりもっと川沿いのようだった。

「いよいよ、始まるのかい」

録之助の問いに応えはなく、横に居るはずの又二郎がすばやく河原の葦の茂みに、駆け込んでいくのが見えた。

「はやく、こっちに来いよ」

又二郎に促され後に続いた録之助の耳にさらに数発の銃声が聞こえた。さっきとは違う方角からだった。音のした五丁ほど先の丘に目を向けると、二人の男が銃を手にして間道を上っていく姿がわずかに見えた。

録之助は背を丸めて走り、地べたにしゃがみこんでいる又二郎の脇に座り込んだ。

銃声が響いたのはそのとき限りで再び聞こえることはなかった。

二人は半時（一時間）ほど息をひそめ辺りの様子を伺っていたが、喊声《かんせい》も勝鬨《かちどき》も聞こえてこない。ただ、錦旗とそれを囲む黒い筒袖姿の兵士達のうごめく姿が、永岡屋のあたりに小さく見えた。

流山に屯集していた新撰組の隊士らのほとんどが、この日の早暁に一里ほど離れた山野にはいりこみ軍事訓練を行っていた。永岡屋には数名の衛士が残っているだけであった。

昼の鐘の音が采女新田に聞こえてきた頃である。

朝方見かけた官軍の一隊が、流山の方角から足早に成田通りを駆け抜けていった。錦旗を隊の中ほどにかかげている。来た時より員数が減っているようだ。

文蔵の一家は通りから一丁ほど離れた田の畔に腰をおろし、茶を啜っているところだった。今朝、録之助が見聞してきた様子では、散発的な撃ち合いがあっただけで、戦の始まる気配はなかった。

「録の言うとおりなんにもなかったようだな。先ずはひと安心だ」

文蔵が言ったが、員数が減った様子については気づいていない。

「来たときは筒袖の兵隊のほかに、平服の侍衆もいたみたいだったが、いま通ったなかには侍衆はいなかったね」

録之助は渡し場まで付いていくうちに兵が二通りの形《なり》をしているのに気づいた。

錦旗は黒筒袖の兵が前後左右をしっかりと守り、ほぼすべての隊士が銃を携えていた。最後尾を進んでいったのは着古したような平服を着込んだ侍衆だ。数は少なく隊全体のおよそ一割ほどである。帰っていった兵の中に彼らの姿は見えなかった。

「どういうことだろうな。まだ何か起こるのかも知れないいってことなのか」

惣太の表情に懸念がじわりと浮かんでいる。

野良仕事を終え家に帰りついた時分に陽が沈みはじめ風が止んだ。薄暮のなか、煮炊きする煙が家々の藁葺き屋根にまとわりつきながらゆるゆるとのぼっている。

この頃だった。

二人の騎馬侍を中心にした侍の集団が、昼間官軍の兵が帰っていった道を辿るようにして流山の方角から現れた。

前の馬には押し出しのよい羽織袴姿の侍が跨《また》がり、左右に従者と思しき徒侍《かち》が並走していた。後に続く馬には官軍の軍人が騎乗している。十五人ほどの侍が二頭の馬の前後を囲むようにして進んでいく。朝方見かけた官軍の最後尾にいた兵士達である。

馬上の軍人は東山道軍斥候の有馬藤太、兵は忍藩の隊士であり、羽織の武家はこのとき大久保大和と自称していた近藤勇その人である。

この日、流山で生じた官軍と新撰組との戦闘行為は、わずかに数えるばかりの銃撃をもって終決したのであった。

農具を片づけていた文蔵が人馬の足音を聞きつけ小走りに成田通りに向かった。裏の井戸からくみあげた水を土間の小瓶に惣太が注ぎ込んでいたところだった。

「おい、なにかきたぞ」

竈に薪を投げ加えて火加減を見ていた録之助に惣太が声をかけた。

惣太と録之助は文蔵のあとに続いた。田圃の畦に立ち止まっている文蔵の背中が黒い影のようにぼんやりと見える。

二人は家の入口に聳える欅の陰から、粕壁《かすかべ》方向に去って行く隊列を見送った。

「今の人たちが昼の隊には居なかった人たちにちがいないよ」

録之助の脳裏に朝方聞いた数発の銃声が甦っている。

「官軍はすべて帰ったってことだな」

惣太が頷きながら、

「前の馬に乗っていた侍が首領なのか」

尋ねかけてくる。

「又二郎さんが言うには、新撰組の近藤さんらしいよ」

「本当か」

「なぜ又二郎が知ってるんだ」

文蔵が二人のそばに戻ってきて、口をはさんだ。

「喜一郎さんが言っていたらしい」

「喜一か、あれは長男のくせに彰義隊に加わるとか勇ましいことを言っているらしいが、どこまで本気なのか分からん」

「父さん、田辺の家はこれからどうするつもりなのかね」

長男である惣太にとって今後のつきあいもあり、妹の嫁ぎ先のこれからの有りようがやはり気になる。

「わしにもよくわからん。伊兵衛さんときたらいつも偉そうな物言いをするんでな。話しをするのもついつい億劫《おっくう》になる。こう言っちゃあ何だが、田中藩の村役人はそんなに偉いのか、と一度言ってみたい気もするが。……まあ、親戚としてそれなりのつきあいはさせてもらっても、むこうのはぐれ者のことまで心配する余裕などうちにはないわな」

文蔵の口調に、常日頃上から見られているような気持ちにさせられることへの鬱憤《うっぷん》が、色濃く滲んでいる。その気持ちの裏返しなのか喜一郎の飄逸した言動をけなして溜飲をさげているのであった。

加代が田辺の家に嫁いだのは二年前の十七のときで相手の又二郎が十九だった。田辺の家では、二十二になった長男に嫁を迎えようとしていたが、喜一郎本人が、何かと口実をつけては逃げ回り、話に乗ろうとしなかった。伊兵衛の妻は四年前に流行病で没している。それ以降、田辺家から頼まれた近所の四十手前の寡婦《かふ》が、台所仕事を切り盛りしていた。

伊兵衛は今年で四十六になり後添《のちぞ》えをもらうことも考えたようだが、吝《しわ》いうえに口うるさく抜け目のない性格が村人の間に喧伝《けんでん》されているからか、話が進まなかった。彼は家の奥向きをしっかりと差配できる女手が欲しかったのである。

深井村の名主に頼み込んだ末、まだ若かったが次男又二郎の話がまとまった。采女新田の村人のあいだで器量好しと口の端に上っていた加代だったが、母のみつが深井村の小前百姓の出であったことから、縁《えにし》がつながったのである。

「田辺のお舅さんはな、何に付けても細かいことを言う人だ。だからな、殊勝を心がけていても叱られるときがあるだろうよ。けれどあまり苦に病むことはないぞ」

嫁入る前日になって舅への心配りを文蔵が言い含めた。この言葉は文蔵が加代に与えた餞《はなむけ》でもあった。加代は日に焼けた顔にわずかに緊張を浮かべ、黙ってうなずいたきりだった。

三

新田とは江戸期に開墾された田地のことで、采女新田は寛永の頃から二百数十年の長きにわたり幕府領としての支配が続いていた。

百姓にとって領主が変わることで悩ましいことは、一に納める年貢の高が決まる定免《じょうめん》（定率）か検見《けみ》（年毎）かの租率法の決定であった。次には法として守るべきお定めが従来守り続けた村の仕法から極端に逸脱する場合である。

大領主である徳川幕府の崩壊は確実なものとなったが、田地は変わることなく在り続け、それを耕作し米穀をもたらす者は文蔵たち百姓をおいて他にはない。

この年の三月中頃に幕政の頃の高札を撤去して、新政府の最高官庁である太政官より永年掲示である定めの三札と覚えの二札が立てられた。世に云う、五榜（木札）の掲示で、天皇が宣した五ヶ条のご誓文が発布された翌日のことであった。

第一札には、五倫之道を正しくすること、病人をあわれむ事、人を殺し家を焼き財産を盗む悪業をしてはいけない、との人倫が示されている。第二札には、徒党を組み強訴すること及び逃散《ちょうさん》することを御法度として禁じる旨の布告が示され、第三札にはキリシタン、邪宗門の禁止が告げられていた。二札は特に広く告げるためか、百姓でも読めるようにひらがなで書きつけられていた。

この立札を名主から読み聞かされた後で小百姓の間から、

「前とそれほど変わらんわな。二札を見たかや、新政府だなんだと言っても、わしらをしばり米を作らせたいということに変わりはないのだろうよ」

囁く声が漏れた。

幕府と新政府のどこが違うのだという思いが百姓らの胸中に湧いたのもこの時あたりだった。

録之助はひらがなの読み書きは文蔵から教えられなんとか出来たが、漢字を操ることはできなかった。五札の掲示については義兄の喜一郎から聞かされたのである。勤王である田中藩領の深井村には新政府の高札が立てられた。五札立てられたが覚えの四、五札はしばらくして撤去された。

第四札の覚えには『このたび王政御一新、朝廷は外国との交際について直ちにお取り扱いになる。万国の公法をもって条約を実行するについて、今後みだりに外国人を殺害したり不心得の所業をする者は、朝命に悖《もと》り国難を醸すのみならず、交際をする各国に対し国の威信を立たなくする不届き至極の儀であるので、その罪の軽重によって武士といっても士籍を削り至当に処せられる』と記されていた。

また第五札の覚えには『ご一新について、天下が平定され万民が安堵し自分の所在をえるように、浮浪の者がある様では済まないことである。今日の形勢を窺い、みだりに本国を脱走することは止めるように。万一その脱走者が不埒な所業をしたときはその上に立つ者の落ち度になる。もっともこのご時世であるから上下の別なく、国の為または主家の為に道理を建言しようとする者には、進言する道を開き正しい心をもってその趣旨をつくさせ、その願いを太政官へも申し出るように。ただし今後全ての士奉公人ばかりでなく農商奉公人に到るまで、それを雇う場合は出所をたしかに聞き取り、脱走した者を雇い、不埒なことが生じ厄害に到ったときは、その主人の落ち度になる』と記されていた。

采女新田に定めの三札と覚えの二札すべてを掲示したと村役人は云うが、ほとんどの村人が目にすることはなかった。幕府領が長く続いた地では、新政府の布告が翌日になくなっていることが間々あり、采女新田もその例に洩れず、誰が持ち去ったかは不明であった。

戦地では旧幕府軍、新政府軍ともに百姓を農兵や荷輸送の軍夫として村々に員数を割り当て徴用した。報酬と恩賞をもって遇し、手柄をたてた農兵には足軽武士として取り立てるという褒賞も与えていた。

その点では散発的な戦もない無風地帯とも言えるこの地に軍夫の徴用はなく、百姓仕事に支障は生じなかった。

ここに暮らす百姓にとって新政府がどのようにせよと言ってくるのか、そこに耳目が集まり始めていたが、今のところ幕政のころとさしたる変わりは感じられなかった。

新政府にしたところで徴税の基本は今もって農にあることに変わりはなく、それを肯定したとも言える三札の布告ではあった。

文蔵が録之助から三札のことを聞いたとき、

「今更なことを」

と口にはしたが、これだけで済むわけがないという思いが、文蔵の胸の底にはある。

録之助は覚えの四札、五札の内容について文蔵にしっかり告げることは出来なかった。内容に理解できないところがあったことと、小前百姓に向けたものではないと喜一郎から聞かされていたからでもあった。

四月九日付け回状が采女新田をはじめ周囲の村々にもたらされた。

内容は『上様が明日十日に江戸の寛永寺を出て水戸へ向かう。その途中松戸宿に宿泊するため御通行になるので、割当どおりの人馬を差し出すように』という助郷を指示する、小金町の長である年寄源右衛門からのものであった。小金は流山に隣接するが当時はこの地域の中心としての町であった。

四月十一日、江戸城が官軍に明け渡された。

慶喜の出立も十一日に延期された。それを伝える回状には『このたびのこと容易なことでなく通常と違う大切な用事である』として重大なことであることが強調され記《しる》されていた。

小百姓にすぎない文蔵のところには、有り難いことに人馬の負担は請われなかった。

「伊兵衛さんのとこは馬一匹と人足二人をだすと、又二郎義兄さんが言っていたよ」

録之助は安堵顔の文蔵に田辺の家の様子を告げた。

「うちは小前だから今回免れたが、上様には是非ともご無事でお通りして頂かなくちゃやならねえやな。何もできやしねえが、せめてお見送りだけはしないとな。まさかこんな日がくるとは思いもしなかったが……。新政府になっても、わしらはきっと助郷にかり出され都合よく使われるわな。いつまで続くんだか。ご一新だなどと言っているが、あまり変わりばえがしねえな」

文蔵の言うことに頷きながらも、録之助はその考えに微かな違和感を覚えた。だが、しっくりしないその気持ちがなぜ湧いてくるのか、前に喜一郎から聞いた第五札のせいなのかとも思った。

親父は幕府役人に言われたことは丁寧に聞くほうだった。しかし、布告にあったような進言とやらはしないのだろうかと録之助は脳裏に浮かべたが、第五を父に告げていないこと思いだし口を噤《つぐ》んだ。


四月二十三日には、宇都宮に進軍した東山道救援軍が旧幕府軍を撃破した。旧幕府軍の残党は家康公を祀る徳川の聖地、日光に奔《はし》り、更に北にある会津へと向かった。

東北では五月五日に東北二十五藩、長岡藩、北越五藩が加わる奥羽越列藩同盟が成立し、新政権へ対抗する意志を明らかにした。

ひと月後には会津藩の頑強な抗戦が始まるが、この時期、未だ火蓋を切ってはいない。

五月十六日、上野の山で起きた彰義隊と官軍との戦の翌日であった。その報は未だ采女新田には届いていていない。

録之助の家では、田植えを終えて十日ほどが過ぎている。田に生えてくる雑草をとり、さらには豆の種を蒔く、そんな季節のただ中である。次男は名主の承諾を得て、下野真岡《しもつけもおか》にある縁戚の田植えの手伝いに二日前から出かけていた。

このところ続いていた雨がやみ、曇り空に被われた蒸し暑ささえ感じられる一日だった。帰路に就くころには雲がとれた西空が黄金色に染まり、富岳の影がくっきりと浮かびあがっていた。

地べたにたまり込んだ湿気を含んだぬるい風が、録之助の足元を吹き通っていく。

成田通りを男がこちらにやってくる。

「あれ？　あれは喜一郎じゃないのか」

父親の文蔵が目敏《めざと》く気づいた。とぼとぼとした足取りなのが、いつもの喜一郎らしくなかった。

「あいつ、上野の山に入ったと言っていたが、やっぱり帰ってきたのか」

惣太が得心したように吐息をつき独言《ひとりご》ちた。喜一郎と惣太は同い年である。

「もともと腰の落ち着かない男だとな」

文蔵がちらと惣太を振り返りながら、小声で囁きかけた。

喜一郎がようやく目の前までやってきた。煤けたような貌《かお》にドロだらけの服を着ている。百姓の形をしていて刀など差していない。

「あんた喜一郎さんだよな」

あまりの変貌ぶりに、文蔵が確かめるように顔を覗き込み、聞いた。喜一郎が髭面に曖昧な笑みをうかべ、ひょこと頭を下げた。

「はい、……昨日、上野の山で戦があって。情けない話、こうやってのこのこ帰ってきてしまいました。お義父さん、申し訳ないが、ちょっとだけ休ませてもらえませんか」

こんどは深々とあたまをさげた。

「そんなにしなくていいから。……そうか、とうとう始まったのか。昨日だったのかい」

文蔵が喜一郎の背を撫でながら、困惑した目で惣太のほうを振り向いた。

怪我はしていないのか、と惣太が聞くと大丈夫だと首をふった。

「もう上野の戦《いくさ》は終わったとおもう」

普段の喜一郎らしくないくぐもった声だった。

「たった一日で？」

そんなにあっけないものかと思い、録之助は口をすべらせた。

「とにかくそのままじゃ家には帰りにくいわな。ひどい形《なり》だ。うちで休んでいくがいいさ。服も惣太のでよければ着替えるがいい。そのどろだらけのよりはましだろう」

文蔵がすぐにかぶせるように言い、義理の息子をひとまず労《ねぎら》った。

「お義父さん、惣太、済まない」

喜一郎がまた頭を下げた。いつになく潮垂《しおた》れた様子を惣太がまじまじと見つめている。

だが録之助の胸裏には別の思いがわき上がっていた。

喜一郎さんは逃げはしたが戦をしてきた。前から父も長兄もさかんに上野の山のことを口にしていたが、きのうそこで何が起きたのか誰も知りはしない。

それを義兄からじかに聞きたい、このとき録之助が思ったのはそのことだった。

風呂を使わせてもらった喜一郎が、髭を剃り惣太の野良着をきてようやく人心地のついた表情をみせた。

村役人の長男であるが勘当され、出奔した人間である。親戚ということでそれなりのことはしたのだが、これから喜一郎が実家でどのような扱いをうけるか文蔵にはおよそのことは想像できる。

いつもの一汁一菜の夕餉をとると、一家は早々と床についた。上野の戦についての話は一切聞かなかった。文蔵の心配りだった。

疲れが溜まっていたのだろう、部屋の奥に寝ている喜一郎の引きずるような鼾が聞こえてくる。

喜一郎に背をむけて寝床に横たわった文蔵は、明日中に実家に帰ってもらうのが筋だろう、とごく穏当に考え眠りにつこうとしていた。

翌日、朝餉をとり終えると早々と、文蔵は喜一郎を伴い田辺の家にむかった。勘当についてはロを挟むことなど出来はしないが、行くあてもなく帰ってきた義理の息子を送り届けなければならなかった。

羽口の渡し場から田辺の家までは田圃に囲まれた道を真っ直ぐにすすみ、畑地になったところでゆるやかな坂をしばらく行く。

靄に包まれていた大気は朝の陽射しで澄みわたり、二人の面を眩しく照らした。

坂の中ほど辺りで田辺家のどっしりとした冠木門が見えてきた。

門脇にあるくぐり戸が開いている。文蔵と喜一郎はそれをくぐり屋敷内に入った。

勝手口まで行き声を掛けると老僕の留造が現れた。喜一郎をみて絶句している。

「きのうわしの家に泊まったが、やはりこちらに居るのが筋だろうと、ここまで送ってきた。こちらの事情は分かっているから、伊兵衛さんには黙って帰るよ。そのほうがいいだろう」

慮りを言いおいて去ろうとする文蔵にむかい喜一郎と留造が頭をさげた。

文蔵が家にもどると、

「どうだった。伊兵衛さんは出てきたのかい？」

惣太が関心ありありといった顔つきをして問いかけた。

「こういうときはな、相手の顔をつぶすようなことをしちゃならねんだぞ」

文蔵に諫められ惣太の顔に拍子抜けしたような表情が浮かんだが、すぐに気を取り直したようで、

「あいつは何にでも手を出して、しくじるんだ。上野の山で官軍と戦うわけがないってことぐらい、はじめから分かっていたことだ。だいたい、剣道場に通ったというが三年ぐらいのことで、本人は田宮流道場の四天王などと言っているらしいが、それほどでもないと言う話も聞くしな。同門だった田中藩の平侍に誘われたらしいが、何度か酒を酌み交わしていた手前断れな

かったという話だ」

この時とばかり喜一郎を貶《けな》しはじめた。

「ただの噂なんじゃないのかい」

録之助にとって初めて聞く話だったが、だからといって喜一郎をおとしめるような兄のあからさまな話には同調できなかった。

「ふん、おまえいつから喜一郎びいきになったんだ」

弟のつっかかるような物言いに、むっとした表情をした惣太が絡みかけてきた。

「ひいきなんかしていないさ」

そう言って録之助はかわしたが、その実、何にでも手を出すという義兄を半ばうらやましいと思っている自分がいることは確かなのだ。食うのがやっとの小百姓の倅である自分がそんなふうに振る舞える立場だったら、はじめに何をするだろう。

数年前から田仕事の手伝いをさせられているが、長兄も次兄も毎日飽きることなく野良仕事に精をだしている。米がたっぷり実を孕んだときこそ晴々とした気持ちになる、と二人は口を揃えるが、その気分が自分にはまだ分からない。たまに何の理由もなしにもやもやとした気分にふさがれる時があるが、喜一郎義兄に田仕事以外の何かを教えてもらえたら気が晴れるだろうに、と録之助は思った。

田辺の家は日雇い百姓を使い村役人もしている。大百姓であることを自負しているが、世間からは伊兵衛が役柄をもって潰れ地などを集めては秘かに田地を増やしてきた、などとまことしやかに囁かれていた。

暮らし向きからすれば文蔵のところよりはるかに余裕のある家で、喜一郎が八歳の頃より、隣の小金町で元御家人だという板倉某が開いている手習い塾に通わせていた。伊兵衛は又二郎にも同じように通わせたが、兄よりも弟のほうが手が上がった。十代も半ばをすぎる頃になると歴然とした差がついてきた。家業をこなす才覚を顕わしたのは弟の又二郎のほうだった。

「あそこは、喜一郎を勘当しているから、百姓仕事の段取りは次男の又二郎が切り盛りしてるって話だ。だからと言ってこの時節柄うまくいくとは限らないだろうが。……これから世の中どう動くか分かったもんではないしな」

惣太が田辺家を引合いに出して自分自身に向けて言っているようにも聞こえた。これからくる世を想うと、底のしれない不安が頭をもたげてくるのだろう。

「よその事よりうちの田畑がどうなるかだ。年貢はやっぱり取られるんだろうが、殿さまがとるのか官軍がとるのか。半減されるようなことを聞いたりしたが、そんなうまい具合にはいかんだろう。実際はまったく分からんわな」

長男の漠とした懸念を文蔵が打ち消せるわけもなく、彼なりの世過ぎの有りようを口に出したのだった。

四

三日ほど経った頃、

「加代姉に茄子と胡瓜を届けてこようかと思うんだけど。いつもよりたくさん穫れたし」

録之助は殊勝にきりだした。

「又二郎さんと無駄話などしないで、用事がすんだらすぐに帰ってこいよ。いいな」

文蔵にすれば録之助の魂胆など見え透いている。義兄らの話を聞きたいにきまっている。

「録之助、加代にこれを渡してきてくれるかい」

母のみつが色あせた風呂敷包みを、背負い籠の中にいれた。赤ん坊のおしめが包まれている。

みつは今年四十一になった。文蔵とともに孫の顔を覗きに行きたいのはやまやまなのだが、伊兵衛にたいする文蔵の気持ちを慮り我慢している。それ以前に、親戚としてよりも村役人としての伊兵衛の言動に、みつ自身が不快な思いを胸に刻んでいた。みつは深井村の出で、若いころの伊兵衛について少なからず知っていたからでもある。

日は中天にあり、生えそろった苗が野面を一面の緑に染めている。

風がそよぎ緑の海原に細波がたった。青い天涯の下に広がるこの景色こそが録之助にとっての安らぎであった。

川を渡ってすぐの深井は、丘側の畑地を下ったところから田圃がはじまり広々と続いている。田辺の家は豪農にふさわしく欅の大木で囲まれ、がっしりとした冠木門《かぶき》を構えた屋敷である。

録之助は勝手口に行き、老僕に又二郎を呼んでもらった。

すぐに現れた又二郎に野菜と加代への包みを渡した。

「いつも済まないな。用事はこれだけか」

この義理の次兄にはいつも考えを見透かされているような気がしている。すぐ後に加代が来て、

「みんなどうしてる。達者にしてるだろうね」

久しぶりに会った嬉しさを満面に浮かべ聞いてくる。

「うん、みんな元気でやっているよ。姉ちゃん顔色がいいな」

――姉ちゃんはついているな。

録之助は軽い妬心《としん》を覚えた。

「そう見えるかい。子供も出来たし、家事も野良仕事もあるし、これでけっこう忙しいんだ」

加代の眼差しが優しげだ。子供の頃から散々面倒をみてくれた姉が元気で嬉しそうに迎えてくれる。

やはり姉ちゃんは昔のままだ。俺も昔のままでいなければと思った。ふと、又二郎の視線を感じて、

「喜一郎義兄さんは」

録之助は両親に言わなかった用件を遠慮がちに尋ねた。

又二郎がうなずき、やっぱりそうかといった目つきで、手土産を上がり框におくと、

「こっちだ」

土間におりて草履をつっかけた。

後に続いた録之助の背に、皆によろしくな、という加代の声が届いた。

日に焼かれて白っぽくなった中庭を横切って進んでいく。又二郎が向かっているのは屋敷の端にある牛小屋だった。

「なんで牛小屋に？」

と口にした刹那、勘当、という言葉が録之助の胸に甦った。言わずもがなのことを聞いてしまった、と思った。

「上野にいくときに親父から言い渡されてな。そういうことだ」

録之助の表情をちらと見た又二郎が淡々とした口調で答えた。

奥行が五間ほどある牛小屋の奥まった先には、牛の背丈よりわずかに高い位置に棚が造作されていた。短い梯子が掛かっている。それを上っていくと三畳ほどの広さの茣蓙《ござ》を敷き込んだ空間があった。そこには牛の糞尿の臭いが色濃くこもっていて録之助の鼻孔を突いてくる。喜一郎が壁にもたれ、読んでいた本から目をあげたところだった。

「おや、録之助じゃないか。加代さんの用事は済んだのかい」

頬に薄い笑みをうかべて迎えてくれた。

「はい、いま済ませてきたところです」

「まあ、そのへんに座りなよ」

又二郎が指差した場所に録之助はしゃがみこんだ。

「録はきっと上野の話を聞きたいんだろうな」

又二郎が録之助の胸の内を推し量るように言った。

喜一郎が二人の表情をながめ、虚空に目を這わせた。躊躇《ためら》っているようにも見えた。すこしばかりの沈黙をおいて、

「誰にも話してはいないんだが、身内だし……話してもいいか。だけんど他言は無用だからな」

いつもの喜一郎らしくなく、ごく真面目な口ぶりで言った。

「江戸川を下り四日の夕刻には浅草の本願寺についたが員数が増え手狭になったということで上野の山に移った後だった。尾崎さんと上野の山に入って彰義隊を差配する天野さまのところにいくと、山内の明静院という塔頭《たっちゅう》に行けと言われた。そこには下総関宿藩を出た万字隊が屯営しているから、そこがよかろうということだった」

他の藩からも数人ほどの脱藩者が明静院には居たという。

「流山では尾崎さんからミニヘル銃の弾ごめを教わったが、山では元ごめ式の最新銃を習った。

数が少ないから手許にはなかったがな。あれがあったら尾崎さんとともに官軍にむけて一矢報いていただろうよ」

普段の様に自慢げに話しだした喜一郎を、憂いをにじませ又二郎がみている。喜一郎に接する又二郎の態度が以前とはやや違っていた。どことなくよそよそしく録之助には見える。

「兄さん、その銃を使っていたら、生きては帰れなかったんじゃないのかい」

えっ、といった顔をして笑顔をひっこめた喜一郎が、

「確かに、おまえの言うとおりだな。人の運などというものはどこでどう転がるかわからん、ということだ」

真面目ぶって言ったが照れくさそうな顔をしている。

「喜一郎義兄さん、江戸は賑やかなとこでしたか」

これはまえから聞きたかった。文蔵が一度行ったことがあるきりで又二郎も知らない場所である。

「賑やかといえば録之助にはまだ縁がないだろうが、尾崎さんに連れられて吉原に行ったよ。彰義隊だというと扱いがちがってな。下にも置かないもてなしぶりでな。わしもたっぷりと相伴《しょうばん》させてもらった」

「兄さんむこうの親父さんに叱られるからそのくらいにしてくれないかね」

喜一郎がにやついている。その表情から遊所に行ったのだと察しがついた。そこがどんな処

であるかは分からなかったし、聞くことも憚られるように録之助には思えるのである。

「いや、言いたかったのは、そこからの帰り道のことでな。斬り合いがあったのだ。二人づれの薩摩侍が四人組の侍と吉原の大門をでたところで鞘が触れた触れないで争いになった。わしはこの四人のうち一人の顔を上野の山で何度か見たことがあった。四人とも彰義隊なのさ。薩摩侍の気合い声は鋭いが、四対二では勝てるわけがない」

「それでどうなったね」

興味津津といった又二郎の問いはとっさで早かった。

「あっというまに切り伏せられたな。二人の袖につけてあった錦の小布れをむしり取ると、芋侍が！　と叫んで走り去ったよ。相手が官軍兵だと分かって襲ったようだったな」

「やっぱり多勢に無勢ってところだよな」

又二郎に驚いた素ぶりは見えず、かえって得心したように言った。

虚空を仰ぎ一人頷いているが一体何を得心しているのだろう。やはり浪人を突いた話は本当だったようだ、と録之助は思った。

「江戸も怖えとこだね」

録之助は又二郎の横顔をちらと覗いてつぶやいたが、喜一郎からはもっと違う話を聞きたかったような気がしている。

「録、江戸というところはよく分からねえが、俺らには縁のないところだと思わねえか。田畑にとりついて米を実らせる。それが俺らの仕事だ。地べたがあってこそ生きていける。俺ら百姓っていうのはな」

又二郎がしかつめ顔で教訓めかして言った。

喜一郎の百姓としての分を越えた生き方を、義弟の録之助に吹き込んでいるようで、又二郎は少しばかり気が差したのだ。

「……」

江戸についてもっと知りたいのだが、百姓の分について言われるとそのとおりだと思う。又二郎にうながされた気がして、録之助は頷きを返した。

「いや、まったく縁がないとも言えないぞ」

喜一郎の顔にじわりとした精気が浮かんでいる。

「どういうことだい」

又二郎が眉根をぴくりとさせ、また何を言いだすのだと胡散臭げな目つきをしている。

「江戸は広いし面白いところだ。いろいろな話が聞こえてくる。相楽総三《さがらそうぞう》という勤王の志士がいてな、京に上ったらしい。京で動き回った末に、綾小路《あやのこうじ》という若い皇子さまを担ぎ出して東山道軍先鋒として江戸へ向かったということだ。相楽は年貢を半減するといってその旗を押し立てて進んだそうだが、何処へ行っても歓迎されたらしいわな」

「ふーん、半減か、ずいぶんと思い切ったもんだな」

又二郎の興味をそそったことに気をよくしたのか、

「話はそれで終わりじゃない。官軍の本営から偽官軍と断じられてな。三月に諏訪で討ち取られてしまったという話だ」

慌ただしく結末を述べたが、それは又二郎が胸中に抱いた感嘆を遮る内容だった。いつか父の文蔵も半減の話をしていたことを録之助は思いだした。噂であったとしてもどこからそんな話を聞いたのだろう。

年貢半減令は一月十四日に新政府から各地の総督に宛て通達された。そこには、従来の過酷な弊政《へいせい》に苦しんでいることに鑑み当年と去年の未納分について半減するとし、万民が王政に服し力を尽くすべきである、と記されている。幕府領と教順を示さない譜代大名領、旗本知行地などの百姓に向けて幕政からの脱却を促そうとするもので、万民からの支持を得ることに新政府は意を傾けたようであった。

戦地では通達に沿い布告が行われたが、旧幕府軍も半減の布告を行っていた。百姓の歓心をかうことで、兵糧の穀米を確保しようとしたのであった。

だが一月二十七日に半減令は早々と撤回されている。敵対していた西国諸藩の平定が予想のほか早く進んだことで、収税の基根をゆるがしかねない法は不要になったということである。

新政府は撤回についての通達は出さずに、戦地からの問い合わせに回答するという形をとった。

相楽総三という男は、勤王の魁《さきがけ》として一月十日に結成されて行軍を始めた赤報隊の、一番隊長であった。しかし二十日ごろから隊が行く先々で軍資金を強要しているという不評が京に届き始めた。すぐに帰還命令がだされ、担がれた綾小路俊実及び二番隊、三番隊は一月末には帰京していた。二番、三番のそれぞれの隊長も帰京後に成敗された。

相楽総三の一番隊は軍の案内役として嚮導《きょうどう》隊と称して、二月十一日においても帰還せず半減令の布告を続けていたが、新政府はこれらの行動を処断の名目としたのである。

不徹底にみえた通達撤回のやり方は秋を迎えた年貢収納期に、各地で混乱をもたらした。

「それで、半減というのはどうなったのだい？」

「いつのまにかうやむやになったようだ。ちょっと話がうますぎたわな」

それだけ言うと話を終わらせてしまった。田辺家を担う又二郎ほどに喜一郎の関心はそこにはなかった。

「五月に入ってからな、上野の山を攻撃すると立札がでたが、その日は五月十七日だと書かれていた。その前までは山をおりて山下の居酒屋に行くことも出来た。尾崎さんとはよく出かけたもんだ。俺も侍の形《なり》をしてな。ところが十七日だったのが十五日の朝にドカンと一発大砲の音がしてから続けざまに撃ち込まれた。そのあとは銃弾がどんどん飛んできてな」

「刀を差していても役に立たなかったということか」

「そういうことだ。味方の侍が弾に当たり大勢死んだよ。助ける余裕などなかった。総崩れになってとにかく山をおりろということになった。立っていると弾にあたるからな。どしゃ降りの雨の中を這うようにして鶯谷のほうへ逃げたのだ」

「尾崎さんはどうなったんです」

「本所にある徳川様御用の土木請負師の家で匿ってくれると聞いたので、尾崎さんとそこへ逃げることにした。ところがそこへ行く途中には腕に白布を巻いた津軽兵がいてな。見つからないように辻から路地を駆け抜けてなんとかたどり着けた。その家では秘かに船を使って散りじりに逃がしてくれた。わしを江戸川の河口にある行徳河岸まで送ってくれたのだ。いや、有り難かった。命拾いをした。そのときに尾崎さんと別れたきりなんだ」

「たいへんだったんだな。たしか流山に新撰組がきたのが四月一日だ。なあ録、あれがすべての始まりのような気がするな」

「そう言えば、そうだね」

「近藤さんも京都でずいぶん働いたらしいが、最後は板橋で首を刎ねられて、切腹はさせてもらえなかったとな。首が倒幕派の恨みが残る京に運ばれたっていうじゃないか。惨めなもんだな」

他人事めいた呟きに聞こえたが、どこかしんみりとした喜一郎の口調だった。世の中の状況は日々変わり止まることがない。己の立場を信じて働き、報われずに死んでいった者達は数知れない。豪農という近藤の出自が喜一郎には身近に感じられたのだ。御目見得《おめみえ》を許された身になっていながら、斬首という刑に処せられた。その末路を思ったとき、喜一郎の胸の奥に痛みがはしったのだろう。

「あの時いかつい顔の人が首領だと又二郎さん言ってたけんど、あれが近藤さんだったんだ」

録之助は馬上をゆく侍の貌《かお》を想いだし口にしたが、又二郎はだまって頷いたきりだ。

「俺はな、副長の土方さんだという人を上野の山で見たよ。二人の隊士をつれて頭取の渋沢さんに会いに来たらしかった。わしが隊に加わってすぐの頃だった。近藤さんの助命を嘆願しに回っていたという話でな」

「近くで見たのかい」

「ああ、しかし話がうまくいかなかったのか、すぐに出ていったな」

土方が渋沢を訪ったのは嘆願のためではなかった。加村の田中藩下屋敷の奪取が頓挫したことを知らせるためである。この計画は渋沢と旧幕府軍方との連携によるものであったが、それを知るのはごく限られた者だけであった。

「喜一郎さんは隊に加わって怖くなかったんですか。戦になるのがわかっていて」

「怖いもなにも尾崎さんに誘われたからには行かねば、と前から決めていたからな。尾崎さんの唱えることが理に適っていると俺には思えた。又二郎も分かっているだろうが親爺の代から年貢は変わっていない。それに凶作の年には先延ばしや減免さえしてくれたというわな。殿様からうけた恩に報いなければ人として起つことはできないだろうよ」

定免での年貢は田辺の家のような大百姓には都合がいい。飢饉に襲われても撥ね返す規模を持っているからなと録之助は思うが、父の文蔵の言ったことも胸の底にあった。検見役人らに贈る賄《まいない》の額と費やす手間を考えれば定免がいいに決まっているのだと。

——しかし。

唱えられた理とは一体何なのか。

録之助は喜一郎をつき動かしたという理屈を知りたかった。

「義兄さん、理というのはどういうことなんです？」

一瞬ぎょっとした喜一郎だったが、録之助の表情を確かめるように眺め、すこしばかりの沈黙をおいた。

「尾崎さんはな、昨年の七月に長州の兵から宮中を守ったのは会津の武士たちだ、と言うのだ。その十月には将軍が大政奉還をもしているではないか、とな。宮中に銃を放った長州の殿様が寛大な処置をうけながら、将軍である慶喜公と会津、桑名が逆賊の汚名を着せられている。こんな理不尽はありえん、とも言っていたわな」

小窓の外に目をやりながら答えたのだが、録之助のほうに向き直ると、

「まあ、しかしだ。わしとしても怖ろしくはあったがどんなところか行ってみようと思ったのだ。が、やっぱり百姓の行くところじゃないやな。名字帯刀を許すとか言われてやっとう（剣術）を習ったが何の役にも立たなかったしな」

告白したのであった。

それはつまり、喜一郎義兄さんは百姓に戻ってしまったということなのか。今までの自分の行動を悔いているのだろうか。

録之助がそのことを聞こうとしたとき、

「兄さん、そんな腰砕けでいて大丈夫かい。さんざ彰義隊に加わることを村じゅうに吹聴していたが、新政府に捕まることはないんだろうね。……家に累が及ぶのは困るんだ」

又二郎が持ち前の淡々とした口調ではっきりと告げた。

——えっ。

録之助は思わず彼の横顔を見た。いつも誇らしげに語っていた喜一郎に向かって言う言葉とは思えなかった。まるで田辺家の家長の伊兵衛のようなあからさまな物言いである。

「それを言ったら義兄さんの立つ瀬が……」

年下の自分が喜一郎をことさら庇うつもりで言ったのではない。又二郎の突き離したような言いかたが信じられず、とっさに出た本音だった。

「録、家のことに口を挟まないでくれるか」

又二郎がむっとした表情を浮かべ録之助を制してくる。

「でも、前はそんなこと、一言も」

「前は前だ。考えてもみろ。今わしらの殿様は天子様になったんだ。その言いつけに従わなくてどうする。違うか」

勘当されたと言っても実兄には違いないのにと録之助は思った。

だが、又二郎の口調が権柄尽《けんぺいずく》な伊兵衛にどことなく似ているような気がして、録之助は口を噤《つぐ》んだ。

本人も周囲も、死の覚悟を胸に畳んだ末の彰義隊入りなのだが、逃げ帰ってきてしまった。それに加え、近頃とみに新政府の力が強まっていることに、田辺の家では当主の伊兵衛さえ懸念顔をみせている、と重ねて又二郎が言うのである。

喜一郎は二人の顔を交互に眺め苦笑いした。

「いや大丈夫だろうよ。何しろ代官さまも上野の山に入ったんだからな」

弟の言うことを気にも留めないふうに言い放つ兄を、又二郎がすくいあげるようにして見つめた。

船戸村の田中藩代官所の代官須藤力五郎は同士七名と共に上野の彰義隊に加わっている、そう尾崎から聞いている、と喜一郎は言うのであった。

「本当にそうなのけ」

「ああそうさ、大丈夫ってことだ」

答えた喜一郎の表情には何の憂いもなかった。

あれは四月三日の朝だった。

官軍に向かい川沿いに飛び出した数人の歩兵隊が発砲した。それに続いて丘の上から尾崎が二発を撃った。狙いは官軍にではなく錦旗に向けた。距離にしておよそ四丁。

「命中するのは難しいが、これからの行動に弾みを付けるためのきっかけとして、引き金を引いたようなものだ」

尾崎が屈託のない笑みを浮かべて言った。

彼は喜一郎を伴い、船戸の代官所にもどると代官にそのことを報告し、

「このまま江戸に向かわせてくれ」

と請願した。代官の須藤は藩内の佐幕派として知られていて、このとき彼の脱藩を黙認したのである。代官に従った七人の出奔よりも早い翌四月四日に、二人は浅草本願寺の彰義隊へと走ったのだった。

自慢げに語る兄の表情を又二郎が瞬きもせずに凝視している。

五

十日ほどたち気持ちが落ち着いたのだろう、喜一郎が尾崎の身を案じ船戸代官所に向かおうと、牛小屋の梯子を降りたところだった。老僕の留造が、牛小屋の敷き藁《わら》に新しい藁を継ぎ足し、混ぜかえしていた。

「喜一郎さまはどちらに行きなさる」

「代官所へちょっとな」

「それは今しばらくはお止めください」

留造が顔を曇らせている。留造に自分の行動を阻まれたことは幼少時を除き、なかったことだ。勘当された身であり、父の許しが出ていないが暗黙のうちに牛小屋に寝起きしている。朝餉夕餉を運んでくれるのは留造である。有り難いと思うが、自分が田辺の家の長男として生まれた者であることに変わりはない。わずかだが苛立ちが心の隅に生じた。

おちつけ、と自分に言いかけ、

「なぜなんだい」

どうせ親父か又二郎の指図だろう、と思いながらもあえて聞いておこうと思った。

「お止めにならないと、困る方がいるのです」

やっぱりな。あやうく舌打ちしそうになった。

喜一郎の表情を読みとった留造が、遠回しに言うことで苛立ちを治めようとしている。子供の頃から自分を見てきた男だ。

「はっきり言ってくれないと分からないんだ」

俺はもう子供ではないぞ、胸裏の苛立ちが怒りへと膨らみ始めたような気がした。このとき自分の表情をじっと見ている、背の曲がった老僕の目が光ったようだった。

「では申し上げます。大旦那さまのところに下屋敷のお支配、竹内様から連絡が届いているのです。官軍に背いた者についての査問を行うように、と官軍の本営から達しがあったらしいのです」

「本当か？」

「はい、ほんの二日前のことだそうで」

「それで、親父はどうしろと言ったのだい」

「下屋敷か代官所に行こうとするようなら、やめさせるようにと」

そうだったか、思っていた以上に官軍は支配の網を確かにするつもりなのだ、と喜一郎は思った。

「わかった、今日は止す」

「明日も止して下さいまし」

わかったよ、苦笑した喜一郎は背をむけると梯子をのぼった。

しばらくすると留造が母屋《おもや》の方に帰っていった。喜一郎はしんとして誰も居なくなった牛小屋で考えを巡らせた。

糞尿の臭いで鼻の奥が痺《しび》れているような気がする。しかし馴れたとはいえ脳のどこかで、俺は牛馬ではないぞという叫び声がこだましている。

この場所を出なければ何も始まらない、という思念がちらちらと微光を放っている。

「船戸代官所はまだ佐幕派ばかりだろうな」

この思いこみが喜一郎の背中を押した。

深井から船戸まではおよそ一里ほどの道のりである。

日は中天から西に傾きはじめていた。畑中の畦に生える雑草を踏みしめ歩を進めた。深い緑に覆われた雑木林の間道を抜けた先に代官所がある。

冠木門をくぐり正面の右手奥にある勝手口に立った。

顔見知りの下僕に、尾崎のことを尋ねた。

聞いてくるといって奥に入っていったが、出てきたときは壮年の藩士を伴っていた。

その藩士には見覚えがあったが名はきいてはいない。

「尾崎は依然として行方知れずのままだ」

という。

喜一郎にとって不運なことは、本藩からの指図で代官所からすでに佐幕派が一掃されていたことだった。

喜一郎が尾崎と同行したことは、代官所の藩士等に知られている。

俄かには信じられなかったが、代官とともに上野に奔った七人の藩士が反省書を提出しているという。そのうちの一人が、尾崎と喜一郎が流山に来た官軍に発砲したことを明らかにしていた。

その場で喜一郎は捕らえられ、お調べが行われることになった。

官軍の錦旗に向けて発砲したことが質《ただ》された。

偶然ということほど怖ろしいことはない。尾崎の発した一発の銃弾が、錦旗に描かれた菊の紋章の端を貫通していた。東山道軍からは、錦旗を損じた不敬の輩が下屋敷に居るようなので直ちに調べ報告をせよ、との指図が江戸の駿河田中藩上屋敷に届いていた。

近藤勇にしても、流山で官軍に向け銃を撃ちはなったことに対し軍法によって糺《ただ》す、とされて連行されたのだった。

「自分もミニヘル銃を一丁持つように言われて丘の途中まで行きました。弾込めを手伝いましたが、撃つのを見ていただけなのです。狙いをつけての発砲は尾崎さまお一人で実行なされたのです」

喜一郎はそのときの様子をありのままに説明した。

だが元来百姓身分の男が、藩士である尾崎の行為にまで言及したこの言い様が不適切と思われたようだ。藩代官所の役人には、自分の罪を逃れようとする言い訳にしか聞こえなかったのである。

喜一郎が代官所から下屋敷の牢に移されたその日のうちに、名主、父親の伊兵衛、百姓代、又二郎らが下屋敷の白洲に呼びだされた。

伊兵衛が下屋敷の支配役と顔見知りであっても、官軍に背いた逆徒と見なされている男を見逃すほどの融通はきかなかった。

「これまでの当藩への貢献を考え、軍の本営にはお調べ中との返答をしていたのだが、本人がのこのこやって来てしまった。これを見逃しては、こちらの落ち度になってしまう。なぜ、家から出したりしたのだ」

お白洲場に入る直前、支配役から伊兵衛は非難めいた言葉を投げつけられていた。

「不出来な息子でまこと手前の不行届きでございました。ですが竹内さま、あれはやや軽躁なところがありはしますが、人様に銃を向けたりする者ではないのです。そんな恐ろしいことは出来はしない。不逞の浪人を追い出す際などいつも次男が出張るような塩梅なので。やっとうの腕にしても竹刀を振ってのこと。刀を腰にさしても抜いたこともないのです。本営に送るというのは、あまりに厳しいなされようではございませんか」

伊兵衛は小声ながらいつもに倍して言い募った。

「そうは言うが、錦旗を傷つけたことは大変に重く問い質されることになるのだ。天子様の御旗だからの。尾崎がやったと言っているようだが、ただ銃を持たされただけだ、となぜ言わなかったのだ。弾ごめをしているからには銃の扱いを知っていることになる。尾崎のせいにしたと思われても仕方がなかろう。それでなくとも、我が藩は早々帰順していたのに脱藩者を出した。これが官軍に知られていてな。どう対処するか苦慮しておる。脱藩を唆《そそのか》した代官を捕らえよと命じてあるがまだ見つけられん。そのこともある。官軍からの命は疎《おろそ》かにはできぬ。そういうことだ」

そう言うと支配役はお白洲に入るよう伊兵衛を促した。

常々抜け目なく冷静な言動を旨としている伊兵衛だが、息子に対する己の甘さを思い知らされた気がした。

お白洲では家長としての責を糺《ただ》された。

「田中藩領二町三反歩を耕作し村役人を承る我家が、村の差配に関わるのはもちろんの事です。しかし天下の御政道に関わることなど、今までもこれからもありはしません」

このときばかりは声高に言い張った。さらに、

「ここにいる喜一郎が、四月四日に彰義隊に加わるといって出ていく際に、縁者と村役人の衆を煩《わずら》わせて勘当届を書き、親子の縁を切っているのです。お代官所の許しも得てございます」

人別からも外されていてすでに無宿者だと。

すでに徳川の世が終わっているにもかかわらず、田辺の家にかかわりのある人々が連帯して咎をうけるのではないかと慮り、それを回避したのである。


——おやじは。

ああ言うしかなかっただろうな。覚えの高札も読んでいたことだしな。

薄暗く蒸し暑くもある牢のなかで喜一郎は呟いた。

尾崎さんはこうなることを見越していたのだろう。だから帰ってこなかったのだ。七人の藩士が全員で恥ずかしげもなく反省書をだしたというが……。あの人たちは武家の世が続くとでも思っているのだろうか。反省して旧《もと》の鞘へ収まるつもりだとしたら、ずいぶんと気楽なことだ。……では俺はどうだ。百姓を棄てたが勘当された実家の牛小屋で暮らしていたではないか。人のことなど云々できはしない。俺こそ大甘で間抜けな男だ。

自分をつきはなすことで、肩の力が抜け、少しばかり己を取りもどしたような気がした。

――だが。

それだけでもない。

世の中が大変な勢いで変わるとしたら、この先を生き残るために右顧左眄《うこさべん》したとしても誰が咎めることが出来るだろうか。誰にも胸にひそめた矜持はある。自分が得心してそれと折り合えれば、武家であろうと他の何者であろうと変心は許されるにちがいない。と言ったところで無宿の俺には反省書をだす先がない。それどころか錦旗に発砲した咎人だということになっている。村役人の長男だったということで首がつながっているに過ぎないのだ。そのへんを徘徊する無宿者だったら今ごろ生きちゃおれなかったろう。

喜一郎は己の置かれた立場が容易なものでないことを嚙みしめたのだった。

一瞬ぬるい隙間風が吹きとおり、牢の外柱につるされた蠟燭の炎がゆれている。

六

お白州のあった翌日、録之助は田辺の家に行き、又二郎からその時の様子を聞かされた。家に帰れば当然のこととして、逐一を包み隠さず家族に報告しなければならない。

「類が及ぶのを防いだのだろう。しかし勘当したとは言っても長男にはちがいない。そんなふうに言うのも、本音とすれば辛いところだったろうよ」

文蔵が父親としての想いを察して横にいる妻のみつに囁いた。

「それはそうだろうね。だれがじぶんの子を咎人《とがにん》にしたいものか。しかし普段の伊兵衛さんというのは自分の都合ばかりの人だからさ。村の衆も黙ってみていただけじゃないのかい」

代官所へ訴願して喜一郎を救おうと村人らが集まることはなかった。伊兵衛の性格だけでなく喜一郎の今までの言動も影を落としていたのかもしれない。

きめつけるように言うみつの顔を、文蔵がはっとした表情をして覗いた。

あのことを忘れてはいないのだ、と録之助は思った。姉の加代が又二郎との最初の子を流産したときのことだ。

「よくあることだ。悔やんでもしょうがない。次はしっかりと丈夫な子を産めばいいのだ」

伊兵衛さんは姉を励ますつもりで言ったのだろうが、腹の子を流したことで嘗めた苦汁を、あまりにあっさりと温か味のない言葉で片づけてしまった。親爺もきっとあの時のことを考えているに違いない。

伊兵衛の云い様を後から聞いて母は内心怒りを覚えたのだ。

「親戚とは言っても、肉親ではないからな」

かつての母の呟きが録之助の脳裏によみがえってきた。

しかしその実、みつの怒りは別のところからきていたのだった。

昨年の九月末、大雨が深井や流山を襲った。みつの実家のある裏山が崩れ、土砂が田畑を洗い流した。その後に大きな困難が待ち受けていた。大規模な山土の流出は、土地の姿を歪め変貌させ、土地の境界が見極められなくなっていた。

実家の田畑は大雨以前には伊兵衛と三反百姓の権三とに挟まれるように存在していた。今年の耕作に向けて田地の回復を代官所役人立ち会いのもとで行えたことは、ことが前に進み喜ばしいことではあった。しかし家を継いでいる兄夫婦が、近頃声をひそめてみつに言うのである。

「どうも、伊兵衛さんのほうに持っていかれたようだ」と。深井は定免制の年貢である。みつの両親が長年かけて少しずつ広げた田が、この計り直しでもとの広さになり、どうみても伊兵衛のほうに広くとられてしまったようなのだ。

文蔵に実家の有様を告げようとしたこともあったが、幸か不幸か采女は新田ゆえに隠し田を作れる余地はなかったし、遵奉《じゅんぽう》で小心な質《たち》の彼に、その手の話をすることはやはり憚られた。

みつの胸の底には、言うに言われぬ屈託が、澱となって沈んでいる。

板橋に駐屯していた東山道総督府は五月十九日には江戸に移っていた。田中藩下屋敷から江戸の総督府に送られ、喜一郎は調べられることになった。

五月末日、縄を打たれた喜一郎が矢河原の渡しから、小者二人、役人二人に付き添われ、江戸川を下ろうとしていた。

一声だけでも呼びかけて励まそうと、又二郎と録之助は渡し場で待ち受けていた。

縄付きのまま喜一郎は船に乗りこんでいった。

「兄さん、待ってるからな」

声をかけた又二郎に気づき、俯いていた顔をあげてわずかに頷いた。録之助にも視線をちらとよこしたが、それだけだった。いつもの笑顔を浮かべることもなく青ざめた表情のままの喜一郎が、録之助には痛々しかった。

——大丈夫。

きっと帰ってくる、合掌し口に出して祈ったが、それは心の内で膨らんでいる黒々とした不安を鎮めようとするためのものだったかもしれない。

ねっとりとした風がかすかに吹き、梅雨の季節が近づいていることを感じさせる。昨日中降り続いた雨で江戸川は普段より増水していた。

川の中ほどに漕ぎ出したあたりだった。

船の中央、胴の間にいた喜一郎が、突如立ち上がると、倒れ込むように川に身を投げた。おおきな飛沫があがり船が左右に大きく揺れた。乗り合わせていた誰もが船端をひしと摑んだ。河水は黄色く濁っている。揺れる船の中で小者の一人が咄嗟に手を伸ばし、縄の端を摑みかけたが、わずかに遅れた。

だれにも止められなかった。ほんの一瞬のことだった。

流れは速い。一度浮き上がったが、すぐに沈んだ。

早く追え、という役人の声が聞こえた。だが喜一郎の姿は川面のどこにも見えない。

「おまえ達も川沿いを探すのだ。縄打たれていて泳げまい。すぐに行け、急げ」

川岸にただ呆然と立っていた二人に向かい役人が怒鳴った。

たった今起ったことが録之助には現実のものとは到底思えなかった。役人の怒鳴り声で我に返った。

「又二郎さん、早く見つけないと」

茫然自失している又二郎を促し、録之助は江戸川べりを小走りに下りはじめた。

梅雨の晴れ間で蒸し暑く、焼け付くような陽差しが容赦なく二人の頭上に降り注いでいる。息を大きく吸っては吐き出しながら一里ほど川端を下った。

役人達をのせた船は川の早い流れに抗《あらが》えないのか、はるか先の川筋の中で黒い点と化していた。

「あそこになにかある」

録之助の指さす先にわずかだが白くゆれるものがある。

三丁ほど先の松戸宿納屋河岸の手前だった。河岸には三艘の荷足船《にたり》が繋がれていた。

生い茂った葦の間に喜一郎は漂っていた。細波に揺れながら俯けに静かに浮かんでいる。もうすでに息はしていないようだ。又二郎がつかつかと進み、葦をかきわけ腰まで水につかりながら喜一郎に近づいていった。録之助も後に続いて川に入り二人して喜一郎を土手に引き上げた。

「なんだよ兄貴、なさけねえな」

又二郎が座り込み、惚けたように喜一郎のざんばら髪の頭をかかえている。

「こんなになっちまって。……まっとうに百姓をしていりゃこんなことにはならなかったろうに」

又二郎の頬をつたい幾筋かの滴が流れおちた。

大八車を借りてくる、と言って録之助は近くに見える防風林に囲まれた百姓家に小走りで向かった。稲田に囲まれたその家はまるで緑の大海に浮かんでいる小島のようである。

――戦なんぞに。

百姓が首をつっこんじゃいけなかったんだ。

名字帯刀が許された家だから、百姓より上の生き様を知ろうとしたせいか、いや、尾崎という侍と出会ったからか、……いずれにしろ喜一郎さんの行動に本音があったとしても、俺などに分かるはずがなかったということだ。

録之助の胸に去来するものは、言いようのない無力感だった。

手足を交互に動かし歩んでいるが、あわあわとしていて現実であるようには思えない。又二郎のように悲哀にくれることもなく泪が頰を伝い落ちることもなかった。

喜一郎さんは世を済ませてしまったが徳川の世も終わった。世が変わるということは、世間の人も俺自身も変わらなくてはならないということなのだ。

自分にはまだ分かっていない世の中の仕組みというものが多々あるはずだ。そればかりか新しい仕組みができ新しい生き方も必要になるだろう。

形の定まらない暗雲のような塊が沸々と録之助の胸の内に湧きあがってきた。

「俺は変われるだろうか」

と口にだしたとき脳裏にある思いが浮かんできた。

喜一郎さんは報恩のためと言ったが、本当は五榜の第五にあるような変わろうとする時代の先の方を見ようとしたのかもしれない。もし変われるならば、変わってみようと奔《はし》ったのかもしれない。

――俺も。

義兄さんみたいに。

録之助は無性に走りたくなった。思い切り駆け出した。

だがしばらく行ったところで息が切れ、立ち止まるとゆっくりと歩き出した。大きく息をしながら喘《あえ》ぎを鎮めた。

「ひょっとして義兄さんは自分のしてきたことに喘いでいたんだろうか？　それを収めようとして……」

録之助の独り言が途切れた。

季節外れの炎暑が録之助を包み込んでいる。

暑い。喜一郎義兄《にい》さんはこの暑さも感じられないし、これからを考えることもない。そう思った刹那、上野の山から帰ってきた日の面影が浮かんだ。あの数日後に牛小屋で生き生きと語っていた義兄の骸《むくろ》だけが、今残っている。

あの時まるで又二郎さんに叱られているような具合になって、恥ずかしげな顔をしたが……。三人で膝を突きあわせるようにして語り合った日の光景が甦った。初めて聞く江戸での話に心が躍った。もうあんな日は来ない。終わったのだと思った瞬間、第五札を解き聞かせてくれたときの喜一郎の声がした。

「誰でも道理を建言できるような世の中が本当にくるのだろうか」

義兄は疑問を口にしたきりで意見らしきことは言わなかった。

「容易ではなかろうがきっと変わっていくのだろうな」

半ば得心して自分自身に向けて呟いたようだった。

いつもの笑顔の奥に今までの思いも、これからの考えもすべてが渦を巻いていたにちがいない。

今までとちがう世がくる。どう違うか俺にはまだ分からない。

喜一郎義兄さんは百姓を抜け出した末に、戻ろうとした。が、叶わず、この世を軽々と蹴って跳び、逝ってしまった。

どんな世になろうと百姓は地べたから離れたら生きていけない。それは俺にだって分かる。

――そうだ、きっとそうなんだ。

俺ら百姓は、地から生える作物と同じように、地に立ち続けるものなのだ。

そうにちがいねえ。録之助は己が何者であるのかようやく得心できたような気がした。

目の前に百姓家が近づいてきた。欅《けやき》と槙《まき》で囲まれた防風林の日陰に辿り着いたとき、額の汗とともに胸の暗雲も薄みを帯びはじめていた。たれ込めた雲間にわずかに碧空がのぞいている。

いもじの御一新

一　鋳物師《いもじ》

平造は陽の差し込む中庭に立ち、澄み亘る五月の空を見上げた。

「この先どうなってしまうのだろう」

ぽつりと独り言ちた。御鋳物師椎野伊予の屋敷は半蔵御門に程近い麴町にあった。伊予は平造の伯父にあたる。隣家の桜の巨木が青々とした葉群を茂らせている。濃い緑が、明るみを帯びた春の碧空に映えて清々しかった。子供の頃にはその木に登り、お堀に劃《かく》された城内の甍《いらか》の群を眺めたものだった。

祖父椎野土佐の代から続く二百坪ほどの屋敷内には、伊予の一家四人が住まいする母屋と、平造と母の千早《ちさ》が暮らす別棟があった。平造の父安房は伊予の実弟であるが六年前に病没していた。伊予、従兄の藤兵衛そして平造、二人の通い職人らが共々に神田鍋町にある作業場に通っていた。

慶応四年（明治元年・一八六八）は混沌の中で慌ただしく幕を開けた。一月に鳥羽伏見で幕軍が敗れたことが江戸に伝わると、

「徳川様が薩長に負けちまったというじゃないか。世の中どうなるのだ」

戦火への不安が江戸の人々の間に澎湃《ほうはい》として沸き起こった。

「どうなるなんてもんじゃなかろうよ。薩長が江戸に攻め寄せてきて戦場《いくさば》になっちまうらしい。南や西の言葉もろくに通じない田舎兵が皇子さんを担いでくるってことだわな。まったく怖ろしい話だ。はやく逃げ出さないと酷い目に遭いそうだ」

官軍となった薩長軍が有栖川宮親王と錦旗を押し立てて京都を発ったことが伝わってきた。巷に流れる官軍の動きぶりを耳にして右往左往するのは町人ばかりでなく、家財をまとめ知行地に逃げ出す旗本さえいた。

文久二年（一八六二）に参勤交代が緩和されて以来、外様大名の妻子らが国元に引き上げ江戸の人口が減る一方で、足軽、中間など暇をだされた者達が増え続けていた。元治二年（一八六五）参勤交代は旧に復したが流れは止まらなかった。治安は悪化するばかりで、追い剝ぎ、押し込みなどの賊徒が跋扈《ばっこ》していた。

幕府の開闢《かいびゃく》以来、連綿と蓄積された年月が江戸にはある。そこに生きる人々が日々の平穏な暮らしを望んでいても、解き放された時代というものは留まることなく変貌をとげ、胎動を続けていた。

大転換の只中で平造の胸裏に、秘かな期待のようなものが芽生えはじめていた。今年十七になった。もう子供というわけではないが、十分に大人であるというには今ひとつなりきれてはいない。

世がどうなっていくのかおそらく伯父上にもはっきりとは分からないだろう。この家の世過ぎはどうなるのだ？　いつまでも厄介になっていていいのだろうか？　この後も同じ鋳物造りの仕事が出来るなら……ぜひあれをやってみたい。

昨年の二月ごろ江戸湾で見た記憶が蘇ってくる。薄墨を刷いたような霧の中に黒い洋船が停泊していた。前方と後方に二本ある帆柱に帆は上がっていなかった。船の中央からやや後方にある楕円をした筒先が天に向かい突き出ている。筒のてっぺんから黒みを帯びた煙がゆるゆると上っていた。舷側には三つの砲門が見え、船の長さは十丈（三十メートル）ほどある。しばらくするうち、滑るように江戸湾を進み始めた。水夫《かこ》が乗り組んでいるが漕ぎ手は見当たらない。一筋の航跡と、ねじれながら消えていく煙が海上に残った。

「おいっ、見たかよ。おそろしく船足が速かったたな」

霊岸島の岸辺で見物している野次馬の間から驚嘆の声があがった。

無駄のない船の形と流れるような速さの残像が、平造の脳裡にも鮮やかに焼き付いたが、その蒸気船を見たのは一度きりだった。

「動く鋳物か……」

大寺に据えられる大灯籠や時を告げる鐘も、意匠と出来具合によって鋳物師の腕の程を示すものとなっている。江戸の随所に配されたこれらの鋳物は、意識されることもなく日々の暮らしの中にとけ込んでいる。

だが近頃、鋳込んだそれ自体が蒸気により力を発揮し動き出す〈機関〉というものがあるという。煮炊きする釜から吹き出す蒸気が平造の脳裡に浮かぶ。それで物を動かすなど考えもつかない。実際それで船が動いているという。どんな仕組みなのか？　平造の頭の中で想像を超えた形をなさない鋳物の塊りが動き回っている。平造にはそれが何ものにも代えがたく力強く輝いてみえる。

伯父の伊予はこのところ息子の藤兵衛を伴い頻繁に外出を繰り返していた。その度ごとに顔を曇らせ帰宅することが多くなっていた。伯父は痩せてはいるが、片肌脱ぎで作業をするときの引き締まった体つきは六十に差し掛かっているようには見えなかった。

居間に集まるようにとの声がかかったのは、昼を過ぎたころだった。

この日は、三番丁の御家人若森達一郎に嫁している美緒も呼ばれていた。女だけの外出は危険だということで達一郎も同行していたが奥の客間で待つという。椎野家の内証に関わる話に遠慮した形だった。美緒の隣に藤兵衛の妻しげも慎ましやかに控えている。従姉にあたる美緒は平造より二つ年上だが、以前と同様、童女めいた可憐な様子に変わりはなかった。

幼いころから同じ屋敷内で過ごしてきた。年頃になって、胸のうちに美緒への近しさばかりでなく、好意以上の想いのようなものが蠢いていることに気づき、密かに当惑したことを平造は覚えている。時を経るうちにその想いは心の底に封印されていった。今ではそれを取り出し含味することはなくなっていた。

平造の胸にかつて抱いた甘い思いが一瞬湧き上がったが、すぐに消えていった。

床の間を背にした伊予が腕組みをして瞑目している。妻女の喜久から全員集まったことを告げられると、組んだ腕をおろし一同を眺めまわした。おもむろに咳払いをひとつすると、口をひらいた。

「これから言う事をよく聞いてくれ。……江戸城が新政府に引き渡されたのは知っているな。しばらくすると天子さまが京からお越しになるという噂もあるようだ。つまり、もう幕府御用に何の力も価値も無くなるということだ。当家として今後の身の振り方を考えていかねばならん事態となった」

世の趨勢と家の現状から話を始めたが、心なしか声に力がない。来るものが来てしまった。いつかその時がくるだろう。平造ばかりでなく誰しもが、口には出さずとも感じていたことだった。

「これから椎野の家はどうなるのでしょう」

喜久が懸念を滲ませ問いかけた。

「我が家は神君家康公に請われて三河を出て江戸に参った。その後二百五十年あまりの間お仕えしてきた。初代の伊予《いよ》二代目の兵庫と代々が鋳物師として梵鐘や灯籠を鋳《い》ることに心血を注いできた。初代は日光に御座《おわ》す東照大権現様の墓所の門扉と二頭の獅子を鋳られておる。他に比することなき見事な出来映えなのだ。これら誉れある仕事ができたのも、腕を見込まれた幕府御鋳物師であればこそだ。ご先祖さま方の弛《たゆ》まぬ精進に心より礼を申さねばなるまい」

わずかに低頭した伊予の面ににじわりと屈託のかげがにじんでいる。

「それにしても昨今の世の流れの激しさだ。……今日明日にでも幕府がなくなってしまうことなど、考えるだに畏れ多いことだった」

ゆっくりと手を伸ばし筒茶碗を口にもっていった。居間からみえる中庭の置き石に明るい陽差しが照りつけている。

「水戸で謹慎されている上様だが、どうやら駿河に退かれるということのようだ。従う方も多々おられるという。同道することも考えたが、おそらく仕事をするに容易な場所ではあるまい。江戸こそが日本の中心であることに変わりはない。天子様がお越しになればなおさらのことだ。……今だから言うが、かなり以前に西国のある藩から話はあった。だが幕府御用を長年承《うけたまわ》っていた当家が、はいそれではというわけにはいかないのだ。藩に来て鋳物師の腕を揮《ふる》ってくれという。立場があると言ってお断りしたが」

伊予は悔いているのではなかった。幕府御用の鋳物師としての矜持を改めて思ったのだ。

「父上、我が家はこれからもここに住まうことができましょうか」

藤兵衛が沈黙をやぶり言おうとしたことは、城に近いこの地に元幕府御用の鋳物師が住み続けられるかという懸念である。

「そのことだ。すでに空き家もあちこち見かけるが、おそらく大きく様変わりするだろうよ。この辺りは幕臣が住まう拝領の武家地だからな。新政府に仕えて残る方々も居られようが、徳川様にお供し引っ越される方も多かろう。だがな徳川様にお暇を頂いて、そのまま新政府に仕えるというのもあまりに節操のない話だとわしは思うている。……高々二十四俵を頂く御鋳物師にすぎないが二百五十年もの間お世話になったのだ。駿河にお供できぬ代わりとしてこの地を去ろうかと思っている。」

話の核心を口にしたせいなのか、しばらく伊予の表情に滲んでいた屈託が薄れ、普段の平静さをとりもどしたかのようにみえる。

「どちらに越すのです？」

喜久が不審げな表情をして畳みかけた。そんな場所がどこにあるのかとその表情が語っている。麹町は慣れ親しんだ土地である。

「武蔵に川口という地がある。あまり聞いたことはあるまいが、二十年近く前から、鋳物師が集まっている場所なのだ。この前、様子を見てきた。町というほどではないが確かに鋳物屋が多く暮らしていた。……土地の手当もおよその見当をつけてきた」

突如、喜久の眉がつり上がった。

「土地の手当？　何の相談もなしに決めてしまわれたのですか？」

「だから、こうして相談しているではないか」

「町というほどではない、ということはどんな具合なのです？」

「お江戸には比べられんということだ」

「そんなこと、当たり前でございます」

藤兵衛が険悪な空気を和らげようと、

「母上、一度、私と一緒に川口を見に参りましょうか」

と言ったが、仕事に一途な伊予と江戸好きで少々見栄っ張りな喜久、この二人の性分を心得てのことだ。

「お前達も川口に参るであろう？」

伊予が気を取り直すようにして、千早と平造に問いかけた。

「ありがたく、ご一緒させてもらいます。ねえ、平造」

千早が平造に返事を促している。平造は迷った。ここで言うべきかを咄嗟に考えたが、いまこそふさわしい時と場であるように思えた。母の意に沿えないことは重々承知している。

「伯父上、母上、どう申し上げたらよいのか、迷っています。父が亡くなって以来六年もの間、ひとかたならぬお世話を頂き、誠に有り難いことと思っております」

胸のなかで詫びながらきりだした。常日頃抱いていた思いだった。

「どうしたのだい。お別れの挨拶のような事を言って」

平造の物言いに慌てた千早のいくぶん気色ばんだ口調だったが、それを遮るように伊予が手で制した。

「言いたいことがあれば、言うがいい。遠慮はいらん」

形を改めると平造は伊予に向かい低頭した。伯父御はおそらく聞き届けてくれるだろうという予感のようなものが平造にはあった。

「この家で鋳造を手伝わせていただき、未だ五年ほどのかけだしにすぎません。ただこの期であればこそと思い、ときたま夢枕に現れるモノに関われないかと思っているのです」

「こんな大事なときに、いったい何をいいだすのだえ」

とがった声をあげた千早に、伊予が頷きながら目線を送り、

「いいから続けなさい」

と促した。平造は千早の強い視線を感じた。その刹那、あの形の定まらない動く鋳物の塊が脳裡を過ぎった。

「生意気を言うわけではありませんが、……船を造る仕事に関わりたいのです」

咄嗟だったが胸の内に抱き続けた思いを口にできた。

伊予がまじまじと平造を見つめている。驚きでもなく懸念でもない。どちらかといえば腑に落ちたような表情をしている。昨年のこと平造から蒸気船について問われたことがあった。なぜ蒸気で船を進められるのかと、その動力について聞かれたが答えられなかった。それを今思い起こしていた。新しい時代は外からばかりでなく、家の内にも直《ひた》と到来していたのだ。

「お前はどう思う」

伊予が藤兵衛に視線を移し、当然のことのように訊ねかけた。

「気儘な夢と言ってしまえばそれまでのこと。しかし家《うち》には船を造る技も規模もありません。世間に出て仕込まれるということになるのでしょうが。平造、その覚悟があるのか？　外に出ればおまえを助けることは出来ん。わしは椎野家を守らなければならんからな。しかし父上、平造がたって望むというならば認めてもよいのでは」

従兄とはいえ平造より一回り年上。冷静な質《たち》で物心つく頃から実の弟のように面倒をみてくれた。

「覚悟はしているつもりです」

平造に迷いはなかった。伊予が得心したように大きく頷いた。

「千早どのいかがかな、平造の願いを認めてやれんだろうか。分かっているかもしれんが、幕府御鋳物師としての仕事も賄方の支配に移って以来細々《こまごま》しいものばかりでの。鐘やら灯籠やらは十分すぎるほどあり、新たに作るということは近頃なかった。あっても修理が主だった。ご先祖様方は関東一円にその名を残すことができたが、わしにはその機会がなかった。修理で名を刻むことなど出来はしない。ただ一つだけ自慢できるのは、日本橋の中柱の擬宝珠《ぎぼし》を一冠つくったことだ」

擬宝珠は橋の柱頭につける宝珠の飾りをいう。

伊予が、唯一の自慢話に入ろうとするのを喜久がひきとり、

「十冠ある擬宝珠のうち万治元年の兵庫さまのものが四つ、兵庫さまの名だけのものが二つ。

あと四つが無銘なのですよ。旦那様の擬宝珠はお城側の中柱に、兵庫さまの一つが魚市場側に被っているのです。私はね、日本橋に出る度に、旦那様のものと兵庫さまのものに触ってくるのが楽しみでねえ。お江戸、いえ、日本の中心ですもの日本橋は」

椎野家の自慢を自分のことのように口に上せた。苦笑を浮かべた伊予が喜久の様子を眺めながら再び茶を一口啜ると、

「あらたな仕事への望みは聞いたが、なにか当てはあるのか？」

平造のほうに向き直り話を戻した。江戸湾で船を見たとき周囲の大人たちが交わしている話を平造ははっきりと記憶していた。

「石川島という幕府の造船所があると聞いています。そこで働く術《すべ》はないものかと」

幕府御用を長年務めた伯父の人脈に縋《すが》れないかと思ったのだ。

「意中はやはりあそこか……（しかしあれは、この後《のち》も存続できるものだろうか）」

石川島造船所は嘉永六年（一八五三）に幕府の命《めい》により水戸藩が創設した。西洋の技術をとりいれることに励んだ結果、十数年後には、この時代の最先端といえるスクリュー船〈千代田形〉を建造していた。明治を迎えて新政府に移管されることになったが、国内の混乱は杳《よう》として収まらず、捨て置かれる状態が続いていた。

翌日、伊予はかつてより知遇を得ていた幕府の元軍艦奉行・勝海舟に頼みに行った。千代田

型の機関部を設計製造し、幕府の軍艦頭取を務めた肥田濱五郎に平造を会わせるためである。

「いいよ。どうってことはない。あすこは国にとってますます必要となるだろうからな」

勝は言い、二つ返事で紹介状を書いてくれた。気っ風の良い江戸気質の男だった。伊予にすれば大転換のただ中若い甥っ子が、椎野の家では造ることの出来ない物を鋳るために世に出たいという、その心意気こそ褒めてやりたいと思った。口をきくことで新たな門出への餞《はなむけ》としたつもりなのだ。

平造はこの年、晦日も迫る頃に工手見習いとして入所を叶えた。

二　土手三番丁

平造の従姉椎野美緒が嫁したのは慶応二年（一八六六）、十七歳の時だった。相手は、市ヶ谷御門にほど近い土手三番丁に住まう百二十石取りの御家人、若森達之介の嫡子達一郎で五歳年上である。達之介が外出の折、麹町の通りで美緒を見かけ、人となりを仄聞したうえで嫁にと請うた。若森家の冠木門《かぶきもん》を出てすぐの土手先には、満々と緑水を湛えた江戸城の外堀が、細波をたて悠揚とした姿をみせている。

実家である麹町の家が川口に移ることを決めた親族の集まりに、美緒も呼ばれていた。

「美緒さん、さっき伯父さんが言っていたが、椎野の本家もこれからが大変になる。若森様のほうはこれからどうするのだい」

椎野家の当主である実父椎野伊予の話が終わったとき、達一郎はすでに表に出ていた。帰り支度を始めた美緒に平造が話しかけた。

「義父さまも旦那様もお出かけが多くて、これからの事についてはまだ何も話しては頂けないのですよ」

平造のなにげない問いかけに、美緒は嫁ぎ先の状況をありのままに告げた。

季節のわりに陽差しが強く、門を出たあたりでおもわず美緒は空を見上げた。麴町のうえに藍色をした空が広々と続いている。

「美緒さん、達一郎さんがいるから安心だけれど、今どきどこも物騒だから気をつけて」

「平造さんも息災でね」

見送りのため門口の日なたに立ちつくすその時の平造の姿が、美緒の脳裏に焼き付いている。

椎野家の集まりから十日ほど経った頃である。ふた月ほど前から、義父の若森達之介が頻繁にあちこちへと出かけていた。

その日の午後も外桜田の旗本を訪ねていて、夕刻すぎに顔を赤くし酒の匂いをさせて帰宅した。

「わしはここ数ヵ月いろいろきいて回っておったのだ。いや、まことに疲れた。それというのも御家の方針が明確に示されんからな。しかしそれはまあ当然といえばその通りなのだ。賊軍となり御殿さまが恭順しているわけだからの。これからについては新政府の意向というものがあるしな。だがようやくにして見えて参った」

小女《こおんな》の多恵に、茶がなくなっているので持ってくるように言いつけると話を続けた。

「三つの道が示されるらしい。まず一つには新政府に仕えよということだ。なるべく多くの幕臣に勧めておる。それというのも駿河の身上はたった七十万石しかない。以前の石高の二割にも満たぬ高なのだ。つまり本音は駿河に同行する家臣を減らしたいということだろうて」

達之介がいったん話すのを止め庭先を窺うような素ぶりを示した。

「それとな、新政府側は江戸に残った武家の幕府贔屓《ばくふびいき》を自分の側になびかせたいと考えておるようだ。なかなかの策士がおるようでの、上野の山から彰義隊を追い払った勢いもあるのだろうが、布告には誓紙を差し出せば本領を安堵するとあったわい。朝臣になれば土地屋敷は召し上げない、という方針のようなのだ。禄米と住まいするところがあればひと安堵できるからの。禄もこの場所も徳川様より拝領したものだから、持ち主が変わればその方針に従わなければならぬというわけだ。……最後の道は、徳川様にお暇を頂いて、農業か商売をせよということのようだ」

話を聞いていたのは達之介の妻女満枝と達一郎、美緒だが、聞いたばかりの道すじについて思案など容易に出来るわけもなかった。

鋳物師の家に生まれ育ち、裕福な暮らしではなかったが、食を切らすような切羽詰まった経験など美緒にはなかった。かえって嫁入った先の若森家のほうが質素な暮らしで、初めは戸惑ったりしたものだ。先代が残した蓄えと禄米、倹約を旨とする暮らしで御家人としての体裁を保っているのだが。おそらく、今よりももっと厳しい暮らし向きになるにちがいない、そんな懸念が美緒の脳裡を掠めていった。

「父上、当家としてどの道をとお考えですか、お聞かせください」

達一郎が問うたが、かれの胸裏にひと月まえのことが甦っていた。

上野の山に行かぬか、彰義隊に加わろうと誘ってきた斉藤道場の朋輩安岡林太郎の思い詰めたような眼差しが達一郎の胸に浮かんでいる。考えあぐねて父達之介に安岡の誘いを漏らした。「犬死にする気か、止めておけ。若森の家はどうするつもりだ」それが答えだった。「幕府はすでに沈んだ船だ。上野の山に集まっている者達にしても船を引き上げることなど出来ないのは分かっている。船を沈めたそのやり方に腹を立て徒党を組んでいるのだ。少しばかりの手当が出るので御家人の次三男が結構いるというのだが、そんな場所に行く意味などどこにある。そう思わんか」とも言った。ひと月前外出からの帰路でのことだった。今、妻と嫁を前にして、父子の間で交わされた話のことなど達之介はおくびにも出さなかった。

「貴方、新政府では無役の幕臣でも受け入れるということなのでございますか」

義母の満枝は旗本御家人が集住するこの地で生まれ育ち、義父の達之介が若森家に婿として入った。若森家は遠い昔この土手三番丁の地を拝領したと美緒は聞かされていた。

「そのことだ。あるお方の話では、駿河で強く求めておる職分があるらしいのだ」

「職分といわれますか。それはどのような職なのです？」

「そのお方の言うには、財政や家政を扱う役人を藩は必要としている、とな」

「若森家の先代は支配勘定役をしておりましたものを。真にもったいないことを。あの騒動に巻き込まれさえしなければ」

満枝が口惜しげに呟きを洩らした。

「今さらそれを言ってもはじまらん」

夫の達一郎が一度、そのおおよその経緯を話してくれた。天保のころ高名な砲術家が讒訴《ざんそ》され投獄された。これ以前、親しくしていた知人に誘われた先代はこの砲術家のもとを幾度か訪れていた。事件後、南町奉行所から連絡があり上司の組頭から問い質されたがお叱りを受けるにとどまった。日頃の忠勤が認められたというが、お役は辞さなければならなかった。

「だが御家にしても付き従うという家臣を無下に拒むことはできまいよ。半数の幕臣が行くとして、そんな大所帯ではたして暮らしが立ち行くものなのか。……まあ、おそらく難しかろうな。それに江戸を離れるというのも難儀な話だ。そう思わんか」

と言うなり達之介が満枝をじろりと一瞥した。小普請組という名目上の組に属しているだけで、実際の仕事に就いていなかった。新政府への仕官を願ったとしても、採用されるか否か定かではない。第三の道にしても、江戸生まれの江戸育ちの若森家にとって農事というものは選択肢にはなかった。

「父上、すでに結論をお持ちなのでは」

達一郎がそう言うなり美緒に大きく頷きかけてきた。自分でも気付かないうちに面《おも》に懸念を露わにしていたのではと思った美緒は、やわらかな笑みを達一郎にかえした。

「貴方、商業を選ぶといわれますか。何を商うのです。誰が商うのです。そもそも商いの仕方というものを当家では知らないではありませんか。わたくしは、商人の真似をするのはいやでございますよ。二百年以上続いた家柄を捨てよということでございましょう」

達之介の選択を商業ときめつけた満枝だが、承知できるはずはなかった。

「まあ、聞くのだ。駿河ではおそらくほとんどの家臣が百姓仕事に就くことになろう。うまくやれればよいが、何にしろ農事というものはそんな簡単なものではないだろう。おそらく、食うや食わずになる。新政府に仕えることを考えなかったわけではない。だが、この年で小普請組ではな、おそらくお役にはたてまい。しかし達一郎は違うぞ。まだ若い、八年ほども練兵館斉藤道場に通って切紙も頂戴したではないか。それだけでも望みは有る。いま人が足りないのはな、江戸市中に横行する曲者を取締る役人なのだそうだ」

達之介が聞きつけてきた職というのは、五千石の大旗本で外桜田に住まう大久保與《よ》七郎からの話だった。旧知の間柄である。大久保は新政府に自分の屋敷と手兵をもって治安の取締りに当たりたい旨の伺い書を出すという。達之介が息子の武芸について披瀝し頼みこむと快く承諾してくれた。ただし、大久保からは新政府に誓紙を出しておくよう勧められていた。今日、達之介はその手続きを済ませ、大久保邸に報告に行ってきたのだった。

七月十七日に江戸が東京と改まった。町奉行所は市政裁判所に変わり、達一郎の属する大久保の手兵は市政裁判所附兵隊として奉職することが決まった。遅ればせながら朝臣として職に就いたのであった。

江戸を立ち退いた諸藩の屋敷には住まう人もなく、淋しげな土地が茫々《ぼうぼう》と広がっていた。それに比すように追い剝ぎや強盗などが跋扈《ばっこ》し増え続けていった。取締りは捕亡方《ほぼうかた》へと変わった町奉行所元同心や、肥前藩等十二藩の武家、市政裁判所附兵隊が受け持つことになった。

十月、天皇が初めて東京に行幸された折には達一郎も警護の任に当たった。しかし世が大転換して未だ一年も経っていない。政経は日々変わり続け、十二月の末には市中取締りの改正に伴い裁判所附兵隊が役を解かれてしまった。東北の戦が終わったのを汐に、新政府が十二月の初めの頃、新たに三十藩に東京府内四十七区の警衛巡邏《けいえいじゅんら》を申しつけたことによるものであった。

達一郎はかつて下野《しもつけ》佐野藩より請われ、三番町にある上屋敷の道場に度々出稽古に出かけていた。その折に得た知遇から佐野藩堀田摂津守の取締隊に入隊が叶った。この成就は市政裁判所附兵であったことと大久保與七郎の口添えもあってのことだった。

三　居酒屋

入隊以降藩兵から東京府兵へ、更には取締兵へとめまぐるしく組織の改変が続いた。変遷の中にありながら達一郎は踏み止まり、邏卒《らそつ》として取締りの任に当っていた。明治四年十月に邏卒制度が設置された。この当時ハイカラが流行し一般にはポリスと呼ばれていた。その身繕《みづくろ》いは制服制帽と三尺棒だけになった。達一郎は二刀を腰に差さないことに何の未練も感じなかった。江戸で生まれ育った小普請組の御家人にとって二刀を使う機会など全くなかったからだ。

明治二年の版籍奉還をへて若森家の禄米は以前の一割に減らされた。禄米と達一郎の給金では、親子四人と下働きの二人が食べていくのがやっとだった。諸々の入用を切り詰めても、巡邏して歩き回る達一郎にひもじい思いをさせないようにと美緒は食膳に気を配った。義父達之介は今では明治二年の改称令に従い達信と名乗っているが、土地と家屋敷を守ったことで役目を果たしたと考えたのか、達一郎が取締隊に入隊するとしばらくして隠居を決め込んでしまった。奥の離れにこもり、書を読むことに倦《う》むと南画の筆を揮《ふる》う、そんな日々を送っている。

「美緒さん、ちょっとお話があります。お部屋にきてくださいな」

小女の多恵と台所で大根を漬けていた美緒に義母から声がかかった。その場を多恵に任せ居間にいくと煙管をふかしている。はしたないと美緒は思ったが、意見など出来るわけがなかった。六番丁の元旗本、三枝の奥方と会う機会が増えているがその影響に違いなかった。三枝家の当主は代々勘定役を勤めていて、若森家の先代から家同士の付合いが始まっていた。今は新政府の役所に出仕していて、達一郎が勤めを始めてから奥方どうしの交際が再び始まっている。

「こちらにきてお座りなさい。重要なお話があるのです」

なにやら目に力がこもっている。

「お義母さま、どうされました。何か大事でも起こりましたので」

「いつも台所のやりくりに苦労をかけて済まないと思うておりますよ。それにつけても、達一郎の給金があのようでは、先の見込みがたちませぬなあ」

義母はひとつ嘆息をついた。一体何を言いたいのだろう。相槌を打つことも憚《はばか》られ、曖昧にかるくうなずく素振りをして、美緒は義母に視線を戻した。

「もう年の瀬になってしまいましたが、新政府が農工商を士族に許したことを聞いておりましょう」

「はい、達一郎さまから伺っておりますが」

「農工商といっても当家でできるものは商ぐらいのものでしょう。あなたのご実家はもとより御鋳物師の家柄。りっぱに世過ぎをされておられましょうね」

明治の初年、義母が家業として商に就くことを激しく嫌悪していたことを思いだした。しかし四年が過ぎ武家の世が終わってしまったことを身にしみて感じているようだ。

「いいえ、なかなかに難しいようで、こまごまとした仕事が多く休む間もないと申しておりました」

「それはそれで結構ではありませんか。そこで当家ですが、達一郎の給金だけをあてにしていては、これからがありませぬ。早く孫の顔をみたいということもありますしね。……この間、三枝の奥様と話をしていたら、あちら様は田町に土蔵付きの土地を買い求め質屋商いを始めたというのです」

なにかとんでもない商いの話をするのではないかと、美緒は思わず義母を正面から見据えた。

「そんなこわい顔をして。あちら様のご商売のことを申し上げたに過ぎないのですよ。わが家でやろうなどとは考えてはおりません」

このあと世間話をすこしばかりして義母の話は終わった。

わたしの様子を見て話を途中で切り上げたが、何か商いを始めるつもりなのだ。美緒は部屋を出ていく義母の背を見詰めながら思った。

年が明けた明治五年一月の中頃、帯や御召などを質入れして備えたという手金を元手に、義母が居酒屋の造作を始めた。

「お義母さま、なぜ居酒屋なのでございますか。先だっての話とは違うのでは」

「ご一新になって、いろいろな商いが立ちいかなくなったことは耳にしているでしょうねえ。しかしねえ、なくならないものもあるのです。旦那さまが言うに、いつの世にも酒を飲みたがる連中はいくらでもいて、酒を出す店も数多《あまた》あると。この天秤棒のような関わりはなくなりはしない、とね。三枝の奥方も、酒を出して飲ませている分には難しい商いではないと言うのですよ」

というなり、義母がキセルの雁首を煙草盆にたたき灰を落とした。

手持ちの金子《きんす》は底が見えだし、質入れで箪笥の中身もずいぶん減っていた。この頃から義母の様子が変わり始めた。

ご一新をへて武士の身分が廃され士族と替えられたが、以前のままに座するわけでも商うわけでもない職を持てない数多の者達がいた。前の時代から一転して世間から軽んじられ、ようやく息をしているような生活に、かつての武家の物堅さを続ける意味など見いだせなくなっていた。義母の物言いが蓮っ葉になってきていることに美緒は痛ましささえ覚えた。朋友である三枝の奥方は、質屋稼業が軌道に乗り順風満帆といった風情で、華美な装いをしてときおり訪ねてくる。達一郎の給金を頼みとする若森家とは雲泥の差で、義母は太物一着すら誂えられないでいた。そんなことで苛立ちが募るのだろう。下品にタバコを呑む姿には、かつて武家の奥方であった矜持など微塵も感じられない。嫁にきたころの高飛車にも見えた義母がかえって懐かしいようにも美緒には思えた。

もの作りの家に育ち、賃を得ることの厳しさを身をもって分かっているつもりだった。商いにしても同じこと。まさかお義母さまは嫁であるわたしを酌取りに店に出そうというのだろうか。

「いったいだれが店に出るのです」

美緒はつい剣を含んだような強い物言いをしてしまった。

「なに心配は無用です。源助とお多恵に店の表にでてもらうつもりなのでね。包丁は折々来てもらっていた弥助に頼んだのだが、助け働きでなく店で腕を奮えると喜んでいたようだったね」

本気で始めるようだ。なにかと指図する義母だが自ら汗を流すといったことは皆無で、口で言うほど商いを弁《わきま》えてはいない。商いというものは口先だけで動くものではないと美緒はおもっている。

十日もたった頃、世間に知らせなければ始まらないと義母が言いだした。四番丁の町絵師に引き札を描かせ、源助爺がその引き札を大木戸のあった塩丁のあたりから配り歩いた。

「苦労をかけますね」

「何を言われます。この歳まで勤めさせて頂いたのです。体の動く内はせっせと働かなくては、ばちが当たるというものですよ」

美緒の労《ねぎら》いに源助爺は破顔して当たり前のように言ったが、居酒屋の知恵を付けた肝心の義父達信は隠居を決め込んで外に出なかった。そのせいなのか足を萎えさせてしまい容易に奥の離れから出てこられなくなっていた。義母は指図はするが店には入らない。矜持ではなく見栄を棄てきれないのだと美緒は思った。指図するにしても三枝の奥方からいろいろ聞き出しての請け売りなのであった。

店のこしらえは達一郎が采配を振ったが、美緒の与り知《あずか》らないところで義母と話し合っていたようだ。乗り気でない美緒を慮ったというより避けたということのようだった。門柱に『酒一寸一杯《ちょっと》』と書いた提灯をかかげ、玄関先に縄暖簾を下げ、たたきに長床几を二脚、式台の板の間を座敷にして衝立で区切った小上がりの四席を設けた。

注文とりは源助爺の孫のお多恵に頼んだが、まだ十三では愛嬌も愛想もありはしなかった。盆を胸にかかえ、客が訪れるのをただじっと待っている。躊躇していたとはいえ自分ぬきで進み始められたことに腹立たしさと一抹の寂しさを味わった美緒だった。だが店のこの塩梅はどうだろう。果たして立ちいくのかと訝《いぶか》しくもあった。

「けっ、なんか随分と潮垂《しおた》れた店だぜ」

暖簾から首をつっこみ、寒々とした店の内をのぞいた鳶職《とびしょく》の男が捨て台詞《せりふ》をはいて首をひっこめ、そのまま帰ってしまったりした。

しかし世の中というものは分からないもので、一番丁、二番丁辺りに市の方針で植栽されていた桑茶畑がこのころ取り払われ始め、それに伴い人の行き来も徐々に増えてきていた。

十日二十日たつうち、客がぽつりぽつりと見えるようになったが、お多恵がお酌しようにも、

「子供に酌されてもなあ、旨くも何ともねえやな」

客のほうが断り、手酌で呑んでいる。美緒は台所の中暖簾の奥でそのやりとりを聞いていた。

そらみたことかと不逞にも思った。はじめのうちは小気味よかった。だが二日三日するうち、このままでいいのかという気持が頭をもたげてくる。若森家を支える稼業となるかもしれない。居酒屋商いを本気でやるつもりならば、やはり私か義母が店に立たねばならないだろう。義母にそれを言ったところ、

「あなたのほうが若いから客うけするにちがいないね。わたしのような薹《とう》の立った女が憚りもしないで客のまえに出ちゃいけないような気がする」

さらりと言うのである。やはり端《はな》から店にだすつもりだったのだ。ただ、義母の言ったことは的を射ていた。しばらくするうち客が増え始めた。客が、旧幕臣の妻女が酌をしてくれて畏《おそ》れ多いとか嬉しいとかさんざんおべんちゃらを言ってくる。美緒は内心、酔客とはなんと他愛もないことかと思ったものだ。しばらく続ける内にこれからの見通しがついたような気がして、我家の内証を立て直すにはこの商いに徹するしかない、美緒は秘かに得心し誓ったのだった。

四　大火

カンカン…カンカン、数寄屋橋御門そばの南鍋町の空に火事を知らせる半鐘《はんしょう》が鳴り渡った。明治五年（一八七二）二月二十六日の午後三時頃、和田倉門内にある元会津藩邸跡の兵部省添屋敷から出火し、東南の方角に広がった。

「またか。今日のはやたらと近いが、どの辺だろう」

平造は休業日で、造船所から借りた『水蒸船説略』の写本を読んでいたところだった。今では蒸気機関の仕組みも、それが船でどのように使われるのかも平造は理解している。さらに新しい機関ができているという。その知識を本に求めていたところだった。

「かなり近いようだが、どのへんだろうね」

母の千早《ちさ》も繕いものをする手を止めて表の障子戸に視線をなげた。

突如半鐘が擂半《すりばん》にかわった。

「こりゃとてもじゃないが、治まりそうもないね」

千早が勝手に得心して頷くと、表にとびだし、すぐに戻ってきた。

「隣の与吉さんのとこは深川へ行くと言っていた。逃げるしかないね、長屋の人達は手荷物づくりで大忙しだ。私らも早くしないと」

古箪笥をあけ必要なものを手早く風呂敷に包み表に出た。四年の間、暮らし続けた十軒長屋だ。あわてて出て行ったのだろう。障子を開けたままのがらんとした部屋がいくつもある。初めての長屋住まいにようやく馴染んで、それなりに居心地のよさを感じ始めたばかりだった。

「平造さん、行くのかい」

声のした方を振り返ると、棟の一番奥まった部屋に住まう絵師の瑛煽《えいせん》が、いつもの青白い顔に笑みを浮かべている。腰高障子戸の前には縁台が出されていて、それに跨《また》がった瑛煽が今しがたまで絵筆を走らせていたようだ。火事のようすを描いていたに違いなかった。

「急がないと、ここも危ねいですよ」

「そのようだね。……だが、いいものを見せてもらったよ」

と言い、燃え盛る方角を指差した。右の頰を弛めて笑ったようだが、その表情は平造には皮肉な笑みのように映った。普段の小難しいもの言いが災いしてか、長屋の住人から何とはなしに敬遠されている人物だ。画を目にしたことはなかったが、なかなかなものだという声を何度か耳にしたことはあった。

「母御《ははご》と何処へ逃げるね」

「深川の富岡八幡がいいんじゃないかと。表通りは人で溢れていて、その辺の寺じゃおさまらないでしょう」

「そうかい。分かった。有難うよ。わしもすぐにここを出る」

「お袋も一緒なんで、済まないが一足先に行きますよ」

「ああ、達者でな」

瑛煽が絵筆を片付けるのを横目に、路地をとびだした。

火事の翌日、午後の三時を過ぎた頃、平造は職場の造船所にいた。

この日、職場を管轄する省が兵部から海軍へと移行されることが伝えられていた。組織の改編は日常茶飯で所内にさしたる動揺は無く、昨日の火事で平造の他にも焼け出された者が三人いてそちらの話で持ちきりだった。

「二、三日の内にはなんとかなるだろう」

新しい住まいを庶務掛りの高松弥一が斡旋してくれた。以前に暮らしていた南鍋町から歩いて小半時ほどの場所に、平造と千早は住まうことになった。その長屋は入船町にあった。石川島への渡船場が大川河口の本湊町にある。そこまで歩いてすぐの所だ。

千早も今までどおり一緒に住む。今さら川口の義姉を頼るわけにはいかなかった。明治二年の二月末頃、伊予の一家は神田鍋町の作業場として使っていた家屋を売却し川口へと移っていった。土地は新政府に返納させられている。その時、千早と平造には財産と呼べるような代物はほとんどなかった。幾ばくかの金子を渡されたことと、数寄屋橋に近い南鍋町に昔から懇意にしていた鋳物師がいて、請け人になってもらい長屋を借りてくれたのが二人に対する伊予からの餞《はなむけ》であった。伊予が平造を造船所に斡旋してくれて今の二人の暮らしがある。伯父への感謝の思いを忘れることはなかった。

千早は母ではあっても女で、着物は大方南鍋町の住まいに持ち込んでいた。だが今度の火事で、お気に入りのものしか持ち出すことが出来なかった。風呂敷を解《ほど》き、赤茶けた行李《こうり》に着物をしまっている母の背がどことなく侘びしげに見えた。蓋を開けたままその底をじっと見つめている。行李一つすら着物で満たすことができなかった。

「本当に……（着の身着のままになってしまった）」

平造は溜息まじりに独り言ちた。いつか満たしてやりたいという思いはある。

「なに、命があっただけでも、有り難いことと思わなくちゃね」

息子の思いを察したのか、千早が振り向いて笑顔をみせると、明るい声をだした。この火事の後、新橋から銀座、京橋、日本橋までの通り沿いを西欧風のレンガ街に新改築する旨、東京府から告示された。その折に日本橋も改架するとされたのだった。


橋は十二月に着工して翌年の明治六年五月三十一日に竣工した。

この年の七月十一日。千早が、

「新しい日本橋が出来たらしいね」

休日でのんびりした気分に浸っている平造に声をかけた。

「ひと月経っているからもう混んではいないだろう」

噂によると渡り初《ぞ》めの人出は大変なものだったという。

「義姉さんから手紙がきてね。すごく忙しくてそちらに出られないから、新しい日本橋を見てきておくれ、と言うんだよ。どうだろ」

平造と一緒に見に行きたいという。実際に見て確かめておくことは椎野の家の末裔として当然ともいえることだ。

「擬宝珠が橋を立派に飾っているんだろうね」

千早の言葉で麹町の頃が懐かしさとともに湧きあがり、脳裡に甦った。

しかし伯母の用件はそれだけではなかった。平造さんへと書かれた別紙が同封されていた。若森の家を見てきてくれ、とあり、居酒屋などを始めてしまい、美緒がどうなっているのか心配している、とも書かれていた。今の若森の家に直接実母が行くのは憚られる。文の末尾に、今どき御家人に娘を嫁がせたのは浅はかだった。平造さんの気持ちは薄々感じていたのに済まないことをした、とまで書かれていた。伯母の心配は分からなくはない。しかし娘の嫁ぎ先を見誤った序《つい》でのように自分のことを持ちだされても、今更としか思えない。それに美緒さんのことは己の胸の内だけに潜めていたこと、と思っていたのだが伯母に見抜かれていた。一瞬にして顔が熱くなり赤面しているのが分かった。

平造はすでに土手三番丁の居酒屋を訪ねていた。その時、美緒の女将としての振るまいのなかに、何かしら凛然としたものが秘められているように思えた。伯母には、美緒さんは気丈に働いていると連絡をしておけばよかろう。平造は、客で込み合う店の中を艶《あで》やかな着物姿で動きまわる美緒を想い浮かべた。

母と昼食を摂った後日本橋に向かった。青みを帯びた空から陽光が降り注いでいる。気持ちの良い初夏の午後であった。銀座の通りに出ると、日本橋に向かう人の流れに乗るようにして進んでいった。ようやく橋の袂が見える漆物商の店前に辿り着いた。ところが新しい橋は従来のたいこ橋ではなく平橋に変わっていた。文明開化という大方針の下、馬車や人力車が日常的に用いられるようになった。新たな交通手段の出現に対応したものだ。

「ないっ！」

平造は思わず叫んだ。橋の柱頭を飾るはずの擬宝珠がなかった。橋の袂に立つ男柱は円柱ではなく角柱だった。その上には四角錘の形をした真鍮製の覆いが被されていた。さらに驚いたことには橋桁と梁《はり》柱が着色されていた。

「なんだい、この色つき橋は。気持ち悪いったらありゃしない。それに、お江戸になきゃいけない擬宝珠は何処へ行っちまったのさ」

千早にとってここはやはり東京ではなく江戸なのだ。青く塗られた橋など安っぽい限りで、心底情けなかった。

平橋の機能を優先したのか、とっさに平造は思った。だが擬宝珠を失ったそんな日本橋は考えられなかった。椎野が否定されたのか？　いや、旧弊の名残とされて廃除されただけなのか？　いやまて、あの角柱ゆえか？　ほかにどのように考えればよいのか分からなかった。理屈ではない何かが胸の奥で沸々と湧き叫び混然とひしめきあった。頭がかっと熱くなり、口のなかが苦く乾いてきた。

「ちえっ、こんな所に突っ立っていちゃあ邪魔だろうが」

店の前でたたずむ平造の肩にぶつかりながら、橋に向かう魚の棒手振《ぼてふり》りが舌打ちをして通り過ぎてゆく。生臭い魚の匂いが辺りに漂った。橋を渡った右手の魚河岸が、次から次へと人を呑み込み、吐きだしている。橋を通る人々が醸す雑踏と騒音の先から、生きのいい魚商の掛け声が聞こえてくる。二人は呆然とたたずみ続けた。

五　擬宝珠

擬宝珠はどこにいったのだろう。明治七年（一八七四）皐月の頃となった。擬宝珠の行方を探し回り、ほぼ一年の月日が経っていた。

橋を新たに架け替えた大工の棟梁は古物商が引き取ったようだと言ったが、どこの店であるとまでは把握していなかった。

根津権現に向かう門前町の路地を左に入ったところに、古金物を扱っている朽ちかけたような小店がある。平造に耳打ちしてくれた職場の同僚がいた。期待は膨らんだ。たしかに擬宝珠はあったが銘の無い鉄製のもので、日本橋のものより一回り小さかった。

――容易なことではない。

焦らずに丹念に探さねば。平造は自らに言い聞かせたのだった。

それからひと月ほど後、増上寺の大門前七軒町で見かけたという話が耳に入った。その店は間口が三間ほどの古物屋で、狭い帳場に埋もれるように座っている四十恰好の主人は、眉と鼻

が太く頑固そうにも見える。探し物について平造の説明を黙って聞いていたが、

「ふーん、前の日本橋の擬宝珠を探しているというのかい。うちのはあんな立派なもんじゃない。社の回廊の柱に被せてあるあれさ」

外見に似ず軽やかな話しぶりである。

「どこか心当たりがありましたら、教えてもらいたいんですが」

「古物屋仲間の集まりがあったときに、そんな自慢話を聞いたような気がするんだが、はて、あれは……」

虚空に目を這わせ、記憶をたぐり寄せているようなのだが、なかなか出てこない。平造は積み上げられた骨董に目をやっていた。

「そうだ、思いだしたよ。たしか霊岸島の伊勢久だ。日本橋に近いじゃないかね。塩町の裏店だったと思うんだが、行ってごらんな」

平造は礼を言うのもそこそこに店をとびだし、神明前通りを日本橋に向かいひたすら歩を進めた。

店は霊岸島塩町の東端にあり、すぐそばの豊海橋を渡った先には大川に架かる最後の橋、長さ百十間にも及ぶ永代橋がある。巾広の川は満々とした豊かな流れを江戸湾にそそぎ込んでいる。

間口が二間ほどの古物屋の店先には薄日が射しこんでいた。

「ちょいと覗かせてもらいますよ」

帳場で黄表紙を読みふけっている五十代の店主らしき男に、平造は声を掛けた。どうぞ。ただそれだけの返答がかえってきた。

伊勢久と揮毫した看板を掲げている。一間四方の土間があり、その右奥が帳場になっている。上がり框《かまち》の手前側にわずかな空間があるが、それ以外の場所には古物が雑然と並べられていた。身の丈ほどもある古伊万里の大壺、兜と鎧《よろい》具足の一揃え、由緒ありげだが古びた屏風など、ほかにも陶器やら画幅やらを納めた木箱が堆《うずたか》く積まれている。屏風の奥に丸い蕪《かぶら》のような形をした金物が見える。

「なにかお探しで。気になるものがあるなら言っておくれなさい」

店に入ったときよりも、親しげな調子である。

「あの屏風の後ろ側に擬宝珠の頭のようなものが見えるんですが」

店主が嬉しそうな目をして屏風の方に視線を向けた。

「目敏《めざと》いですな。お江戸の方で？」

「入船町に住む職人の平造という者です」

「やはり、そちらのほうのお方でしたか。お客さんの手の様子が仕事を語っておりますわなあ。わっしは久兵衛といいます。ご存知の通りあれは擬宝珠で、それも一昨年外された、ほれすぐそこの日本橋のものでね。半年ほど前に品川で店を開いているという古物屋が持ち込んできたものでで、地元で売る方が御利益があるだろうから譲る、というようなお体裁《ていさい》を言いましてな。しかしよく見ると一か所掠《かす》れて欠けた部分があったのですよ。玉に疵《きず》ってやつですわなあ。それでもよければどうぞご覧くださいましな」

とうとう見つけた。が、肝心の兵庫の銘はあるのか？

店主は立ち上がると擬宝珠に近づき爪の先で軽く叩いた。ちんちんと乾いた音がわずかに響いた。

「ご存知でしょうが、これは幕府の公儀橋に使用されるもので、わしら町人の住む町方の橋で使われたのは日本橋、京橋、新橋の三カ所にすぎなかったのですよ。ましてや、擬宝珠といえば、お江戸日本橋そのもので、広重の絵にあるように、日本橋の擬宝珠と江戸城、そして富士山、この三つがお江戸そのものでありましてな。まあ、江戸っ子の自慢の種だったわけですがね。それにつけても、何でも彼でも新しいものが良くて古いものは捨ててしまうという今の世の中、どうかしてますわな」

久兵衛が滔々《とうとう》とまくし立てた。かつて暮らした日々が誇らしく懐かしい、そんな懐旧の情が言葉の端々に込められている。

「そばで見てもいいですかい」

早く確かめたい。にわかに気持ちが急いてきた。どうぞどうぞと勧められるままに框を上がり、帳場の脇から屏風の後ろ側に回った。

あった。確かに胴の部分に、『万治二年、八月吉日、御大工、椎野兵庫』と記されている。ようやくにして巡り会えた。休日には古物屋を覗いて歩いた。探し歩くことに苦痛は感じなかった。古物屋の前に立つ度に秘かな期待と胸の高鳴りを覚えたものだ。期待が外れ落胆はしても、次こそはきっと、じわりと胸に湧く思いの方が勝《まさ》っていたような気がする。椎野の家の為か？　それはある。しかし今では己自身のためだったような気がしている。今までその目的を確《しか》と意識したことはなかった。先祖の残した江戸で一いや日本で一なるモノをこの手で触れて確かめたい。今の職へと導いてくれた己の根の在りようを知るための行脚だったのだ。そうに違いないと平造は思った。千早から幾度となく聞かされていた先祖の誉ある仕事である。身の引き締まる思いがする。合掌して柏手を打ちたかった。それを堪《こら》え、

「ちょっと触ってみてもいいですかい」

と確かめると、

「触って減るもんじゃなし、遠慮はいらない」

久兵衛が親しげな笑みをうかべ勧めてくれる。

どっしりとした宝珠のなだらかな曲面にそろそろと手の平を近づける。表面は少々ざらついていてひんやりとしていた。千早の話だと黒漆が塗られているということだったが、むきだしの黄銅の地肌が繰り返された転変のさまを語っているようだ。

——耐えて。

二百数十年という歳月を永らえてきたのか。胸にこみ上げてくるものがある。手を当てている部分の頑丈な地肌が温んできた。目を閉じてみた。兵庫の鋳込みをする姿がすぐそこに見えたような気がした。鋳型の湯溜《ゆだまり》に液状の黄銅を流し込んでいる。烏帽子《えぼし》を被っているが、いく筋もの汗の滴が顔や首筋に流れ落ちている。

「やはり、仕事がらみのご執心ということですかな？」

背中に久兵衛の問いが届いた。はっとして我に返り、手を離して振り向いた。訳ありなのだろうかと言っているような、心配とも懸念ともつかぬ目つきをしている。

「いや……、実は、わたしは椎野平造といいます」

「幕府御鋳物師の椎野家と関わりのあるお方でございますか？」

久兵衛の言葉遣いが改まっている。椎野家を知っていたのだ。

「椎野伊予の甥にあたりますが、今は修船所の職人をしています」

明治七年の今、造船所は小型船舶の建造と大型船の修理を行う海軍省の石川島修船所となっている。

「そこの石川島でございますね。造船所と聞いておりますが、今は船の修理を。そうでしたか」

店主としばらく余談を交わし、店を後にした。入手を望んでいる人がいるので、その人を連れ次の休日に再訪する旨を約した。

翌々日の終業後に平造は意外な噂を小耳にはさんだ。

海軍の運輸船高尾丸の修理が完工した夜だった。先輩の平田と庶務の高松との三人でいつもの居酒屋で酒を酌み交わしていた。混み合った店内は人いきれと煮物と酒の匂いで充ちていた。平造が厠から席に戻ろうとすると、二人が顔を寄せ合ってひそひそと話をしている。真剣な表情だった。湿気を含んだ海風が廊下の辺りに入り込んできた。一呼吸してから席に戻った。二人は話を止めたが、わずかに気まずげな表情をみせた。

聞いてみよう。この二人の仲間に遠慮はいらない。はじめは躊躇していた高松だったが、ようやく仕事に慣れてきたおまえに聞かせるのも憚られてな、と前置きして、

「まだ確かなことではないが横須賀造船所の規模の拡大に伴い、業務を集約するらしい。どうやらここの仕事も移されるようだ」

小声で修船所の閉鎖についての噂を話してくれた。六年と四ヵ月の間、励んできた仕事である。艦船の修理工事が昨年よりも増え、多忙の極にあった。にわかには信じられない話だった。だが今の仕事が続けられれば横須賀であろうとかまわない。平造に迷いはなかった。ただ江戸を離れることを母が承知するか一抹の懸念は残った。

十六日の正午を過ぎた頃、平造は伊勢久を訪ねた。

外の話し声が店の奥にまで届いた。

「ここだよ、義姉《ねえ》さん。平造の言っていた伊勢久という店は」

千早が伯母の喜久の袖を引くようにして、狭い土間に入り込んできた。いらっしゃいませと迎える主の声に、

「ちょいとおじゃましますよ。平造さん、暫くぶりね、お元気そうでなにより。ところで、あれはどちらにありますので？」

喜久が挨拶もそこそこに忙《せわ》しげに聞いてくる。新たな日本橋の出来具合に落胆して寄越した手紙がある。その中で擬宝珠をどうしても入手したいと書いてきた喜久だった。千早が今日、一緒に店を訪ねようと誘いの手紙をだしていたが平造は一足先に来ていた。

「こちらに上がらせてもらっているんです」

狭いところに三人も入れない。擬宝珠の側から框にもどり、指さしてそれのある場所を喜久に示した。主を見ると、さっきまで自分に見せていた素の表情とはちがう、商人らしい笑顔を浮かべている。どうぞどうぞと二人を屏風の裏に招く仕草をしている。二人は履き物を脱ぎ座敷に上がると、そのまま擬宝珠に近づいていった。ぴたぴたと手で黄銅を叩く音が、屏風の後ろから聞こえてくる。

「ちがう！　平造さん、兵庫さんのに違いはないが年と月がちがう。日本橋のは万治元年、九月だよ。橋の名が書かれているはずだが、かすれていて読みとれないじゃないか」

悲鳴のような喜久の叫びが突如として平造の耳を打った。ほの暗くなり始めた店先に潮の匂いがわずかに漂っている。振り向いて店の中を覗くと、西日が兵庫の擬宝珠を照らしつけ黄金

色に輝いていた。橋の名が見えないこの擬宝珠は、記された日付から呉服橋のものであった。

六　錦絵新聞

明治八年も六月になり、お濠向こうの皇居に並ぶ木々の瑞々しさが目に沁みる季節となった。

居酒屋・酒一寸一杯の表看板は美緒で、三番丁小町と呼ばれ美貌を囃《はや》されていた。

昨年の暮に庭に面した廊下を小上がりとして広げ、畳や襖、障子の造作にも少々金をかけた。小町がいるにふさわしい小ぎれいな店の造りに変えた。酒も関東の地回り酒だけでなく伏見の下り酒も供している。美緒を目当てに中年、壮年、老年の客達が足繁く通う店になっていた。

だがどうしたことか、この十日ほど前から客足が衰えてきていた。一見《いちげん》の客はいつも程度には入っている。常連客も来てはいるのだが大店の主や元旗本などの客の姿が見当たらないのだ。

「和泉橋の御隠居さんはどうしたのだろうね。さっぱり顔を見せないが」

美緒が不満げに多恵に言うと、

「ご隠居さんだけではありませんよ。津の国坂のお殿さまもです」

多恵が答え、指折り数え始めた。来るはずの贔屓客の数であろう。

何だろう？　疱瘡《ほうそう》が流行っているが、皆が皆ということはあるまい。

「おまえ、麹町の米沢屋一郎兵衛さんとは遠縁だったね。ちょっとどんな具合か見て来ておくれ。病かもしれないじゃないか」

客商売が板に付くようになるにつれ美緒の口のききようも、自ずと町場の女将言葉へと変貌していた。

土手三番丁の店から米沢屋呉服店へは堀端を進み四半時もかからない。四ツ谷御門外の麴町にある。

多恵が米沢屋を囲む黒塀の奥にある潜り戸を叩くと、下働きの老婆、お常が顔をのぞかせた。

「おや、お多恵ちゃんじゃないかい。なんで裏から来るんだえ」

「お常さん元気そうね。実はねうちの女将さんに言われてね。一郎兵衛のおじさん具合でも悪いの？　最近、店に来てくれないけど」

「えっ、そうだったのかい。旦那さまはすこぶる元気にしておいでさ。来てることを言ってきてあげようか」

「じゃあすいませんがお願いします。手があいていたらでけっこうですからね」

お常は多恵の手を引き屋敷内に導くと、店に入っていった。呉服店の看板は江戸の頃のもので、新たに呉服を仕立てようといった客などは少なく、専《もっぱ》ら古着を扱っている。しばらくするうち一郎兵衛が縁側に現れた。手招きをして多恵を呼んでいる。縁側に近づくにつれ表情に怪訝なものがにじんでいるように感じられた。

「よく来たね」

と言うなり値踏みするような目で多恵を眺めた。

「ところで、おまえ体の具合はどうだい。まさか疱瘡になどかかっちゃいまいね」

縁側に座り込んだ一郎兵衛は一枚の紙片を摑んでいた。たしかに流行っているとはいえ疱瘡かと聞かれるとは思わなかった。こちらがそれを心配して来たのだから。

「はい、おかげさまで達者にしていますが」

一郎兵衛が掌で縁側をかるく叩き、座るようにうながしている。

「こんなものが出回っているんだが」

摑んでいた紙片を拡げて見せた。各種新聞図解という錦絵新聞であった。新聞記事を錦絵一枚で絵解きしたもので、明治の浮世絵ともいえ極彩色で描かれている。描かれた絵の上側に説明文が配されていた。

多恵がすぐに気づいたのは、絵の中で人力車に乗っている娘が美緒に生き写しといえるほど、似ていることだった。赤い着物の柄には、疱瘡よけのまじないとして張子の犬や達磨が描かれていた。

「あまりに似ているんでな。ちょっと足が向かなかったのだよ。へたに見舞いに行って、うつっても怖いしな。そうかい元気でいるのかい、それはよかった。他人の空似というやつだな。それじゃあ近々顔を出そうかね」

一郎兵衛からもっていけといって手渡された錦絵新聞を、多恵は握りしめ土手三番丁に戻っていった。

平造は仕事場の仲間二人と石川島住吉大神横にある居酒屋にいた。

「椎野、こんなものがそこの神社で売られていたぞ。なにせ、住吉さまは疱瘡除けの神様だからなあ」

庶務の高松が懐からとりだし広げたものは錦絵新聞であった。

「これは、一体何なのですかい」

力車引きが浅草の茅町まで乗せたはずの娘が忽然《こつぜん》と姿を消してしまった、と絵の添え書きにある。それが疱瘡神だったという絵入の新聞である。平造はおもわず息を呑んだ。

——似ている。

そっくりだ。描かれた娘の顔つきが美緒に酷似していたのだ。

「椎野、どうした？　何をそんなに真剣に眺めている」

先輩格の平田が平造の様子に気づいた。

「いえ、この女子《おなご》がね、知りあいによく似ているのですよ」

「なんだ、そんなことか。間々あることだろうが、こんないい加減な話を絵になんぞして、迷惑する人もあろうにな」

平田がかるい調子で言う。長年、理《ことわり》をもって船造りをしてきた男からすれば、どうでもいい噂話に尾鰭《おひれ》がついたとしか考えていない。

「この絵だがな、よく描けていると思いつい買ってしまったが、世の中には似ていて困る人もいるだろうな。しかし、その人には知らせない方がいいのではないか。かえって気にするかもしれん。どんな知り合いなのだ？　ひょっとしてこれか」

高松が小指をつきだしてみせた。

「いえ、そうではなくて年上の従姉なのです」

「そうなのか、もう嫁がれているのだろうな」

「はい十年もたちましょうか」

「それで、今でもこの絵の娘のような顔立ちをしているのか」

「そうなのですよ。瓜二つとしか言いようがありません」

その答えに二人してほーと驚きの吐息をついた。

美緒さんは知っているのだろうか。偶々《たまたま》だとしても有難いことではないし、迷惑しているかもしれない。新聞の錦絵には瑛煽《えいせん》と絵師の落款《らっかん》が印されている。昔同じ長屋にいたあの瑛煽だろうか。大火のあと消息がまったく分からなかった。

平造は次の休みに、各種新聞図解の版元で浅草寺の北馬道にある、絵草紙屋の佐井田屋を訪ねた。瑛煽の住まいは佐兵衛町だという。以前の南鍋町の長屋からそれほど離れてはいなかった。

平造はその足で土手三番丁の若森家へと向かった。店は暖簾を外していたが訪《おとな》いをいれるとすぐに美緒が現れた。いつもと何ほども変わらないが微かに屈託をにじませている。

「平造さんじゃありませんか、まあ、めずらしいこと。さ、上がってくださいな」

安堵したような声とともに美緒がやわらかな笑みを浮べた。

この笑みこそが美緒さんをいっそう輝かせているのだが、懸念事は新聞のことだろう、平造は咄嗟に思った。居間に通されたが、達一郎が気難しげな表情で胡座をかき、腕組みをしている。

「ああ平造さんか……この人のことで来たのかい」

二人のあいだに剣悪な空気がながれている。新聞のことを達一郎さんも知ったのだろう。揉めている最中に来てしまった間の悪さを後悔したが後の祭りだ。平造は新聞の版元に寄ったことと、絵師と知り合いであることを告げた。

「これから瑛煽さんを訪ねてみようかと思っているんですが、達一郎さんどうします」

畳の上に無造作に置かれている新聞を達一郎が見つめている。

「ほんとうにその絵師を知らないのだな」

押し殺したような声で美緒に問うた。

「さっきから言っていますが、そんな人わたしは知りません」

美緒の言葉尻にわずかにいらだちがのぞいている。

「達一郎さん、わたしが瑛煽さんと知り合ったのは南鍋町の長屋住まいの時です。三番丁にいる美緒さんが知るわけありませんよ」

とっさに取り成した平造を見上げながら、達一郎が、

「絵師がなんと言うかわしも聞きたい」

と言うなり立ち上がった。床の間の角に置かれた刀掛に、残り物のようにひと振りだけ掛けられている脇差を摑みとった。

「それはいらないんじゃないですか」

二刀に未練はないと云いながらも捨て去ることは出来ないのだ。

「いや、なにが起こるか分からんから用心にな」

聞きようによっては物騒なことを呟き、腰に差しこんでいる。厄介なことにならなければいいが、自分がお節介の種をまいたのだ。なんとか平穏に収めねばと思っていると、平造さんすいませんと美緒が自分に向い手を合わせている。

「大丈夫ですよ。そんな難しい話じゃありませんから」

平造はつとめてさりげなく応えた。達一郎が二人のやりとりを黙って見ている。二人の間の気安げなやり取りが、達一郎にはかえって面白くない。

「行こうか」

達一郎のとがったような声が響いた。

京橋南の佐兵エ町へは、見通しの利く外堀の土手道を通り水道橋の先、皀角《さいかち》坂を上る道を進んだ。陽差しが白く乾いた坂道を照らし付けている。振り返ると黒々とした甍の群と緑濃い桑

茶畑が所々に広がっている。坂上からのやわらかい緑風が頬を撫でていく。

佐兵衛町の長屋の門口で、名札の列を見上げると四軒目に絵師瑛煽の名があった。

「ごめんなさいよ」

戸口の前で平造は腰高障子にむかい声をかけた。この辺りの長屋は江戸の頃とさほど変わっていない。

「どなたさんですかい」

昔、南鍋町の長屋にいたころの声音となんら変わらない調子の返事である。平造が名乗ると障子戸がするりと開いた。おやっと言って二人連れであることにわずかに戸惑いを見せたが、すぐに口元を歪めた独特の笑顔を見せた。

「平造さん、相変わらず元気そうじゃないか。母御は息災でおられるんだろうね。さ、入っておくんなさい」

言われるままに二人は土間に立った。散らかり放題といった部屋には錦絵が何枚も乱雑に置かれている。

「おかげさまで、元気に暮らしていますよ。今日はちょっとお訊ねしたいことがあってきたのです。こちらは義兄の若森達一郎です」

瑛煽の視線が達一郎の脇差にちらと流れた。数年前に脱刀令は出されていたが帯刀を禁止されたわけではなかった。瑛煽の青白い顔に怪訝な表情が浮かんでいる。

「なに、そんな難しい話ではないのです。錦絵新聞に載った絵についてお聞きしたいのですよ」

平造は笑顔をみせ、つとめて明るい声をだした。懐から折りたたんだ新聞をとりだして広げ、上がり框に立っている瑛煽にさしだした。

「これは確かにわたしが描いたもの」

瑛煽が表情をくずさずに言い、土間に立つ二人に目をやった。

「この女子は誰かを写して描いたものですか」

平造は、瑛煽の答え如何で達一郎がどう反応するか、内心穏やかではなかったが、努めて平静を装った。瑛煽の右頰にふだん見せる皮肉な薄笑いがうかんだ。

「これは版元の佐井田屋に頼まれて描いたんだが、とくに誰かを写したということはないやね。日新真実誌の記事を、転々堂を名乗る高畑という記者がネタに熟《こな》して、こんな感じだろうとね。そういうわけだが、この絵で何か厄介ごとでも起きたのかい」

一瞬うかんだ安堵の表情をひっこめた瑛煽が尋ねた。達一郎がじっと瑛煽を見つめている。

「それなら話は早いんだが、この絵の女子に似ている人がいる。実はわたしの従姉で、こちらの奥方でもあるのです」

「そんなに似てるのかい」

瑛煽の眉間に縦皺が刻まれた。困惑の色は隠せない。

「いや、本当にびっくりするくらい似ていて、知り合いならば、一目でその人なのだと思うほどなのでね。それで困っているんです」

「困っている？」

「疱瘡神に似ていて、人が近寄らんということだ」

達一郎が苛立ちを含んだ大柄《おうへい》な声をだした。

「旦那、確かにあっしが描きはしたが全く偶然のことなんですぜ」

達一郎の不機嫌な声に反応し瑛煽も不貞腐《ふてくさ》れぎみの声をあげた。

「貴様、居直る気か！」

達一郎が脇差に手を掛けそうになった。瑛煽が框《かまち》ぎわからさっと奥にしりぞいた。

「まあ、ちょっと待ってください」

平造はとっさに達一郎の右腕を押さえに間にはいった。

「平造さん、偶然に似ていたと言っちゃ申し訳ないかもしれねえが、おれだってわざとやったわけじゃねえやな」

青白い顔をさらに白っぽくさせて瑛煽が叫んだ。瑛煽をじっとりとした目で見上げる達一郎をどう得心させればいいか、胸の鼓動が高鳴るばかりで何の思案も浮かばない。

沈黙の間をやぶったのは意外にも達一郎だった。

「この絵入新聞で言っているのは、疱瘡神がこんな娘の姿で現れたということだろう」

冷静な声だった。

「へい」

「だったら、これが生身の人間で疱瘡に掛かっていないと分かったら、世間のうわさも消えてしまうだろう。ちがうか」

「……」

「うちのを大首絵に描いて世間に知らせるというのはどうだ。実はあの疱瘡神は三番丁小町をついつい描いちまった、と新聞に一言書くなら、水に流してもいい」

大首絵とは上半身を描いた人物画で美人画と役者絵がある。

「達一郎さん、それではかえって……」

そんなことをすれば、ますます美緒さんを曝《さら》し者にしてしまう。夫婦の機微など自分には分からないが、本当のところ美緒さんのことをどう考えているのだろう。ただ都合よく働かせているようにしか思えず、胸の内に苦いものが湧いてくるような感覚を覚えた。

「じゃあ、平造さんにはこれといった妙案でもあるというのかね」

そんなもの有りはしないが、火に油を注ぐようなことにならないか、と思ったのだ。

「妙案なんてありませんが、人の噂も七十五日といいますからね。時が救ってくれるのではありませんか」

「平造さんは、根っからの職人だから、いや当今は職工というのだそうだが、この辺りの思案については藤四郎《とうしろ》だな。自慢をするわけではないが、うちのは寛政三美人の難波屋おきたにも劣るまいとわしは思っている。まあ難波屋ってほどにはいかんだろうが商売には弾みが付くだろうよ」

偉そうな物言いをするが、あなたにしても昔はともかく今はたかだかポリス、いや巡査か、人を貶《けな》せるほどの大層な人士なのか。そのくせ美緒さんを商売に使おうとしている。それに美緒さんが果たしてこの話を受け入れるか分かるものか、と平造は思った。

「新聞には広告といって引き札を張り付けるようなことが出来るらしいな」

「ええ、載せるには金が掛かりますがね。……まさか大首絵を広告にしろ、と言うわけじゃありますまいね」

「そうしてくれろ、と言ったらあんたどうする」

瑛煽が腕組みをして黙り込んでしまった。達一郎さんはいつからこんな粘っこい男になったのだろう。

「美緒さんにも聞いた方がいいのではありませんか」

つい懸念が口をついて出た。平造の物言いが差し出がましく聞こえたのか、達一郎が一瞬、きっとした表情をして平造を睨み付けた。

達一郎には、美緒と平造をつなぐ目に見えないある種の呼吸のようなものを感じることが度々あった。姉弟をつなぐものではなく、他人どうしの男女のものでもない。幼なじみのいとことはこうしたものだろうと思ったりしたが、二人の間に流れる阿吽の呼吸に似たなにかが、近頃の達一郎にはひどく不快に思えた。今もって夫婦ではあるが夜昼のない不規則な巡邏の仕事を続けるうち、美緒への気持ちが薄らいできているように感じるときがあった。そうではあっても、妻である美緒について平造ごときに云々される筋合いはない。

「前から気になっていたんだが、平造さん、わしの細君を気安く名前で呼んでもらいたくないんだ。いくら従弟といってもね」

いったいどうしたと言うのだろう。今の達一郎さんには祝言をあげたころの大らかさは感じられない。巡邏として七年。普段の態度が横柄になってきているのは役目柄なのか。昨年末お父上が亡くなられてからすこし様子が変わってきていた。

仕事がきつく俸給も上がらず辞めたいと言い出している、先だって美緒がひそっと囁いたのを、平造は思いだしていた。屈託をにじませた美緒の横顔が浮かんだ。

「わかりました。これからは気をつけます」

詫びを言い、達一郎の苛立ちをかわした。

「旦那、新聞記事でない大首絵を載せるなんざ到底無理な話なんだ。広告だとしても金がたいそうかかる。ごらんの通りあっしなんぞは貧乏を絵に描いたような男なんでね。代わりと言っちゃあなんだが、大首絵を描きましょう。それも気合いを込めてね。これで手をうってくれませんかい」

瑛煽の提案に、達一郎は目を宙にはわせ考えるふうだったが、

「うむ、そこまで言うのなら手を打ってもいい」

勿体をつけて言った。瑛煽が青白い顔にあまり見たことのない愛想笑を浮かべ、平造を見てちょっとばかり頷いてみせた。

七　末裔

土手三番丁に薄暮がおとずれ、それはやがて漆黒の闇に変わっていった。明治十年七月のとある夕刻、堀端に沿う通りの一角に、赤々と灯りのもれる店がある。赤い大提灯には『酒一寸一杯』の文字が書かれている。美緒の居酒屋に客がもどってきていた。そればかりか繁昌さえしている。酔客が交わすざわめきが店の外にまで聞こえ大暖簾を揺らすかのようである。

美緒は丸髷をきっちりと結い小さな口許には真紅の紅をさしていた。目鼻立ちが整っていてあでやかである。快活な雰囲気さえ醸している。美緒の黒々とした瞳に見つめられた客の中には、酔いの勢いにまかせ酌をする手を握ろうとしたり、口説きかける不心得者までいた。

「女将さん、あんた変わらんなあ。まったく惚れぼれするわい」

津之国坂の殿さまと馴染み客に呼ばれる老人客が言うと、

「殿さん、あんたもわしと同様口先だけの口説き文句。毎度同じじゃ女将さんに嫌われるわい。もっと気の利いたことを言わないと」

てらてらの赤ら顔をした呉服屋の隠居がすかさず混ぜっ返した。美緒めあての常連客の間に忍び笑いが広がった。息子が新政府の中枢に昇ったことが自慢の元旗本だという殿さまも、一緒になって嬉しげに歯をみせている。

店には老年壮年の客が寄り集まり盛況をみせていた。入って正面の鴨居には美人画が飾られていた。絵入り新聞のときは赤い着物だったが、この絵の美緒には涼しげな浅黄に、笹舟をあしらった小紋が着せられている。その容貌は錦絵の美しさに加え艶《なまめ》かしさも見えるが、三番丁居酒屋小町と題されたこともあり徳利を手にしていた。

「女将さん、この絵を売ってくれという客も多かろうが、なぜここには置いていないのだね。ぜひうちにも飾りたいんだが」

麴町の白粉《おしろい》店の若旦那が、鴨居の絵を見上げながらものほしげに聞いてくる。長床几の客に燗のついた徳利を運んできた美緒は、

「生憎《あいにく》とね初刷りの部数が少なかったのですよ」

と答えたものの、絵が世に出るまでの経緯を思い出し苦い笑いを浮かべた。きっかけは達一郎に疑われた新聞の錦絵だった。

「丁字屋の若旦那、この絵を描いた瑛煽さんはね、売り出し中の絵師なんですよ。余るほど刷っちまったら値が落ちてしまうんです」

隠居がいかにもといったふうに訳知り顔で言う。

しかし実際はそんなことではなかった。瑛煽は八年の六月に達一郎と交わした約束を守り、三番丁居酒屋小町の案を錦絵新聞の版元である佐井田屋に持ち込んだ。

「そんな話があったのかい。偶然に似ていたと言えばそれまでだが、世のなか広いようで狭いわなあ。まあ、こういうことは起こってみなけりゃ分からんがね」

版元の佐井田屋市兵衛は二つ返事で瑛煽の申し出をいれ、版木の彫りと刷り、販売までを負うことを承諾した。錦絵新聞で懐が潤っているという噂が聞こえていたが、あながち外れてはいない様子だった。瑛煽の取持ちが実り、二月後に初版二百部が刷り上がった。

「これは……」

達一郎が思わず絶句するほどの鮮やかな仕上がりであった。二枚を手元におき、残りを版元に任せることになった。八月末の頃で美緒の絵は、絵草子屋のほかに地本屋や骨董店にも飾られたのだった。

達一郎は巡邏の仕事を続けていた。明治七年に警視庁が創設され職名は巡査になっている。若森家の費えを自分の給金に委ねられることが無くなり、かえって屈託が晴れたようで、再び仕事に打ち込み始めたのであった。

「今日は夜番で戻りは明日の朝になる。戸締まりをしっかりとしておくのだ。いいな」

達一郎が時おり店の中を通り出かけていくのは、亭主が巡査であることを客に分からせるためだ。落ちかけた陽に照らされ、皇居を囲む濠が赤く染まっている。茜の空に向かい、肩をそびやかし土手通りを達一郎が闊歩していく。これから麴町十丁目の屯所に詰めるのである。

おまえさまも気をつけて、と美緒はいつものように夫の背に声をかけ送り出した。この日も夕刻から客が何回か入れ替わり、居酒屋商いは順風満帆である。近頃では手が足りなくなると、義母の満枝も台所の手伝いに立ったり、酒の用意をするようになっていた。昼の間に三枝の奥方に会う機会も増えていて、

「美緒さん、あなたのおかげで着物が作れたのだが、このあいだ田町まで奥方に会いにいったら、まあ、わたしの形《なり》を見てびっくりしてね。本当に有り難いと思っていますよ」

嬉々として言う。久々に聞く自慢だが、それよりも姑に礼を言われたのは、嫁に入ってから初めてのことだった。夫に先立たれた義母は信頼を隠さずにいるようになった。美緒は時おり甘えられているように思えることもあって、一家の柱になったような気がしなくはない。

達一郎に大首絵の話を聞かされた時、

「役者でもあるまいし、とんでもない」

そう反発したことを覚えている。美人画だといわれこそばゆい気がしたが、商いに使うというなら頷いてもいいような、そんな気になった。義母と夫が店の女将として祭り上げようとしているとは思ったが、頼られているのだと思えば得心がいった。

「どうしてもと言うなら仕方がありません」

喜色満面ではお安く見られる。不承不承頷いてみせたのだった。

「おーい、女将さん、酒がないぞ」

長床几に座る二人連れが手をたたき美緒を呼んでいる。

片方は一見《いちげん》の客で目つきが鋭いのが気になったが鳶《とび》の半纏をきっちりと羽織っている。いかつい体つきが職人の証でもあろう。もう一人が絵を眺めては、ちらちらと美緒に視線をなげてくる。青白い顔をした商家の手代風で何度か呑みに来ているが、一人で来ることが多く無口で陰気な感じのする男だった。無遠慮にねばつく目つきで美緒をながめるのは、おおかた若い一見客ばかりで、割り切って酒を運び酌をするが、気心のしれない客をあしらうのは鬱陶しく気骨が折れることではあった。

十一時を過ぎたところで最後の客を送り出し、店を閉めた。雨が降り出しそうな気配だ。ぶ厚い暗雲が月を遮り、土手三番丁に漆黒のとばりが下りている。


午前三時の半ばを過ぎたころ、若森家の裏手にある通用口の閂《かんぬき》をこじ開けようとしている二つの黒い影があった。針金のようなものを戸のすきまから差し込んで、閂をもちあげ戸をするりと開けた男はがっしりとした体つきをしていた。腰の背には幅広の山刀を差しこんでいる。双方とも紺の筒袖に黒い布で頬被りし、紺の股引を穿いている。二人は素早く内庭に入り込んだ。さっきまで店の長床几で飲んでいた客だった。

美緒と達一郎は屋敷の奥まった客間を寝所にしていた。義母の満枝は昨年まで義父が一日を過ごしていた離れを使っている。

体つきのしっかりした巳之助という男が、台所の引き戸に掛けられていた心張棒を針金で外した。カランと棒のころがる音が台所のしんとした静寂を破った。二人はしばらくじっとして耳を澄ましたが人の起きてくる気配はなかった。

「よし大丈夫だ、いくぜ」

巳之助が台所の土間から店へ続く廊下にしのび足で上がり、店の裏側にあたる部屋の襖をそろりと開けた。町屋の店とは造り様が少し異なっているのは、酒を飲んでいる時に十分に観察していた。帳付け場は店の裏側にあると踏んでいたのだ。暗闇の中を目を凝らして進み、帳付け場の結界に突き当たった。手探りで帳机の脇にある行灯に近づき、火を入れた。巳之助が帳机の抽斗《ひきだし》を手前に引くと、厚手の大福帳が置かれているだけで金子《きんす》は見当たらない。

「ちえ、どこにしまいやがった」

「その帳面をいったん取り出すのさ。その奥の板に穴があいているはずだ。そこに指をいれて思いっきり引っ張ってごらんな」

色白で細身の弥次郎という男が、余裕をにじませて囁いた。

どれ、こうかと言って巳之助が言われたとおりに抽斗の奥に腕を突っ込んだ。軽い軋み音をたてて木箱が引き出された。そこには円札と銭が無造作に置かれている。

「あったぜ、おめえ店をおん出されただけのことはあるな」

「それは、余計なお世話というもんだ」

金子を手にした二人の盗人に喜色が浮かんでいる。

「しめて十二円か、けっ。もうちっと儲けているかと思ったが、こんなもんか」

素早く紙幣を数えた巳之助が囁き、立ち上がった。

「巳之助さん、金だけじゃなく、そのお……あの女将も頂けないものだろうか」

弥次郎が下卑た笑み浮かべて囁きかけた。

「しっ、名前を呼ぶんじゃねえよ」

巳之助と呼ばれた男が小声で叱咤した。

「おい弥次郎、金より色気かよ。ここの亭主は巡査だとおまえが言ったのだろうが。今日、夜番だといっても、明け方には戻るだろうよ。もたもたしてたら捕まってただでは済まねえことになるんだ」

「あんたが三番丁小町を押さえつけていてくれたらなあ」

「おめえ、この家が元御家人だったことを忘れちゃいねえだろうな。小町だなんぞ言われても、ご新造だったんだ。小太刀かなんか遣うかもしれねえぜ。つい先だって深川の方で返り討ちにあって死んだ盗人の話を聞いてるだろうが。そんなことになったら元も子もねえやな。……おれはもう行くぜ」

弥次郎は諦めをつけたのか巳之助のあとに続いた。入ってきた台所から外に出ようと、廊下を抜き足で進んだ。

廊下の突き当たりに雪隠《せっちん》がある。離れから手提灯を持ってやってきた満枝が雪隠の戸を開けようとした刹那だった。台所の引き戸に手をかけている二人組に気づいた。最初、驚愕のあまり声が出なかった。

「ギャー、どろぼー」

満枝の金切り声が屋敷中に響き渡った。巳之助が台所に飛び込み後も見ずに表に駆けだした。弥次郎も後を追おうとしたが、台所の敷居にけつまずき、転倒してしまった。

「美緒さん、起きておくれ。泥棒だ、台所にいるよ」

満枝が起きあがろうとした弥次郎に馬乗りになった。弥次郎よりも体が大きい。そのとき庭のほうから、男の野太い怒声が聞こえた。

「くせ者、待て、逃げられはせんぞ」

達一郎の声のようである。続いて何かを打ち合う音がした。

ぐえっ、という声とともにどさりと重みのあるものが地べたに倒れたようだ。巳之助がやられた、と弥次郎には思えた。満枝のほうは達一郎が賊を捕らえたと確信していた。賊への叱咤の声が実に力強いものだったからである。

「ええい、どけっ」

弥次郎は満枝を渾身の力で突き飛ばしたつもりだが、覆い被さっていた満枝は重く、ごろりと脇にころがっただけだった。

「お義母さま、大丈夫ですか」

美緒の声が頭上からおちてきた。次の瞬間、脇差しの小尻が空を割《さ》くように飛んできて、弥次郎の横面をしたたかに打った。

美緒は夢中だった。気絶している賊を満枝と二人して縛りあげた。その男がさっきまで長床几で呑んでいた客だと分かり、美緒と満枝は台所の板の間にへたり込んだ。途端に震えがきた。思いもしなかった現実が二人の前に横たわっている。

「あっ、そういえば表で達一郎も賊を捕らえたようだね。さっき声が聞こえたから」

満枝が突飛な声をあげた。

「達一郎さんが戻られたのですか？　ちょっと見てきましょう」

美緒は庭にとびだした。台所の前庭には誰もいない。築山のある庭の側に回ってみたが、誰の姿も見えない。台所にもどるところで通用口の戸が開いているのに気づいた。そこから首を出し、道の左右に目を這わせた。

霧雨が地を濡らしているが、すでに東の空は白み始めている。右手の二間ほど先の路上にこんもりとした黒い塊が見える。おそるおそる近づいて行った。仰向けに倒れているのは達一郎だった。

「あなた、……どうして?」

信じられない。胸苦しさに襲われ美緒は二、三歩後ずさった。頭から血を流し、目を剝いたますますさまじい形相をしている。両手に半分に断ち切られた警邏棒を握ったままだ。その足もとに幅広で短い山刀の鞘が落ちていた。流れ出た血が達一郎の肩のあたりまでひろがり、地を赤黒くそめていた。湿った生臭い血のにおいが鼻腔の奥に届き、寒気がぞくりと美緒を震わせた。騒動を聞きつけた隣家が警察に連絡の者を遣っていた。警察と探索方がきたのは一時間ほどたったころだった。

葬儀は翌日慌ただしく行われたが、同僚の巡査が当日のことを話してくれた。夜番の見回り中に酔っぱらいの喧嘩に出くわし、達一郎が止めに入ってもみ合いになった際、足首をひねり、大事をとり早引けをしたという。

「何てことだろう。夜が明けてから帰ればよかったのに」

義母が今更ながらの望みをもらした。美緒は達一郎の叱咤する最後の声を耳にしてはいなかった。気力のこもった声だったという。

「達一郎さまは巡査のお役目を全うされたのですね」

美緒の慰めに頷き、涙をぬぐいながら、

「武家の血筋を身をもって示してくれたと本家のお祖父さまが悔やみを言ってくれたが、死んでしまったんじゃね……。賊を見逃してでも生きていてくれた方がよかった」

義母が長い溜息をもらした。美緒は白木の真新しい位牌をぼんやりと眺めていた。賊に不覚をとった達一郎の無念を思った。これからという処に漸《ようや》く辿り着いたのに。昨日まで度々脳裡に浮かんできた明るげな道が暗く途切れている。それは明るげな明日そのものであるように思えた。やるせない思いが胸を塞いだ。

「美緒さん、何か俺にできることがあれば」

平造の声で我に返った。駆け付けた平造が脇にいて自分をみつめている。首をふった美緒だったが、安堵のようなものがかすかに胸に兆した。

石川島修船所が閉じられたことが横須賀にも伝わってきた。

平造は横須賀造船所に移り日々の仕事に励んでいた。横須賀村の山裾にある借家に一人で暮らしている。母の千早は去年二月に、走ってきた馬車と接触しそれがもとで亡くなっていた。古びた小体な家だが眼下に江戸湾が望めることが母共々気に入っていた。

晴れた日に港から吹き上げてくる海風が、母と歩いた坂道の記憶を蘇らせる。給金を貯めて着物を誂えた時の、済まなそうでいて嬉しげな母のはにかんだような笑みが忘れられない。だが誰も居ない家の中を見回すと、そこがぽっかりとあいた洞穴のように思えるときがある。

久々の休日であった。平造は日本橋に出ることにした。日本橋は東京一の繁華を誇る町であった。擬宝珠を探し当てた古物屋伊勢久へと向かっている。新橋から日本橋に向かって大通りを進んだ。日本橋通り三丁目に丸屋善七書店が間口八間の店を開けている。平造はこの店が西洋書籍の輸入を始めた事を職場の同僚から聞いていた。

覗いてみることにした。造船にかかわる本があればと思ったのだ。平台に和本が並べられ、帳場のうしろの棚には西洋語で標された本が配置されていた。平造の求めていた類の本は見あたらない。ふと左手の長押《なげし》を眺めると、店先から奥に引き渡した細引の綱に、竹の串でつり下げた大首絵が並べられていた。半ばは役者絵であるが残りの半分は美人画である。この店にも置いてあるのか、意外な思いがした。やはり美緒の絵も売られていた。真新しく色鮮やかだ。美人画の列の最後に飾られている。

「あれが最近のものかい」

平造は框際《かまち》にいた丁稚に尋ねた。へい、さよでと返してくる。

「あれはここには何枚あるんだ」

美緒がさらし者になっているように平造には思える。

「あれが最後の一枚でございますよ」

平造は描かれた美緒をつくづくと眺め入った。

――ほんとうの。

美緒さんはこんなではない。

絵に閉じ込められた美緒は美貌のうちに艶めきさえ秘めているように見えるが、従姉である彼女は常に気さくでありしなやかな人だ。

この絵はちがう、と呟いた瞬間に平造にある考えが浮かび上がってきた。このまま売店《うりみせ》に曝《さら》しておいてはいけないのだ、と。葬儀の日、泪をにじませていた美緒を思い起こした。出来ることはしなければ、そう思ったとき新たな力が体の内から湧きあがってきたのだった。

久々訪ねた伊勢久に美人画は見あたらなかった。美緒の絵を求めふたたび深川、浅草、日本橋界隈を歩きまわった。いくつかの絵草子屋を覗き、この日の内に九枚を買い取ることができた。

土手三番丁の居酒屋は、『しばらく、お休みをいただきます』と大戸に貼り紙をだし店を閉じていた。達一郎の葬儀からひと月が経っている。

葬儀の翌日、西日の差す部屋の中で、

「店を閉めるつもりなのです」

と言った美緒の沈みこんだ白い顔が平造の胸に甦った。

次の休みに平造は版元の佐井田屋市兵衛を訪ねた。版元は錦絵新聞を出しているだけあって、事件を知っていた。

「元はと言えば、あの疱瘡の記事絵から起きたこと。瑛煽の美人画がよく描けていればこそとも言えるし。わしもなんだかなあ、寝覚めが悪くてたまらんのだわい」

「良かれと思ってのこと。下手人は憎んでも憎み足りるものではありませんが、版元のせいではありませんよ」

平造は出来得る限り絵を集め、版木とともに美緒の目の前で燃やしてしまいたいという考えを打ち明けた。市兵衛が黙して平造を見つめている。断るようにも見えた。だが瞑目した後、

「そうさな、亡くなった旦那の供養になるだろうし。わしからも宜しくとな」

と言い、版木を棚から取りだして渡してくれたのだった。

その日のうちに平造は土手三番丁に向かった。

若森の屋敷の内庭で絵と版木をことごとく燃やした。美緒と満枝がだまって平造の手許を見守っている。すじ状の白い煙が雲一つない土手三番丁の空にゆっくりと昇っていく。

はたして達一郎さんの供養になっただろうか、平造はこの時になって思った。足元にある版木の燃えかすと灰が、わずかに吹き通った風にゆれている。それは達一郎の案が結実して出来上ったものの残滓《ざんし》であった。しかし、こうでもしなければ達一郎の不名誉な惨劇の記憶が絵とともに人々の心に残ってしまう。それは避けたかった。

四日ほど前、下手人の巳之助が捕らえられたことを巡査が知らせに来た。巳之助は薩摩藩の元郷士の出で示現流を遣う男だった。

残された二人はここに踏み止まることができるだろうか。忌わしいこの地に二人を置いては行けないと平造は思った。

「平造さん、いつもありがとう」

燃えかすから目をあげた美緒が礼を言ったが、その声には美緒の偽りのない気持ちが込めら

れているように思えた。自分がするべき最後のことだ、言うなら今しかない。

「横須賀でお義母上と一緒に暮らさないか。江戸湾が望める眺めのいい場所なのだが」

平造は美緒を誘った。ほかの言葉は見当たらなかった。

その刹那、平造を見上げた美緒がゆっくりと頷いた。

店に未練はなかった。胸を張り出勤する達一郎の姿も常連客の交わす饒舌も遠いものになった。終わったのだ。ここではない別の場所に行きたかった。そこに途切れてしまった明るい道が再び見えてくるかもしれない。美緒の頰にいつものやわらかな笑みが、微《かす》かにうかんだ。

平造は職場で、着工中の外洋御召艦の船首飾りを造るように指示を受けていた。椎野家をよく知る上司からの下命である。これを完璧に造ることが今の平造の目標であった。金色に輝く菊形飾りの完成が、椎野の名を高め代々にわたり繫いでくれたご先祖への恩返しになる。

――いつか。

日光の奥の院におわす権現様の墓所を訪ねようと平造は思った。大先達である伊豫の鋳た、黒く輝きを放つ狛犬を三人で見る。そのために。そして何時の日か日本橋の擬宝珠を探し出すのだ。

平造は心に期している。美緒の気持ちが癒えるそのときを待ち、鋳物師の裔《すえ》に生まれた二人の新たな門出にしたいと。

〈著者紹介〉
碧居　泰守（あおい・やすもり）
千葉県松戸市出身
早稲田大学卒業
学習院大大学院修了

「勘十の夜船」2013・9　第十六回長塚節文学賞佳作
「山之井酒蔵承継録」2016・12 第三回平凡社・晩成文学賞佳作
短編集「人魚師赤目の米三」2018・11　ブイツーソリューション

山之井酒蔵承継録
—江戸明治・士農工商・たずき譚—

定価（本体 1600 円＋税）

2019年12月21日初版第1刷印刷
2019年12月31日初版第1刷発行
著　者　碧居泰守
発行者　百瀬精一
発行所　鳥影社 (choeisha.com)
〒160-0023 東京都新宿区西新宿3-5-12トーカン新宿7F
電話 03-5948-6470, FAX 03-5948-6471
〒392-0012 長野県諏訪市四賀229-1(本社・編集室)
電話 0266-53-2903, FAX 0266-58-6771
印刷・製本　日本ハイコム

ISBN978-4-86265-790-9　C0093